HEYNE <

Das Buch

Anna Blum ist einunddreißig. Viel zu jung, um sich über ihren Mann zu ärgern, dem sie ständig hinterherräumen muss. Ein echtes Klischee. Aber wer will schon ein Klischee sein? Anna auf keinen Fall! So einfach ist es jedoch nicht, seinen Mann zu verlassen. Besonders wenn der plötzlich bisher unentdeckte Qualitäten zeigt und Anna nach Strich und Faden verführt und ihr auch sonst ungeahnte Aufmerksamkeit schenkt. Das kann nicht mit rechten Dingen zugehen. Die Frage ist nur: Was treibt ihn zu diesen Höchstleistungen? Hat er vielleicht eine andere? Oder ist es pure Strategie, um Annas Plan zu durchkreuzen?

Wer Martina Brandl oder Steffi von Wolff liest, wird von *War ich gut, Schatz* begeistert sein.

»Urkomisch« *InTouch*
»Authentisch, witzig« *Tina*

Die Autorin

Andrea Russo, geboren 1968 in Hanau, studierte Germanistik und Kunst in Essen. Bevor sie ihre wahre Berufung, das Schreiben, fand, war sie einige Jahre im Versicherungswesen tätig. Sie lebt mit ihrem Ehemann und ihrer siebzehnjährigen Tochter in Oberhausen. Die Gewinnerin des Perfekten Dinners liebt gutes Essen, Pippi Langstrumpf, SingStar (obwohl sie überhaupt nicht singen kann), Nutella, Spinning (wegen des guten Essens) und romantische Heiratsanträge

Lieferbare Titel
Gefühlsecht

Andrea Russo

War ich gut, Schatz?

Roman

WILHELM HEYNE VERLAG
MÜNCHEN

Für Tato

FSC
Mix
Produktgruppe aus vorbildlich bewirtschafteten Wäldern und anderen kontrollierten Herkünften
Zert.-Nr. SGS-COC-001940
www.fsc.org

Verlagsgruppe Random House FSC-DEU-0100
Das für dieses Buch verwendete FSC-zertifizierte Papier *Holmen Book Cream* liefert Holmen Paper, Hallstavik, Schweden.

Originalausgabe 10/2010

Dieses Werk wurde vermittelt durch die Literarische Agentur
Thomas Schlück GmbH, 30872 Garbsen.
Printed in Germany 2010
Redaktion: Eva Philippon
Umschlagabbildung: © Francine Fleischer/Corbis
Umschlaggestaltung: © Eisele Grafik-Design, München
Satz: Greiner & Reichel, Köln
Druck und Bindung: GGP Media GmbH, Pößneck
ISBN 978-3-453-40697-1

www.heyne.de

1 Sofort morgen übe ich den bösen Blick im Spiegel

Hinterher ist man immer schlauer. Nur ich nicht. Ich mache ständig die gleichen blöden Fehler. Deswegen liege ich auch gerade wieder einmal wütend im Bett und wünsche mir, ich könnte meinen Ehemann einfach mal eben so in ein anderes Universum beamen. Dann hätte ich gleich zwei Probleme weniger: Ich wäre meinen Mann los und einschlafen könnte ich auch. Ich mag keine Ohrstöpsel! Und sie helfen auch nicht wirklich viel, zumindest mir nicht. Das Gegröle der pokernden Männer in unserem Wohnzimmer dringt trotzdem dumpf durch die gummiartige Abdichtungsmasse, die ich eben wutentbrannt in meine Gehörgänge gestopft habe.

Wir haben halb zwölf, und ich muss morgen früh aufstehen. Morgen ist Mittwoch. Um acht Uhr haben wir eine Besprechung in der Redaktion. Das bedeutet, dass pünktlich um sieben der Wecker klingeln wird. Wenn das so weitergeht, mache ich bis dahin kein Auge zu. Daniel ist so ein Idiot! Wie kann er nur unter der Woche seine Kumpels zu uns einladen und mir nicht einmal vorher Bescheid sagen?

Mein Name ist Anna, Anna Blum. Ich bin einunddreißig Jahre alt, und ich kann nicht einschlafen, weil ich in Gedanken gerade eine Liste mit Alternativen aufstelle, die dem Wegbeamen meines Mannes gleichkämen. Verdampfen oder Verflüssigen könnte vielleicht eine gute Methode sein, aber die sauberste Lösung wäre wohl doch, er würde sich einfach in Luft auflösen, seine tollen Kumpels gleich dazu.

Konsequent wäre es allerdings gewesen, wenn ich die Jungs sofort rigoros rausgeschmissen hätte, als sie hier freudestrahlend aufgetaucht sind, doch ich hab mich natürlich wieder bezirzen lassen. »Anna, ach Annaaa, komm schon, mein Engel, wir sind auch ganz leise, ehrlich, versprochen …«

Daniel kann ein richtiger Charmebolzen sein. Außerdem hat er wahnsinnig blaue Augen, die richtiggehend funkeln können, wenn er an etwas besonders viel Spaß hat. Das Funkeln ist schuld, immerhin habe ich mich genau deswegen damals in ihn verliebt. Und auch diesmal hat es mich nicht nur am Widersprechen gehindert, es hat mich doch tatsächlich wieder dazu gebracht, Schnittchen für die gesellige Runde zu zaubern, so wie es sich für eine verständnisvolle Ehefrau gehört.

Der Wunsch jedoch, dass die Sandwichecken den Jungs in ihren Hälsen stecken bleiben mögen, passt eigentlich so gar nicht zu meinem Wesen, das ebenso sanft sein soll wie meine braunen Augen. Ich bin einfach zu gut für diese Welt! Das meint Daniel zumindest immer. Dummerweise hat er damit Recht, zumindest was ihn betrifft. Viel zu viel lasse ich ihm durchgehen. Aber das wird sich ändern. Sofort morgen übe ich im Spiegel den bösen Blick. Und wenn das mit dem Beamen dann immer noch nicht klappt, dann mache ich es auf die altmodische Art: Ich packe meine Koffer und gehe … Aber jetzt setze ich mir erst einmal Kopfhörer auf meine Ohren, und zwar zusätzlich zu den Stöpseln, und höre Entspannungsmusik. Vielleicht kann *Der Gesang der Wale* mich beruhigen oder zumindest das Klackern der Jetons übertönen, das mich fast in den Wahnsinn treibt.

Es ist halb vier, als ich wieder aufwache. Die Wale sind längst weitergezogen, die CD ist zu Ende, die Pokerrunde allerdings nicht, sie läuft noch auf Hochtouren. War es nicht *Pinocchio*, der von einem mächtigen Wal namens *Monstro* verschluckt wurde? Der Name *Monstro* gefällt mir, denn so fühle ich mich gerade. Ich könnte jetzt auf der Stelle rübergehen, ein bisschen rumbrüllen und doch noch alle rausschmeißen. Aber diese Blöße will ich mir auch nicht geben. Außerdem ist die Nacht eh schon gelaufen.

Also suche ich nach einer CD, die mich nicht wieder auf dumme Gedanken bringt, am besten ohne große Tiere, die meinen Mann auffuttern könnten. Wie wäre es mit sanften Panflötenklängen? Nein, die helfen hier auch nicht weiter. Ich greife wahllos nach einer Hülle und erwische Bela B. Warum nicht? Die hat Daniel letztens mitgebracht, und ich habe sie noch nicht gehört. »Diesmal wollt ich klüger sein. Ich fall doch nicht noch einmal rein … Altes Arschloch Liebe, geh zu Leuten, die dich wollen …« Ja, denke ich, ohne Liebe wäre alles viel einfacher. Aber ohne Krach wäre für den Anfang auch nicht schlecht.

Es ist genau sieben Uhr siebzehn, als ich aufwache. Ich bin also doch irgendwann eingeschlafen und habe dafür nun den Wecker überhört. Gut, dass meine innere Uhr einigermaßen genau funktioniert, sonst hätte ich doch tatsächlich die Besprechung verschlafen.

Im Wohnzimmer scheint es still geworden zu sein. Vorsichtig pule ich die Stöpsel aus den Ohren. Tatsächlich, alles ruhig! Die Jungs sind wohl doch irgendwann verschwunden, und Daniel wird auf der Couch eingeschlafen sein, so wie er das immer tut nach solch einem Gelage.

Das wird ein toller Tag werden! Ich bin hundemüde und habe schlechte Laune, wegen Daniel und weil ich jetzt nicht mehr genug Zeit zum Duschen habe. Leise schleiche ich mich durch den Flur in Richtung Bad – *ich* nehme ja Rücksicht, obwohl ich allen Grund dazu hätte, jetzt ordentlich Krach zu machen. Dabei komme ich am Wohnzimmer vorbei und werfe einen kurzen Blick auf die Couch. Ich könnte meine Rücksicht ja ausnahmsweise mal vergessen und meinen Mann ein bisschen schadenfroh von den Polstern schubsen.

Langsam gehe ich näher, aber es ist nicht nur Daniel, der da leicht vor sich hin schnarchend seinen Rausch ausschläft. Den Typen, der in Löffelchenstellung vor ihm liegt, habe ich noch nie zuvor bei uns gesehen, auch gestern Abend nicht, ganz sicher. Wo der nur herkommt? Daniel hat sich ganz eng an ihn gekuschelt. Der Arm meines Mannes liegt fest auf einer mir unbekannten Männerbrust!

Das sieht auf eine gewisse Art so rührend aus, dass ich fast schon nicht mehr sauer bin.

Ich überlege einen kurzen Moment, ob ich die beiden gemeinsam vom Sofa runterschmeiße, lasse sie dann aber lieber weiterkuscheln. Die Vernunft siegt. Ich bin immerhin noch so sauer, dass es letztendlich sofort auf einen Streit hinauslaufen würde, wenn Daniel jetzt wach werden würde. Und Auseinandersetzungen oder Diskussionen, die letztendlich eh wieder nichts bringen, kann ich heute Morgen gar nicht gebrauchen, Stress habe ich auch so schon genug. Erst einmal muss ich die Besprechung in der Redaktion einigermaßen klar überstehen.

Allerdings ist es wirklich schade, dass ich nicht da sein werde, wenn Daniel langsam aufwacht und merken wird, an wen er sich da so eng angeschmiegt hat. Sein dummes Gesicht dabei würde ich zu gerne sehen. Bestimmt wird ihm das mehr als peinlich sein, nur zugeben wird er diese Kuschelaktion niemals. Aber wozu gibt es Handys? Die sind ja glücklicherweise heutzutage nicht mehr nur zum Telefonieren da, deswegen knipse ich damit vorsichtshalber gleich mehrere Beweisfotos, nur mal so für alle Fälle. Über die halbleere Pizzaschachtel, die Bierflaschen und die Chipskrümel, die sich weitflächig im Wohnzimmer verteilen, sehe ich großzügig hinweg.

Dann mache ich mich schnell auf den Weg ins Bad. Jetzt wird die Zeit wirklich knapp, und ich muss mich beeilen. Deswegen, oder auch einfach weil ich nicht damit rechne, übersehe ich auch das angebissene Stück Pizza und die Bierlache auf den Badezimmerfliesen. Barfuß wie ich bin, rutsche ich darauf aus, schlittere durch das Bad und knalle mit voller Wucht gegen die Badewanne. Ich erwische gerade noch eben so unseren rot-weiß geblümten Duschvorhang, um den Sturz abzufangen, und sehe beim Fallen ein schwarz behaartes, leicht gebräuntes Bein, das seitlich aus der Wanne ragt.

Und dieses besagte Bein hängt nun genau über meinem Gesicht. Ich liege auf dem Rücken wie ein Maikäfer, der gerade vom Baum geplumpst ist und nicht mehr aufstehen kann. Bestimmt habe ich mir bei dem Sturz alle Knochen gebrochen. Behutsam bewege ich meine Zehen, dann die Beine. Sie funktionieren beide noch. Mein Po tut etwas weh, aber ansonsten habe ich wohl Glück gehabt.

Vorsichtshalber bleibe ich noch eine Weile liegen und betrachte die Wade über mir. Der Krach, den ich gerade gemacht habe, würde im Normalfall sogar Tote aufwecken, doch in der Wanne gleich neben mir tut sich gar nichts. Zaghaft stupse ich mit meinem Zeigefinger gegen das Bein – keine Reaktion. Also fixiere ich mit den Augen ein besonders langes Haar, nehme es sanft zwischen meine Finger und zupfe fest daran. Das Bein lebt! Reflexartig verzieht es sich zurück in die Wanne.

Langsam rapple ich mich auf und betrachte das dazugehörige Gesicht. Es ist Tom, Daniels Kumpel, der unser Badezimmer in ein Schlafzimmer verwandelt hat. Na warte! In aller Ruhe greife ich nach dem Zahnputzbecher und werfe dabei einen Blick in den Spiegel über dem Waschbecken. Die Sache mit dem bösen Blick ist gar nicht so schwer! Genüsslich beuge ich mich hinunter, drehe das kalte Wasser auf und lasse den Becher volllaufen. Und ohne den Hahn wieder zuzudrehen, mache ich mich wieder auf den Weg ins Wohnzimmer.

Ich bin schon fast an der Couch, als ich Tom laut »Scheiße« sagen höre. Kurz danach gieße ich lächelnd das Wasser über Daniels Kopf und finde mich dabei äußerst gnädig, schließlich hätte ich ja auch einen Eimer nehmen können.

»Wenn ich nachher nach Hause komme, dann ist der ganze Müll hier weg«, erkläre ich bestimmt, als Daniel mich sehr verschlafen und ungläubig anguckt. »Der Müll oder ich!«

2 Mein Bauch zieht sich augenblicklich zusammen, aber der kann ja auch nicht denken

Wie bereits erwähnt, mache ich immer die gleichen Fehler. Als ich am Mittwoch müde und mit immer noch schmerzendem Po von der Arbeit nach Hause gekommen bin, war Daniel nicht mehr da. Aber dafür hatte er einen Zettel für mich an den Kühlschrank geheftet: »Hallo, mein schöner Engel. Ich muss ins Studio, bin schon spät dran. Ich räum später auf, versprochen. Nicht böse sein, ja?«

Daraufhin hätte ich gleich meine Sachen packen müssen und meine Drohung wahrmachen sollen. Dann wäre ich, wie vorher angekündigt, einfach weg gewesen. Aber ich musste mir ja unbedingt erst Urlaub dafür nehmen und bis heute damit warten …

Heute ist Samstag, eigentlich der ideale Tag, um meinen Ehemann zu verlassen, und zwar ganz genau um zweiundzwanzig Uhr fünfzehn. Das ist gewöhnlich die Uhrzeit, zu der Daniel sich mit einer Flasche Bier und einer Tüte Chips gemütlich auf die Couch verkrümelt. Dabei trägt er jedes Mal sein dämliches Bayerntrikot, auf das er so stolz ist. Dass Daniel Bayernfan ist, habe ich nie verstanden. Hier im Ruhrgebiet fiebert man mit vielen Mannschaften mit, aber ganz bestimmt nicht mit der Konkurrenz aus

München. Jeden Samstag hallt also die Titelmelodie des *Aktuellen Sportstudios* romantisch und viel zu laut durch unsere ganze Wohnung. Ich mag diese Melodie nicht. Und das *Aktuelle Sportstudio* kann ich auch nicht leiden, genauso wenig wie Daniel, der mich in letzter Zeit eigentlich nur genervt hat und wahrscheinlich niemals lernen wird, endlich mal Verantwortung zu übernehmen.

Das Schlimme daran ist, dass ich wahrscheinlich selbst daran schuld bin. Anfangs machte es mir nämlich wirklich Spaß, Daniel nach Strich und Faden zu verwöhnen und ihn mit den verschiedensten Leckereien zu versorgen, wenn er es sich vor dem Fernseher gemütlich gemacht hat. Und dann habe ich mich auch noch zu ihm auf die Couch gelegt und mit ihm gemeinsam Sendungen angesehen, die mich gar nicht interessierten, nur um in seiner Nähe zu sein. Daniel hat sich in den letzten drei Jahren anscheinend daran gewöhnt. Er ist bequem geworden, sehr bequem.

Dazu passt die Tatsache, dass er Sport studiert, eigentlich gar nicht, denn da muss er sich schließlich auch sehr viel bewegen. Aber das macht ihm ja Spaß, das ist natürlich was ganz anderes! Abgeschlossen hat er sein Studium allerdings immer noch nicht. Wozu auch? Ich verdiene ja das Geld, da kann er ruhig ewiger Student bleiben! Dazu kommt noch, dass er wirklich ständig alles stehen und liegen lässt, und ich bin dann auch noch so blöd und räume seine Plörren wieder weg, so wie am Mittwoch nach dem Pokern. Ich konnte den Saustall irgendwann einfach nicht mehr ertragen, dann habe ich doch geputzt und war danach auch noch sauer auf mich selbst.

Im Bett lief wochenlang auch so gut wie gar nichts mehr. Wie auch, wenn mein Ehemann plötzlich all seine alten Kumpels wiederentdeckt und ausgerechnet dann aus dem Haus geht, wenn ich abends müde von der Arbeit komme? Daniel hat sich verändert, und zwar nicht zu seinem Vorteil.

Oder war er vielleicht schon immer so, und ich habe es nur nie bemerkt? Wie auch immer, bestimmt haben seine Eltern ihn nicht oft genug auf den Bauch gedreht, als er noch ein Baby war. Liegt man in diesem zarten Alter nämlich nur auf dem Rücken, dann soll man später faul werden. Der Körper gewöhnt sich quasi an die Bequemlichkeit, alles ohne Mühe beobachten zu können. Wird man hingegen auf den Bauch gedreht, muss man sich anstrengen und den Kopf anheben, wenn man etwas sehen will. Das weiß ich aus einem Artikel der *Apotheken Umschau*, für die ich bis vor knapp einem halben Jahr gearbeitet habe.

Aber das ist momentan nicht so wichtig, denn heute ist es nicht Daniel, der auf dem Rücken liegt, sondern ich bin es. Und zwar nackt, so wie der liebe Gott mich erschaffen hat, in unserem Ehebett. Oder besser gesagt in dem, was nach drei Jahren Ehe mit Daniel davon noch übrig geblieben ist. Das Bett hat nämlich sehr gelitten unter Daniels früherer Spontaneität, und zwar in allen Bereichen.

Ich bin hellwach und total fassungslos. Teufel aber auch! Ich hatte gerade *den* Sex meines Lebens. Aber warum musste das ausgerechnet mit meinem Ehemann sein, den ich eigentlich verlassen wollte? Ich bin aber auch wirklich selten dämlich. Erst lasse ich mich von ihm verführen, und dann bekomme ich auch noch zwei Höhepunkte nacheinander. Und die mit einer solchen Wucht, dass ich mich immer noch ganz benommen fühle.

Wenn ich jetzt aufstehen würde, dann würden mit Sicherheit meine Glieder versagen, und ich würde einfach so auf den Boden sacken. Meine Beine zittern nämlich immer noch, ganz besonders an den Oberschenkelinnenseiten. Ich kann mich also gar nicht bewegen. Und aus der Wohnung ausziehen kann ich erst recht nicht. Daran ist natürlich mal wieder Daniel schuld, wie immer!

Wenn ich so weitermache, werde ich ihn nie los. Und da Daniel im Gegensatz zu mir keine Kinder möchte und Männer nachgewiesenermaßen früher das Zeitliche segnen als Frauen, werde ich eines Tages einsam und vergrämt alt werden und sterben. Also muss ich mir einen Mann suchen, der erheblich jünger ist als ich, damit wir gemeinsam sterben können. Oder aber, und das ist meine bevorzugte Variante, ich suche mir einen Mann, der Verantwortung für Kinder übernehmen kann und das auch will. Aber dafür müsste ich meinen erst einmal loswerden, und das ist anscheinend gar nicht so einfach …

Na ja, immerhin hatte ich gerade im Bett das, wovon andere Frauen oft nur träumen. Und geträumt habe ich diese Nummer eben auf keinen Fall, sie war verdammt real! Hätte ich von einem Orgasmus geträumt, dann wäre der Mann in meinem Bett Til Schweiger gewesen. Oder Jude Law. Oder Hugh Jackman. Oder David Beckham. Meinetwegen auch Robert Pattinson, obwohl der zugegebenermaßen doch etwas jung ist. Bei zwei Orgasmen hintereinander wäre es bestimmt Brad Pitt gewesen.

Aber es war Daniel, da bin ich mir ganz sicher! Und der ist soeben fröhlich vor sich hin summend in die Küche verschwunden. Das ist der Raum, den er unter normalen Umständen absolut meidet. Aber heute sind die Umstände nicht normal, heute ist alles anders. Daniel verpasst niemals freiwillig seine Sportsendung. Ob sie ausgefallen ist? Sendetermin verlegt? Oder gar ganz aus dem Programm genommen wurde? Nein, dann würde wahrscheinlich gerade eine Großdemo dagegen laufen, mein Mann mittendrin.

Es scheint ihm genau dort, wo er jetzt gerade ist, auf jeden Fall zu gefallen, denn er hat das Radio laut aufgedreht und trällert vor sich hin. Ob er sich eine Pille eingeworfen hat, eine, die glücklich macht und frei? Irgendwas stimmt hier auf jeden Fall ganz und gar nicht. Erst verpasst er meinetwegen sein *Sportstudio*, und dann werkelt er auch noch gut gelaunt in der Küche herum. Egal, vielleicht besser, wenn ich gar nicht weiß, was mein Mann da gerade treibt.

Mein Blick fällt in den Spiegel, der neben dem Bett über der Kommode hängt. Holla, die Waldfee! Ich sehe aus wie ein frisch beglücktes Eichhörnchen. Meine Haare stehen kreuz und quer in alle Himmelsrichtungen ab. Die sind eh schwer zu bändigen, aber wenn Daniel darin rumwühlt, dann ist es ganz vorbei. Meine Wangen sind gerötet, meine Unterlippe ist geschwollen. Ob *ich* draufgebissen habe? Oder war es Daniel? Ich ziehe die schönste Fratze, die ich hinkriege, und strecke mir die Zunge raus.

Selbst dabei sieht man noch meine frechen Grübchen im Gesicht, die Daniel so süß findet. Aber das hilft mir jetzt auch nicht weiter.

Ich fühle mich, als hätte ich endlich, zum allerersten Mal, die Zweiundvierzig-Kilometer-Strecke des Marathons geschafft. Und das, obwohl ich freiwillig noch nie mehr als zwei Kilometer gerannt bin. Und die auch nur, um den Bus oder die Bahn nicht zu verpassen, was selten vorkommt, da ich die meiste Zeit mit dem Auto unterwegs bin.

Ich fühle mich gut. Oder besser gesagt, ich fühle mich sehr befriedigt. Wäre das nicht ein genialer Zeitpunkt, heimlich aus dem Bett zu schlüpfen und für immer zu verschwinden? Könnte doch ein cooler, sehr verwegener Abgang werden! Aber ich kann ja gar nicht laufen … Außerdem bin ich neugierig auf das, was mein Gatte da gerade am Herd veranstaltet.

Ich überlege einen kurzen Moment, ob ich mal eben zur Toilette husche. Ich muss Pipi, wie immer, nachdem ich ausgiebig Sex hatte. Und bis zum Bad würden es meine Beine bestimmt schaffen. Dann könnte ich, natürlich ganz unauffällig, einen Blick auf Daniel werfen, der direkt neben dem Badezimmer in der Küche klimpert.

Ich schleiche mich mit zittrigen Beinen durch den Flur, da meldet sich plötzlich mein Handy, das sich noch in der Hosentasche meiner Jeans befinden müsste. Und die liegt irgendwo im Wohnzimmer auf dem Boden, dort, wo Daniel sie mir ganz langsam ausgezogen hat …

Mist, das ist Sam. Das erkenne ich an dem Klingelton,

den ich ihr zugeordnet habe, *Like a virgin* von Madonna. Der Song begleitet uns schon unser ganzes Leben. Wir waren gerade mal sechs Jahre alt, als dieser Titel rauskam. Und heute gibt es ihn immer noch, genauso wie Sam. Die ist zwar im Alter von sechzehn Jahren mit ihren Eltern nach München gezogen, blieb aber immer meine beste Freundin. In München hat Sam eine Ausbildung bei der Polizei gemacht. Und heute ist sie Polizeikommissarin, wofür ich sie sehr bewundere.

Sam ist im Gegensatz zu mir sehr mutig. Vor vier Monaten hat sie hier in Oberhausen eine Stelle angeboten bekommen, die sie gleich angenommen hat. Und seit zwei Monaten habe ich sie zum Glück wieder ganz in meiner Nähe. Und jetzt macht sie sich bestimmt gerade Sorgen, weil ich mich eigentlich längst bei ihr gemeldet haben wollte. Wie ich sie kenne, hat sie auch schon den Sekt kalt gestellt, um mit mir später auf meinen erfolgreichen Eheausbruch anstoßen zu können.

Wenn ich jetzt nicht an mein Handy gehe, steht Sam bestimmt innerhalb der nächsten fünf Minuten vor unserer Haustür, im Schlepptau die halbe Mannschaft ihres Frauenkickboxvereins. Habe ich ganz viel Pech, kommt sie mit einem gezielten Tritt direkt durch die Tür, ohne vorher zu klingeln. Mann, das wäre mehr als peinlich, wenn mich die kickboxenden Ladys zufrieden im Bett anstatt wie erwartet am Boden zerstört vorfinden würden.

Zum Glück liegt das Wohnzimmer direkt neben dem Schlafzimmer, und die Küche befindet sich am anderen Ende des langen Flures. Daniel ist so versunken in seine

Arbeit, dass er das Telefon nicht hört. Und meine Beine funktionieren doch noch, etwas wackelig zwar, aber ich schaffe es bis ins Wohnzimmer. Na also! Das Handy ist bei Daniels Verführungsaktion aus der Hose gerutscht. Natürlich hört es genau dann auf zu klingeln, als ich es in Händen halte. Ist ja immer so. Auf der Anzeige blinkt »1 Anruf in Abwesenheit«. Ich schnappe mir das Ding, tapse weiter zum Bad und lasse mich auf die Toilette fallen.

Wie ich ja bereits wusste, kam der Anruf von Sam, die ich unter ihrem vollständigen Namen *Samantha Tomoko* abgespeichert habe. Ich finde ihren Namen sehr schön, besonders den zweiten Teil, den sie ihrer japanischen Mutter zu verdanken hat. Er bedeutet *weises Kind*. Aber meine Freundin mag es lieber kurz und knackig und wollte schon *Sam* genannt werden, als wir uns in der Grundschule kennenlernten.

Flink tippe ich »Meld mich gleich, versprochen«, in die Tasten, damit sie weiß, dass alles in Ordnung ist.

Daniel werkelt immer noch in der Küche rum. Von meinem Abstecher ins Bad hat er nichts mitbekommen. Vorsichtig werfe ich einen kurzen Blick in den Raum, der bis dahin eigentlich mir die meiste Zeit vorbehalten war. Mein Mann steht pfeifend vor der Mikrowelle. Und da macht es auch schon »Pling«. Irgendwie riecht es leicht verbrannt. Typisch Daniel, der schafft es sogar, die einfachsten Sachen anbrennen zu lassen. Was er da wohl heiß gemacht hat?

Leise schleiche ich zurück in unsere Liebeshöhle. Ich

bin schon fast am Bett, als ich Daniels tiefe Stimme hinter mir vernehme und seine Hand auf meiner Schulter fühle.

»Ertappt. Wo wollten Sie denn hin, junge Dame? Wir sind noch nicht fertig. Noch lange nicht!«

Nur wenige Sekunden später liege ich ausgestreckt auf dem Bett. Meine Hände sind mit Handschellen an die Metallstange am Kopfende gefesselt. Daniel drückt mir zärtlich einen Kuss auf den Bauchnabel. Dann streicht er einmal zart mit den Zeigefingern meine Leisten entlang und wieder zurück. Mein Bauch zieht sich augenblicklich zusammen, aber der kann ja auch nicht denken.

»Anna!«, flüstert mein Ehemann liebevoll in mein Ohr, »ich bin gleich wieder bei dir, muss nur nochmal kurz in die Küche. Ich wollte dich schon immer gerne mal samt Schokolade vernaschen.«

Als er wieder weg ist, ziehe ich vorsichtig ein wenig an den Handschellen. Ich will Daniel ja nicht den Spaß verderben und möchte nicht, dass sie kaputtgehen. Eigentlich mag ich Fesselspiele überhaupt nicht, aber der Gedanke, hier einfach nur zu liegen und von Daniel weiter verwöhnt zu werden, gefällt mir heute irgendwie. Außerdem liebe ich Schokolade, und verlassen kann ich ihn jetzt sowieso nicht mehr, denn immerhin bin ich ans Bett gefesselt. Okay, die Handschellen wirken nicht wirklich stabil, und ich könnte mich mit Sicherheit jederzeit daraus befreien, aber das möchte ich gerade ganz und gar nicht.

Einen kurzen Moment denke ich darüber nach, was passieren würde, wenn die Dinger doch echt wären und Daniel mich einfach hier liegen lassen würde, aber der Gedanke dauert nicht lange, denn plötzlich klingelt jemand Sturm und hämmert gegen die Wohnungstüre.

Ach, du Scheiße!, denke ich und versuche verzweifelt, mich jetzt doch aus den blöden Handschellen zu befreien. Aber das Rütteln und Ziehen hilft nicht. Die Biester sitzen bombenfest! Nur kurze Zeit später steht Sam vor mir und starrt mich ungläubig an.

»Das ist jetzt nicht wahr«, raunzt sie mich an. Aber das ist es, auch wenn ich mich am liebsten in Luft auflösen würde.

3 Da ist was faul, ganz sicher!

Daniel hat mich natürlich doch noch befreit, und ab sofort sind Fesselspiele tabu bei uns. Nicht auszudenken, was passieren würde, wenn man in einer solchen Situation tatsächlich mal alleine gelassen wird. Es muss ja noch nicht einmal Absicht sein, ein Unfall würde schon ausreichen. Wie schnell man mal eben so ausrutschen kann, habe ich ja letztens schmerzhaft erfahren müssen. Und außerdem würde ich sowieso jedes Mal wieder Sams entgleistes Gesicht vor mir sehen, als sie mich derart gefesselt im Bett vorgefunden hat …

Ist ja nicht so, als hätte mich meine Freundin noch nie nackt gesehen, sie ist schließlich eine meiner engsten Vertrauten. Und gefesselt hat sie mich auch schon gesehen. Das ist zwar lange her und war beim *Räuber und Gendarm*-Spielen, damals, als wir noch Kinder waren. Sam gehörte schon immer zu den Guten, und ich wurde nicht nur einmal festgenommen, gefesselt und als Verbrecherin abgeführt.

In Gewahrsam genommen hat sie mich diesmal allerdings nicht. Sie hat sich einfach umgedreht und ist mit ihrem Kollegen, den sie im Schlepptau hatte, wieder abgedampft, ohne ein Wort zu sagen. Gestern ist sie nicht ans Telefon gegangen, was ein Zeichen dafür ist, dass sie wirklich sauer zu sein scheint. Aber ich kenne Sam. Wenn sie mich gleich sieht, wird sie mir sowieso ganz schnell wieder verzeihen.

Diese blöde Aktion ist jetzt knappe zwei Tage her. Normalerweise ist Sam nie länger als vierundzwanzig Stunden bockig, aber ich werde ja gleich herausfinden, was los ist.

Etwas außer Atem komme ich am *Gecko* an. Dort findet regelmäßig am ersten Samstag im Monat unser Mädels-Ratsche-Abend statt, bei dem alle wichtigen Neuigkeiten ausgiebig besprochen werden. Hat Sam Nachtdienst, verschieben wir unseren Termin in der Regel um eine Woche, es sei denn, es gibt einen wichtigen Anlass. Dann treffen wir uns auch unter der Woche, so wie heute. Sam hat mir gnädigerweise eine SMS geschickt, dass sie auch da sein wird.

Aber es ist nicht Sam, die ich zuerst sehe, als ich den Raum betrete, der stets brechend voll ist, auch am Montag. Es ist Katharina, die kurz die Hand hebt und ganz leicht mit den Fingern winkt. Sie sitzt an unserem Stammtisch, den wir immer reservieren in unserer kuscheligen Lieblingskneipe, ganz in der Ecke, damit wir ungestört tratschen können und gleichzeitig den ganzen Raum im Blick haben.

Sam ist jedes Mal die Letzte im Bunde und kommt meistens etwa zehn Minuten zu spät, und in der Regel hört man sie, bevor man sie sieht, weil sie schon auf dem Weg zum Tisch zu erzählen anfängt.

Beide sehen sehr gut aus, jede auf ihre Art. Und Katharina wird sowieso von Tag zu Tag schöner, aber das war bei ihrer ersten Schwangerschaft auch schon so. Ihre Augen leuchten, ihr blondes Haar glänzt, und ihr Gesicht bekommt immer weichere Züge. An Katharina sieht sogar ein Bauch wie ein Kürbis wunderschön und sexy aus.

»Und?«, frage ich und streiche ihr sanft zur Begrüßung über ihren wundervoll prallen Bauch.

»Alles in Ordnung. Die Hitze macht mir allerdings ein wenig zu schaffen. Ich habe ganz dicke Füße und kann nur noch in Schlappen rumrennen. Egal, gute drei Wochen noch. Die sind auch bald vorbei. Aber jetzt setz dich doch und erzähl erst mal. Sam hat mich nämlich vorgestern mitten in der Nacht angerufen. Sie war ziemlich aufgebracht. Ich hab irgendwie fast nix verstanden. Nur, dass du doch wieder nicht ausgezogen bist. Ich bin schon ganz neugierig!«

»Ja«, seufze ich und lasse mich auf den Stuhl plumpsen, »die war ganz schön sauer! Hast du schon bestellt?«

»Klar, drei Katzekatze, wie immer. Einer natürlich alkoholfrei. Erzähl schon.«

»Sam hat ja Recht. Das war echt blöd am Samstag. Ich bin ja so was von doof! Ich wollte gehen, ehrlich, aber dann kam doch wieder alles ganz anders …«

Weiter komme ich nicht, denn in diesem Moment höre ich eine aufgebrachte, mir gut bekannte Stimme durch den Raum hallen: »Seid ihr schon lange da? Ich hab mich extra beeilt. Hast du schon erzählt?«

Kurz darauf steht Sam vor uns. Sie drückt Katharina, und dann steht sie einfach nur da, zieht gleich beide

Augenbrauen auf einmal hoch, stemmt die Hände in die Hüften und starrt mich prüfend an. Mann, kann die durchdringend gucken!

Ich fühl mich augenblicklich wie eine Verbrecherin, dabei hat Sam noch nicht mal ihre Uniform an. In ihrem Polizeioutfit sieht sie nämlich wirklich beeindruckend aus. Vor allem, weil sie darin eine ganz andere Haltung einnimmt, sie geht dann viel aufrechter und ist irgendwie insgesamt sehr imposant.

Sam ist ein ganzes Stück kleiner als ich, aber dabei durchtrainiert bis in die kleinste Muskelfaser ihres Körpers. Dass sie den schwarzen Gürtel in Karate und seit neuestem ihr Interesse für Kickboxen entdeckt hat, traut man ihr, zumindest rein optisch gesehen, gar nicht zu. Sie ist sehr zierlich. Und sie ist die einzige Frau, die ich kenne, die jeden Kerl auf der Stelle flachlegen kann. Sie muss ihn noch nicht einmal vorher fragen.

Daniel sagt immer, wir sähen gemeinsam aus wie die Kinodarstellerinnen aus *Drei Engel für Charlie*. Ich würde dabei die Rolle der Drew Barrymore übernehmen, Sam natürlich die der Lucy Liu und Katharina könnte locker als Cameron Diaz durchgehen – mit viel Fantasie natürlich.

Vorsichtig zupft Katharina Sam am Ärmel. »Jetzt starr Anna doch nicht so vorwurfsvoll an. Komm, setz dich erstmal. Sie hat noch nix erzählt. Du kommst genau richtig.«

Ich hole tief Luft und grinse meine Freundin an. Ich weiß ja, dass sie nie lange sauer auf mich sein kann, bestimmt fängt sie gleich an zu lachen.

»Tut mir leid, Sam, echt. Ich wollte dich ganz bestimmt nicht in diese blöde Situation bringen. Das war mir mehr als peinlich, ehrlich. Das kannst du mir glauben!«

»Pah, und was meinst du, wie peinlich mir das erst war! Ich bin gerade mal seit sechs Wochen auf der Wache und leiste mir gleich auf einer meiner ersten Touren einen solchen Knaller. Kannst du dir vorstellen, was ich mir alles anhören musste, als wir zurück waren? Meine Befreiungsaktion hat natürlich sofort die Runde gemacht. Meine Kollegen haben sich schlapp gelacht. Und jetzt streck mal deine Arme aus.«

Ehe ich kapiere, was Sam vorhat, macht es »Klick«, und ich sitze mit blödem Gesicht da. Meine Handgelenke werden nun von schicken pinkfarbenen Plüschhandschellen geziert.

»Selbst dran schuld. Die haben meine netten Kollegen mir zum Einstand geschenkt. Bekam ich heute bei der Besprechung, vor versammelter Runde. Waren nett eingepackt, mit Schleifchen drum herum.«

Sam ist ja wirklich schneller, als die Polizei erlaubt. Bin ich froh, dass ich nicht wirklich was Schlimmes angestellt habe! Zu gerne hätte ich Sams Gesicht gesehen, als sie die Dinger ausgepackt hat. Mit Sicherheit hat sie sich fürchterlich aufgeregt und damit alles noch schlimmer gemacht. Manchmal habe ich einen ganz eigenartigen Sinn für Humor, denn eigentlich würde ich jetzt gerne lachen, aber dann wäre Sam richtig eingeschnappt. Also verkneife ich es mir und erkläre stattdessen:

»Ich wollte gehen, Sam, das musst du mir glauben.

Zumindest hatte ich es mir ganz sicher vorgenommen! Irgendwie habe ich nur nicht den richtigen Zeitpunkt gefunden, es ihm zu sagen. Und ich konnte ja auch nicht ahnen, dass du plötzlich in voller Montur und dann auch noch mit einem Kollegen vor der Tür stehst.«

»Ach, du wirst nie den richtigen Zeitpunkt finden, es ihm zu sagen. Und den richtigen Zeitpunkt, tatsächlich zu gehen, den findest du erst recht nicht! Und überhaupt, was hätte ich denn deiner Meinung nach machen sollen? Ich hab mir Sorgen gemacht! Du bist nicht an dein Handy gegangen. Ich weiß doch, wie Kerle in solchen Situationen reagieren können, so was habe ich schließlich schon oft genug erlebt. Du kannst dir gar nicht vorstellen, was ich schon alles zu sehen bekommen habe. Und dann macht Daniel mir auf, sieht total zerzaust aus und hat auch noch ein Messer in der Hand. Mir ist erst gar nicht aufgefallen, dass er nackt ist. Und übrigens, wir sind im Einsatz immer zu zweit unterwegs, das weißt du doch.«

»Das war kein Messer, das war ein Sparschäler. Damit hat Daniel Äpfel für den Obstsalat geschält«, sage ich kleinlaut. »Übrigens habe ich dir eine SMS geschickt, hast du die ...«

»Ach herrje. Du hast echt gedacht, Daniel könnte Anna irgendwas antun?« Ich kenne Katharina, sie muss wirklich überrascht sein, denn sie unterbricht eigentlich nie jemanden mitten im Satz.

»Ach, was weiß ich! Was hättest du denn gemacht? Die SMS kam definitiv zu spät. Die hätte sie auch früher schicken können. Aber da war sie ja anderweitig beschäftigt.

Ich bin auf jeden Fall einfach an Daniel vorbeimarschiert. Mein Kollege blieb bei ihm stehen. Zum Glück hat er ihn nicht direkt wie einen Verdächtigen an die Wand gestellt. Der dachte bestimmt, wir sind total übergeschnappt. Ich Blöde stürme in jedes Zimmer, aufs Schlimmste gefasst. Und wo finde ich sie? Natürlich im Schlafzimmer, splitterfasernackt und nur mit Handschellen bekleidet auf dem Bett, aber von einer bedrohlichen Situation keine Spur! Und alles, was meiner lieben Freundin einfällt, ist ›Hi, ich kann grad nicht weg.‹«

Ich will zu meiner Verteidigung irgendwas Kluges sagen, doch mir fällt leider gar nichts Passendes ein. Da trifft es sich gut, dass gerade in diesem Augenblick die Bedienung an unseren Tisch kommt und die drei Kamikaze vor uns abstellt. Sam befreit mich grummelnd von den Handschellen. Dabei versucht sie, mich noch einmal tadelnd und strafend anzusehen, was ihr aber nicht wirklich gelingt.

Immer, wenn der erste Schluck unseres Lieblingscocktails meine Geschmacksnerven erreicht, hebt sich meine Laune schlagartig. Und zwar auch, wenn ich sowieso schon gute Laune habe. Weil ich dann an den lustigen Abend denken muss, an dem aus dem leckeren Kamikaze eine fauchende Katzekatze geworden ist, da Katharina nach dem dritten Cocktail arge Sprachprobleme bekam.

»Auf uns – und auf das kleine Kätzchen unten im Glas!«, sage ich.

»Ja«, grinst Sam entwaffnend, »auf uns! Du bist mir vielleicht 'ne Marke. Ich dachte, dein Entschluss zu gehen stand diesmal wirklich fest?«

»Das war auch so. Ach, ich weiß auch nicht … Ich bin einfach schwach geworden, als Daniel mich verführt hat. Irgendwie hat es mich sehr an alte Zeiten erinnert, bevor die Flaute in unserem Schlafzimmer Einzug hielt. Jetzt könnte ich mir in den Hintern beißen deswegen, echt. Anfangs war ich ja einfach nur neugierig, weil er mit seiner Verführungsaktion kurz vor dem *Aktuellen Sportstudio* anfing. Ich dachte, dass er mich dann pünktlich um Viertel nach zehn einfach alleine im Bett liegen lässt und mittendrin aufhört, um Fußball zu gucken. Aber dann lief es aus dem Ruder. Es war einfach zu schön. Und außerdem irgendwie anders.«

»Boah, das ist ja unerträglich! Es ist immer dann irgendwie anders, wenn du eigentlich gehen willst. Was hat er denn diesmal gemacht? Einen besonders coolen Rap vom Stapel gelassen?«

»Ach, Sam!«

»Was denn? Ist doch wahr …«

»Nein, er hat gar nichts gesagt. Kein einziges Wort. Und er hat wirklich schöne Sachen gemacht, hat sich besonders viel Zeit gelassen bei allem. Zum Beispiel hat er …«

»Hör bloß auf, Details kannst du dir sparen. Mir reicht schon, dass ich dich so neckisch gefesselt im Bett vorgefunden habe. Mehr verkrafte ich jetzt ganz bestimmt nicht.«

»Es war auf jeden Fall wunderschön. Massieren konnte er ja schon immer gut, auch wenn ich die letzte Zeit überhaupt nicht mehr in diesen Genuss gekommen bin. Bis auf vorgestern, da hat er es mit warmem Mandelöl gemacht.

Und danach hat er mich mit einem schönen Obstteller und geschmolzener Schokolade verwöhnt. Die schmeckte zwar etwas angebrannt, war aber trotzdem total lecker. Die große Überraschung kam dann am nächsten Morgen. Als ich aufgewacht bin, war er nicht mehr da. Er war schon zum Fußballspiel unterwegs. Vorher hat er Frühstück für mich gemacht, Kaffee gekocht, Brötchen gekauft, die Spülmaschine ausgeräumt, und er hat sogar Blumen auf den Tisch gestellt.«

»Er hat Brötchen für dich geholt? Ihr habt doch gar keinen Bäcker in der Nähe, der sonntags auf hat! Dann ist er extra zur Tanke oder zum Bahnhof gefahren? Und Blumen hat er auch geholt? *Der*? Da ist was faul, ganz sicher! Ich lach mich schlapp. Du überlegst, ob du ihn verlassen sollst, und er hat längst 'ne andere Perle am Start. Der hat definitiv ein schlechtes Gewissen, ist doch meistens so.«

»Quatsch, wenn er ein schlechtes Gewissen hat, dann wegen Mittwoch und seinem Gelage bei uns zu Hause«, werfe ich überzeugt ein.

»Nie im Leben! Der hat doch noch nie ein schlechtes Gewissen gehabt wegen so was. Warum ausgerechnet diesmal? Es sei denn, er hat doch was mit diesem komischen Typen gehabt, mit dem du ihn auf der Couch beim Kuscheln erwischt hast. Was hältst du davon, Katharina? Sag doch auch mal was!«

Katharina ist die Ruhigste von uns dreien und denkt immer nach, bevor sie etwas sagt. Deswegen wundert es mich auch nicht, als sie antwortet:

»Wartet einen Moment, ja? Ich muss das erst einmal alles sacken lassen. Ist schon irgendwie sehr ungewöhnlich. Aber auf Männer steht Daniel auf gar keinen Fall, so viel ist schon mal sicher! Vielleicht hat er spitzgekriegt, dass es dir diesmal ernst ist und du wirklich gehen willst? Und jetzt tut er alles, um dich zu halten? Hm … ich hab die Karten dabei. Soll ich, Anna?«

Dass Katharina ihre Karten dabei hat, war ja klar. Katharina geht nie ohne die Dinger vor die Tür. Ihre Frage war eine rein rhetorische Frage, natürlich soll sie. Sam hält es für absoluten Schwachsinn. Sie meint, Katharina hätte einfach zu viel Zeit und das luxuriöse Leben als Politikerehefrau würde ihr langsam die Sinne vernebeln. Ich vermute allerdings, dass Sam insgeheim ein wenig eifersüchtig ist auf Katharina. Sam und ich, wir kennen uns eben schon eine Ewigkeit, Katharina habe ich erst während des Studiums kennengelernt. Ich habe Literatur und Medienpraxis studiert, Katharina Literatur und angewandte Philosophie. Sam hat meine neue Freundin anfangs gar nicht gepasst, aber das würde sie niemals zugeben.

Auf jeden Fall glaubt Sam weder an Horoskope noch an Handlesen und schon gar nicht ans Kartenlegen. Und ich eigentlich auch nicht, vor allem, weil meine Mutter uns schon seit frühester Kindheit mit irgendwelchen astrologischen Weisheiten nervt. Aber irgendwie fasziniert es mich trotzdem immer wieder. Vor allem, weil die Dinge doch alle eintreffen, die Katharina voraussagt. Nur eben immer etwas anders als ursprünglich angenommen …

Dass Daniel mich betrügt, kann ich mir beim besten Willen nicht vorstellen. Dann hätte er sich nämlich längst verplappert! Bestimmt hätte er mich dann schon mal Susi, Tina, Olga, oder wie die Dame auch immer heißen würde, genannt. Ein Typ kommt dabei überhaupt nicht infrage, obwohl die Fotos in meinem Handy wirklich süß sind. Sein Kuschelpartner heißt übrigens Sascha und studiert auch Sport. Das hat Daniel mir heute etwas zögernd erklärt, nachdem ich ihm die Aufnahmen direkt vor die Nase gehalten habe. Es schien ihm tatsächlich ein bisschen peinlich zu sein, dass ich ihn in dieser Schmusestellung erwischt habe. Trotzdem, Daniel steht auf Frauen, da bin ich mir ganz sicher!

Ich ignoriere Sams theatralisches Augenrollen und nicke Katharina aufmunternd zu.

»Okay. Dann denk dir eine Frage aus«, sagt sie. »Du weißt ja, wie das funktioniert. Du musst dich ganz fest auf diese eine Sache konzentrieren.«

Ich denke an Daniel. Warum hat er gestern Dinge getan, die er früher nie getan hat? Brötchen hat er nur ganz am Anfang unserer Beziehung geholt, als wir noch knackig verliebt waren. Und Rosen, sogar gleich ein ganzes Meer davon, hat er mir erst ein einziges Mal geschenkt, und da hatte er wirklich ein schlechtes Gewissen, weil er tatsächlich unseren Hochzeitstag vergessen hatte. Damals habe ich drei Tage nicht mit ihm gesprochen. Das zieht bei Daniel am besten. Wenn ich mich aufrege und wütend bin, dann lacht er nämlich nur und versucht, mich durch viele kleine Küsschen zu besänftigen. Oder er sagt Sachen wie: »Du siehst so unbeschreiblich süß aus, wenn du wütend bist«, und irgendwann kapituliere ich und muss dann auch lachen. Nur wenn ich schweige, dann hat er ein Problem. Damit kann er gar nicht umgehen. Dann weiß er, wie ernst die Lage ist.

Die Blumen hatte Daniel damals übrigens nicht in *eine* Vase gestellt. Es waren gleich vierzig Vasen. Und die waren alle grün, denn er hatte leere Bierflaschen kurzerhand zu Blumenvasen umfunktioniert. Sie waren in der ganzen Wohnung verteilt. Ich schmolz dahin – und sah milde über die Tatsache hinweg, dass die Blumen auch nach zwei Wochen noch sehr verwelkt in den Flaschen standen. Daniel wäre niemals von alleine auf die Idee gekommen, die vertrockneten Stängel wegzuschmeißen. Und als ich ihn irgendwann darauf angesprochen habe, grinste er nur und sagte: »Wieso? Sieht doch schön aus! Es gibt viele Leute, die Rosen trocknen.«

Seitdem habe ich nie wieder Blumen von Daniel geschenkt bekommen – bis auf den Strauß, der momentan auf unserem Küchentisch steht. Dazu kommt, dass Daniel in letzter Zeit ständig unterwegs ist. Ich bekomme ihn kaum noch zu Gesicht. Entweder arbeitet er im Fitnessstudio, womit er sich sein Studium zum Teil finanziert, oder er trainiert selbst dort oder aber er ist mit einem seiner Kumpels unterwegs. Dass er tagsüber irgendwas unternimmt, stört mich ja nicht wirklich, da bin ich eh arbeiten, aber er ist verdammt oft auch abends unterwegs. Und immer sind es seine Jungs, die plötzlich enorm wichtig geworden sind. Das war früher anders. Da haben wir die Abende zusammen verbracht, die meisten davon im Bett. Dass das nicht ewig so weitergeht, ist ja normal. Aber

Daniel hat seit einigen Monaten kaum noch Interesse an mir, von diesem Samstag mal abgesehen.

Was, wenn Sam doch richtigliegt, wenn Daniel wirklich ein schlechtes Gewissen wegen einer anderen hat? Es könnte ja sein, dass er gar nicht immer mit seinen Kumpels unterwegs ist und sie nur als Alibi nutzt. Also gut! Ich schließe meine Augen, atme tief ein und frage laut:

»Was hat das alles zu bedeuten?«

4 Erst versprechen sie dir das Blaue vom Himmel, und dann betrügen sie dich

Er hat keine andere. Noch nicht! Das kam beim Kartenlegen raus. Katharina hat irgendeine Karte aus dem vor mir liegenden Stapel gezogen, aus der hervorgeht, dass er mich *noch* nicht betrügt. Schon irre, was sie aus den Dingern so alles herauslesen kann.

Angeblich werde ich in Zukunft ein glückliches Sexleben haben. Okay, den Anfang dazu hat Daniel gemacht. Wenn das nun so weitergeht, dann stimmt das. Dann hätte die *Lilie*, die dafür stehen soll und die ich aus dem Stapel gezogen habe, Recht. Dass ich danach eine Karte mit einem *Mund* aufgedeckt habe, hat zu einem Lachkrampf bei Sam geführt. Sie meinte, das würde gut zu meinem Mann passen, da er gerne viel redet und dabei eine Menge Blödsinn verzapft. Dann hat sie an eine Geschichte gedacht, die ich ihr mal über Daniel erzählt habe, und sie verlor völlig die Fassung.

Daniel stand irgendwann mal vor Wochen splitternackt vor mir am Bett, ließ seine Hüften kreisen, um dann wenig später auch noch ganz eigenartig mit seinem Kopf vor- und zurückzuzucken. Das sah wirklich unbeschreiblich dämlich aus. Dabei brachte er den Rap: »Yeah, Kleine, du bist die, die ich meine. Yeah, du bist so schrecklich lecker, ich bin der größte Checker.« Das Beste daran war das klatschende Geräusch, das sein schlaffes Ding im Takt machte, als es dabei gegen seine Leisten knallte. Keine Ahnung, was Daniel damals auf den Rap gebracht hat. Ich wusste auf jeden Fall nicht, ob ich lachen oder heulen soll …

Aber das war dann auch egal, denn wir lagen kurz danach beide fast auf dem Boden, weil der Idiot mit voller Wucht aufs Bett gesprungen kam, was dem alten Lattenrost einen gewaltigen Knacks gegeben hat. Ich war dann sauer, weil ich mir dabei wirklich wehgetan hatte. Aber ihm war das natürlich egal, er legte sogar noch einen drauf: »Das kann man reparieren, das musst du doch kapier'n. Und wenn die Schrauben klimpern, lass uns erst mal pimpern.«

Als er mich den Morgen darauf mit den Worten begrüßte: »Ich küss dich gleich mit Wonne, du bist für mich die Sonne«, fand ich es allerdings wieder ganz süß. Bis ich am nächsten Tag gerade ganz vertieft an einem Artikel in der Redaktion arbeitete und leider erst viel zu spät mitbekam, dass die Musik, die vom Gang her immer näher zu kommen schien, mir galt. Daniel brachte mir im Beisein der anderen ein unvergessliches Rapper-Ständchen. Alle hatten ihren Spaß, nur ich nicht. Meine Güte, war das peinlich! Ich hatte gerade erst dort angefangen zu arbeiten und war gleich bekannt wie ein bunter Hund. Ich habe Daniel daraufhin regelrecht verboten, in meiner Gegenwart nochmal solch eine Nummer zu bringen. Und jetzt versucht er mich ab und an damit zu foppen, indem er die Bewegungen mit dem Kopf nachahmt, allerdings ohne Ton.

Zum Glück hat er die Nummer noch nie beim Sex gebracht. Im Bett ist Daniel wie verwandelt, von der langen Flaute mal ganz abgesehen, die wir hinter uns haben. Ich kann es nicht anders ausdrücken: Er ist einfach der perfekte Liebhaber. Warum kann er nicht auch der perfekte Ehemann sein? Dann wäre vieles einfacher!

»Und?« Sam guckt mich fragend an. »Du glaubst doch wohl nicht an den Kram, oder?«

»Ich weiß nicht. Aber ich kann mir beim besten Willen nicht vorstellen, dass Daniel mich betrügt. Das passt irgendwie nicht. Er hat zwar Sachen mit mir veranstaltet, die er sonst nie macht, aber ein schlechtes Gewissen hatte er nicht.«

»Pfff«, schnauft Sam verächtlich, »du weißt doch, wie die Kerle sind. Erst versprechen sie dir das Blaue vom Himmel, und dann betrügen sie dich. Und dabei haben sie noch nicht mal den Mut, dir einfach die Wahrheit zu sagen. Wenn Daniel kein schlechtes Gewissen hat, dann heißt das noch lange nicht, dass er dich nicht betrogen hat. Es heißt nur, er hat kein schlechtes Gewissen.«

»Nein, hätte Daniel eine andere, dann würde ich das spüren. Ganz sicher!«

»Du würdest das spüren? Der wickelt dich doch mit links um seinen kleinen Finger. Und das nutzt er aus. Ist immerhin ein Kerl. Wahrscheinlich kann er noch nicht mal was dafür. Die sind halt so.«

»Ja«, mischt sich nun Katharina in das Gespräch ein, »aber letztendlich kannst du nicht alle über einen Kamm scheren. Nur weil dein Toby dich betrogen hat, müssen das andere Männer ja nicht genauso machen. Daniel betrügt Anna nicht. Noch nicht. Ganz sicher.«

Das war das Stichwort für Sam. Aufgebracht sieht sie Katharina an. »Toby? So ein Arschloch! Mir erzählt er, er wäre noch nicht so weit, er sei ein Steppenwolf, der lieber einsam und alleine den Mond anheult. In Wirklichkeit poppt er längst eine andere. Und dann ist es auch noch eine Kollegin, und ich bin die Letzte, die es erfährt.«

Mist! Dass Sam diesem Idioten immer noch so sehr nachhängt, war mir bisher gar nicht klar gewesen. Ehrlich gesagt, war es mir sogar ganz recht, dass der Typ sich als Arschloch entpuppt hat. Das hat Sams Entscheidung, zurück nach Oberhausen zu kommen, maßgeblich beeinflusst. Letztendlich hatte es also sogar was Gutes, vor allem weil Toby so eine Art Ober-Oberkommissar dort in München ist und durch seine Kontakte der Versetzungsantrag sofort durchging.

Den *Steppenwolf* haben wir damals in der Schule gemeinsam gelesen. Das waren noch Zeiten! Ich versuche, Sam zu trösten, strahle sie an und sage: »Du weißt ja, der Typ ist am Ende der Geschichte gestorben. Kannst du dich noch an Bea aus unserem Deutschkurs erinnern? Sie war völlig fertig nach dem Buch, und dann lief sie tagelang trauernd und mit schwarzen Klamotten durch die Gegend.«

Das Manöver klappt. Sam beginnt augenblicklich zu grinsen. »Klar kann ich mich an Bea erinnern. Die hatte einen Vollschuss! Aber sterben muss Toby ja nicht gleich. Ein kleines bisschen Pest, Pimmelpest oder so, das würde schon reichen. Ach was, scheiß der Hund drauf! Er ist ein Idiot, und ich kann froh sein, dass es vorbei ist. Hauptsache, ich sehe ihn nie wieder. Stimmt doch, oder? – Was wohl aus Bea geworden ist? Hast du mal was von ihr gehört?«

»Sie hat geheiratet und ist mittlerweile Mutter von zwei Kindern. Weiß ich von Britta. Die habe ich letztens getroffen. Britta ist übrigens geschieden …«

»Was uns wieder zum Thema bringt«, erwidert Sam geschickt. »Du wolltest mir noch sagen, wann du bei mir einziehst.«

Noch bevor ich antworten kann, greift Katharina ein. »Jetzt lass sie doch mal. So eine Entscheidung kann man nicht so einfach treffen. Wenn Anna sich wirklich sicher gewesen wäre, hätte sie sich niemals von Daniel verführen lassen. Und dann wäre sie auch schon längst gegangen.«

Einen kurzen Moment denke ich noch einmal an den Samstagabend und den toll gedeckten Frühstückstisch am Sonntag. Dass ich jetzt überall das Geschirr zusammensuchen muss, weil mein Mann die Spülmaschine nicht nur ein-, sondern auch ausgeräumt hat, stört mich nicht weiter. Der gute Wille zählt.

»Vielleicht ändert er sich ja doch?«

»So«, schnaubt Sam, »meinst du? Warum sollte das denn plötzlich passieren? Oder hat er sich doch endlich zu seinen Prüfungen angemeldet? Du beschwerst dich doch ständig, dass er nichts auf die Reihe bekommt und jammerst schon seit Monaten deswegen rum.«

Das stimmt. Als ich Daniel kennengelernt habe, hat er

noch studiert und stand kurz vor den Prüfungen. Aber das ist jetzt drei Jahre her, und er ist immer noch keinen Schritt weiter. Daniel studiert immer noch. Und er steht immer noch kurz vor seinen Prüfungen ... Wahrscheinlich wird Daniel sein Studium niemals abschließen. Allerdings passieren ja immer mal wieder Wunder.

»Nein, aber ...«, werfe ich unentschlossen ein.

»Nix aber. Männer ändern sich nicht einfach so. Irgendwas ist da passiert. Und wenn du Pech hast, hat dieses Irgendwas lange Haare bis zum Hintern und Körbchengröße 70D!«

»Ich habe 75D«, werfe ich ein, »und mein Quotient für Attraktivität liegt bei nahezu 0,67. Bei 0,7, um ganz genau zu sein.«

»Hä? Wo hast du das denn schon wieder her?«

»Habe ich gelesen. In einem Buch über die Wissenschaft der Liebe. Weibliche Attraktivität wird weltweit gleich gemessen. Wenn deine Taille ein Drittel schlanker ist als deine Hüfte, übt das den stärksten Reiz auf Männer aus. Mein Taillenumfang ist siebzig, meine Hüfte hat hundert, das ist fast so gut wie das Traummaß sechzig zu neunzig, nur zehn Zentimeter mehr. Ich bin also so ziemlich perfekt, nur dass ich überall zehn Zentimeter mehr habe. Und Haare kann man wachsen lassen. Wenn Daniel mich betrügt, was ich absolut nicht glaube, dann bestimmt nicht wegen meiner Figur!«

5 Wenn du bei Kerlen was erreichen willst, musst du sie loben

»Ach, Katharina, was mach ich denn jetzt?«

Eigentlich praktisch, wenn man eine schwangere Freundin hat. Die trinkt nie und ist immer fahrtüchtig. Sam haben wir gerade zu Hause abgeliefert, und jetzt hält Katharina vor unserem Haus an. Es ist fast zwei Uhr. Daniel schläft bestimmt schon tief und fest.

»Ich weiß auch nicht. Vielleicht wartest du einfach noch ein wenig mit deiner Entscheidung? Du warst dir doch von Anfang an nicht so richtig sicher, sonst wärst du doch schon längst weg, oder? Wie hat Daniel denn eigentlich auf Sams Überfallkommando reagiert? Wollte ich die ganze Zeit schon fragen.«

»Ich hab ihm gesagt, Sam sei momentan etwas durchgeknallt wegen der Sache mit Toby. Und außerdem hätte sie ihre Tage, da sei sie immer etwas daneben. Das kennt Daniel ja von mir.«

»Ich lach mich schlapp! Gut, dass Sam das nicht gehört hat. Die würde dich glatt eigenhändig nochmal ans Bett fesseln – und zwar für immer!«

»Hör bloß auf. Das eine Mal hat mir gereicht, ehrlich, das war echt peinlich!«

»Okay, dann lass uns jetzt zu den wichtigen Dingen kommen. Liebst du ihn noch?«

»Ach, wenn ich das nur wüsste«, seufze ich wehleidig.« Irgendwie ja. Aber darum geht es doch gar nicht. Daniel hat durchaus seine schönen und vor allem witzigen Seiten. Aber die nerven mich eigentlich in letzter Zeit nur noch. Seine Schlampigkeit ist dabei das kleinste Problem. Was mich am meisten ankotzt, ist, dass er keine Verantwortung übernehmen will. Für Daniel ist immer alles *easy*. Ich bin einunddreißig, Katharina! In mir tickt so was wie eine biologische Uhr. Ich hätte nie gedacht, dass ich mal so denke, aber mir scheint die Zeit davonzurennen. Ich will Familie, Kinder. Aber wie soll das denn mit Daniel gehen? Der hat ja noch nicht mal einen festen Job, geschweige denn sein Studium beendet. Und nur Sex ist auf Dauer auch nicht das Wahre, auch wenn er noch so gut ist. Davon wird schließlich keine Familie satt.«

»Und wenn du einfach noch ein bisschen wartest?«

»Ach, wie lange soll ich denn noch warten? Ich habe ihm schon zweimal ein Ultimatum gesetzt, weil ich dachte, er braucht vielleicht einfach nur etwas Druck. Aber das hat auch nichts gebracht. Ich versteh Daniel nicht, ehrlich nicht. Der muss doch nur noch die Prüfungen bestehen, muss sich einfach anmelden, der Trottel. Die Examensarbeit hat er ja schon abgegeben. Ich bin davon überzeugt, dass er ein guter Lehrer wäre … Außerdem nervt mich mein Job. Mein Chef ist ja ganz nett, aber ich würde viel lieber über ganz andere Dinge schreiben. Es ist zwar ein sicheres Einkommen, trotzdem, wenn Daniel vernünftig Geld verdienen würde, könnte ich jetzt wenigstens schwanger werden und mir eine Auszeit nehmen. Übrigens, darf ich mal fühlen?«

»Klar. Sie ist gerade wach. Und sehr aktiv. Hier, sie strampelt wieder mal von innen gegen meinen Bauch. Bestimmt ist ihr langweilig. Sie mag es lieber, wenn ich mit ihr durch die Gegend spaziere.« Vorsichtig legt Katharina meine Hand auf ihren runden Bauch.

»*Sie*?«

»Ja, ein Mädchen.«

»Oh, hast du es dir doch sagen lassen? Hat deine Ärztin es gesehen?«

»Nein, die hat nichts gesagt. Aber ich konnte mich doch nicht zurückhalten und habe Karten gelegt. Eindeutig, es ist ein Mädchen!«

»Wie schön! Der arme Michael ... Dann hat er gleich drei Frauen im Haus. Der hat sich doch sicher einen Stammhalter gewünscht.«

»Ach, der ...«

»Wieso? Stimmt was nicht?« Neugierig schaue ich meiner Freundin ins Gesicht. In dem Moment spüre ich einen kräftigen Tritt gegen meine Handfläche. »Oh, die ist aber ganz schön stark«, flüstere ich ehrfurchtsvoll. »Hast du schon einen Namen?«

»Emma.«

»Emma? Wie süß! Wie die Emma Peel aus *Schirm, Charme und Melone*. Sie wird bestimmt auch so eine Powerfrau. Und? Was sagt dein Mann denn jetzt dazu?«

»Der weiß es nicht. Und ich habe auch überhaupt keine

Lust, ihm das zu erzählen. Na ja, der wird ganz schön blöd gucken, wenn er sie sieht. Er rechnet immer noch felsenfest mit seinem *Hugo*. Der Name seines Vaters, weißt du.«

So habe ich Katharina noch nie reden hören. Ich werfe ihr einen erstaunten Blick zu. Irgendwas scheint nicht zu stimmen zwischen den beiden. Ob Katharina deswegen heute so still war? Sie redet ja wirklich nie viel, aber heute war sie besonders ruhig.

»Erzähl! Was ist los?« Erwartungsvoll schaue ich meine Freundin an.

»Ach, ich weiß auch nicht genau, wann es angefangen hat. Irgendwie war es ein schleichender Prozess. Er hat sich still und heimlich total verändert.«

Ob das ansteckend ist? Vielleicht hat Michael ja Daniel infiziert oder umgekehrt. Oder sind es bei Katharina nur die Hormone, eine Schwangerschaftsdepression oder so etwas in der Art? Soll es ja geben. Ich versuche, einen kleinen Scherz zu machen, um sie etwas aufzumuntern. »Na ja«, sage ich, »er hat etwas zugelegt, das ist mir auch schon aufgefallen.«

»*Etwas zugelegt* ist gut. Hast du mal seinen Bauch gesehen? Wenn Michael nackt auf dem Rücken liegt, sieht er aus wie ein aufgeblasener Frosch. Und dabei ist er noch nicht einmal schwanger! Aber das ist es gar nicht, was mich stört.«

»Was denn genau? Ich hatte immer den Eindruck, er ist sehr stolz auf dich und eure Kleine und tut alles dafür, dass es euch gutgeht.«

»Ja, ist er auch. Stolz auf seine schöne Frau, seine süße

Tochter, sein großes Haus, sein großes Auto, seinen großen Garten. Alles gehört zu seinem Besitz, sogar Lenchen und ich. Der Erfolg, das Geld, das scheint ihm irgendwie in den Kopf zu steigen. Ich komme mir manchmal vor wie in dieser schlechten Werbung für die Bank, die, bei der der ekelige Typ die ganzen Fotos aus der Tasche zieht und damit protzt.«

Na, immerhin hat meine Freundin einen Kerl, der Kohle verdient, aber diese Bemerkung verkneife ich mir. Katharina hört sich wirklich deprimiert an. Also schnalle ich mich kurzerhand ab und nehme sie einfach in den Arm. »Ach, Süße, das tut mir leid für dich, echt! Du hast nie irgendwas erzählt. Und ich war so sehr mit mir selbst beschäftigt, dass ich davon gar nichts mitbekommen habe. Ich dachte immer, bei euch sei alles in Ordnung.«

Meine Freundin will gerade zu einer Antwort ausholen, als mir ein gut aussehender Mann in Jeans und weißem T-Shirt auffällt, der gerade eben an unserem Auto vorbeiläuft und in sein Handy lacht. Er sieht uns nicht, da er sehr vertieft in das Telefongespräch zu sein scheint. Der Mann kommt mir auf jeden Fall verdammt bekannt vor, denn immerhin habe ich ihm vor drei Jahren mein Jawort gegeben! Was macht Daniel um diese Uhrzeit denn noch draußen? Er wollte doch den Abend gemütlich zu Hause verbringen! Und mit wem um Gottes willen telefoniert er um zwei Uhr in der Nacht?

»Ist das Daniel?« Katharina dreht sich um und sieht ihm nach.

»Hm-hm«, antworte ich. »Ich würde zu gerne wissen,

mit wem er da gerade so fröhlich telefoniert. Er hasst Telefonieren nämlich eigentlich. Außerdem hat er mir vorhin erzählt, er fühle sich nicht so gut, wollte sich den ganzen Abend auf die Couch knallen. Na warte, den krall ich mir! So ein Arsch!«

»Nicht so hastig«, hält mich Katharina zurück, »lass ihn doch erst einmal reingehen. Vielleicht erzählt er dir ja gleich, wo er war.«

»Okay«, überlege ich laut, »da bin ich aber mal gespannt. Aber eigentlich könnte mir das ja auch egal sein, meinst du nicht? Immerhin wollte ich ihn gestern noch verlassen ... Ich freu mich übrigens jetzt schon auf den Kommentar, den meine Mutter dann ablässt, falls ich irgendwann doch gehe. Sie hat mich damals ja gewarnt, weil Daniel sternzeichentechnisch gar nicht zu mir passt.«

»Ja, aber gestern war gestern. Und heute ist eben alles anders. Also, ich finde ihn ganz süß und witzig. Und außerdem passt ihr gut zusammen. Vielleicht gerade, weil ihr so verschieden seid. Das macht eine Beziehung doch erst spannend.«

»Na ja, spannend ist was anderes, aber süß ist er, das stimmt. Und charmant kann er auch sein, wenn er das will. Und witzig ist er sowieso. Er ist eben irgendwie wie ein verspieltes Kind. Das ist es ja, was mich so stört.«

»Aber das sind doch genau die Eigenschaften, in die du dich damals Hals über Kopf verknallt hast. Schon vergessen? So sehr, dass du ihn unbedingt nach drei Wochen heiraten musstest.«

»Das ist ja das Problem. Früher fand ich diese Dinge toll

an ihm. Heute finde ich sie einfach nur noch anstrengend. Ich kümmere mich um alles. Ich will aber auch mal jemanden, der sich um mich kümmert. Aber nicht nur im Bett! Wir haben schon so oft darüber diskutiert, aber es führt letztendlich zu nix.«

»Hast du es schon mal mit Loben versucht?«

»Loben?«

»Ja! Daniel ist immerhin ein Kerl. Wenn du ihm andauernd Vorhaltungen machst und rumdiskutierst, bringt das wahrscheinlich nicht viel. Dann wird er bockig. Oder er kauft sich einen Sportwagen mit großem Auspuff, um seine Defizite zu kompensieren. So macht meiner das zumindest. Wenn du bei Kerlen was erreichen willst, musst du sie loben. Du musst sie in ihrem Tun positiv bestärken, mit irgendwas belohnen. Das klappt! So mach ich das mit Charly auch immer.«

»Mit *Charly*?«, frage ich, mehr als erstaunt.

»Ja«, lacht Katharina, »immer wenn er was richtig gut macht, brav ist, Pfötchen gibt oder auf Kommando folgt, belohne ich ihn. Mit einem Leckerchen, mit einem Lob oder mit einer Portion Kraulen. Und schon wackelt das Schwänzchen, und beim nächsten Mal macht er es wieder richtig.«

Ich denke kurz an unsere grauhaarige Nachbarin, Frau Grimmelsberg, die ich ab und an mal beim Postholen an den Briefkästen treffe. Sie hat auch einen Hund. Seit ungefähr zwei Jahren ist sie stolzes Frauchen eines Pudels namens Helmut. Komischer Name für einen Hund! In kürzester Zeit hat sie Helmut auf jeden Fall beigebracht,

Sitz und Platz zu machen, Pfötchen zu geben und den toten Mann bzw. Hund zu mimen. Und das alles hat die alte Dame mit massenhaft Leberwurstschnittchen und einem einzigen Satz erreicht: »Fein hast du das gemacht, Helmut. Prima!«

6 Ich hatte mir so fest vorgenommen, nichts zu sagen …

Daniel ist wirklich verrückt. Kopfschüttelnd stehe ich vor unserem Ehebett. Die vier Eisenbeine, die eigentlich fest auf dem Boden stehen müssten, ragen senkrecht in die Luft. Daniel hat unser Bett kurzerhand auf den Kopf gestellt. Die Lattenroste samt Matratzen liegen auf dem Boden.

Ich muss ziemlich dämlich geguckt haben, als ich gestern Nacht immer noch leicht angesäuert nach Hause kam, gespannt darauf, ob Daniel mir erzählen würde, warum er sich so spät noch nachts auf der Straße rumgetrieben hat, und das telefonierend. Ich hatte ganz leise die Tür aufgeschlossen und mich auf Zehenspitzen in die Wohnung geschlichen, in der Hoffnung, Daniel könnte immer noch telefonieren, und ich könnte ein paar Fetzen seines Gespräches aufschnappen. Doch er hatte schon aufgelegt. Sein Handy lag auf dem Küchentisch.

Ich überlegte einen Moment, ob ich mal eben, natürlich aus Versehen, sein Handy mit meinem verwechseln könnte. Wir haben ja schließlich das gleiche Modell, da kann so was schon mal passieren. Und bei der Gelegenheit könnte ich auch gleich mal einen unauffälligen Blick auf die Telefonliste werfen. Doch bevor ich mich zu dieser absolut verwerflichen Aktion hinreißen lassen konnte, hörte ich ein Poltern und dann ein lautes »Autsch«, das eindeutig aus dem Schlafzimmer kam.

Ich hatte im *Gecko* nur den einen Kamikaze getrunken, war also annähernd nüchtern und wusste, dass unser Bett tatsächlich Kopf stand.

»Hallo, mein Engel«, begrüßte mich Daniel, »darf ich vorstellen, unser neues Himmelbett.«

Bodenbett wäre wohl treffender gewesen. Daniel hatte vergeblich versucht, den durchgekrachten Lattenrost zu reparieren. Da die Konstruktion aber wackelig blieb, legte er die Dinger einfach so auf den Boden. Die Matratzen packte er obendrauf. Dann stellte er fest, dass die Matratzen an den Seiten runterrutschen und zwischen uns eine riesige Liebestöterritze entstehen könnte. Also baute er den Bettrahmen darum, natürlich auf dem Kopf stehend, damit die Seitenteile auch die Matratzen stützen konnten. Ich starrte immer noch auf die vier aufragenden Bettbeine und fing an zu lachen, da fiel mir plötzlich wieder ein, dass ich ja eigentlich sauer sein müsste, und ich guckte Daniel grimmig an.

»Was?«, wollte er wissen, »gefällt es dir nicht?«

»Doch schon, aber sagtest du nicht, dir ginge es nicht gut?«

»Ach, ich habe ein Stündchen geschlafen, dann war ich wieder fit.«

»Aha. Und dann?«

»Dann habe ich mich ein bisschen vor die Glotze gehängt und dann das Bett gebaut.«

»Hm …«

»Was, hm?«

»Ach, ich mein ja nur, weil wir dich gerade draußen gesehen haben. Du hast uns nicht bemerkt, weil du zu sehr in dein Telefongespräch vertieft warst.« Ich hatte mir so fest vorgenommen, nichts zu sagen. Aber so ist das nun mal mit den guten Vorsätzen – plötzlich kann man sich nicht mehr an sie erinnern. Ich muss wirklich lernen, mich mal zurückzuhalten und geduldiger zu sein. Vielleicht hätte Daniel ja wirklich noch was erzählt. Sich im Nachhinein auf die Zunge zu beißen bringt allerdings auch nix, also versuchte ich, möglichst unbeteiligt und besonders fröhlich zu wirken.

»Ach so, ja, weißt du … Ich war eben nochmal in der Apotheke. Und das am Telefon war Tom. Die pokern ja heute wieder, allerdings ohne mich. Er wollte mich überreden, doch noch vorbeizukommen. Guck mal …« Mit diesen Worten kramte Daniel eine weiße Plastiktüte von der Kommode und zauberte ein dunkelbraunes Fläschchen daraus hervor. »Mandelöl. Das hat dir doch so gut gefallen. Und ich dachte, wir weihen gleich mal unsere neue Spielwiese ein. Sie quietscht auch gar nicht mehr.«

Normale Menschen gehen niemals nachts um halb zwei in eine Apotheke, es sei denn, sie sterben vor Schmerzen, weil ein Zahn kurz vorm Explodieren ist oder sie brauchen unbedingt Kondome, weil sie selbst kurz vorm Zerplatzen stehen. Aber Daniel ist eben nicht normal. Er geht mitten in der Nacht für mich Mandelöl kaufen. Das passt zu ihm!

Bestimmt haben sich die Jungs ordentlich über ihn lustig gemacht, wenn er ihnen davon erzählt hat. Aber von denen ist ja auch noch keiner verheiratet, was für uns Frauen wohl auch besser ist, denn das sind noch größere Chaoten als Daniel, und das will was heißen.

Dass Daniel die Pokerrunde sausen hat lassen, spricht wirklich dafür, dass es ihm nicht gutging. Wie süß, dass er dann trotzdem nachts extra nochmal für mein Wohlbefinden zur Apotheke gefahren ist!

Das Mandelöl steht jetzt neben dem neuen Bodenbett, das wir natürlich in der Nacht noch getestet haben. Es quietschte wirklich nicht mehr. Die Flasche hat Daniel danach offen stehen gelassen, was mal wieder typisch für ihn ist. Sicherheitshalber schraube ich sie zu. Dann schnappe ich mir die Plastiktüte und bringe sie in die Küche, um sie in die gelbe Tonne zu schmeißen. Ich weiß ja eigentlich, dass diese ganze Mülltrennerei nix bringt, sortiere aber trotzdem. Zumindest sammle ich immer fein säuberlich das Papier und bringe es regelmäßig zum Container. Deswegen ziehe ich auch den Kassenbon aus der Tüte und werfe, rein vorsichtshalber, einen Blick darauf. »Mandelöl«, so wie Daniel es gesagt hat. Daniel kann aber auch wirklich ein richtiger Schatz sein!

Ich will den Zettel gerade in die Papierkiste werfen, da nehme ich aus den Augenwinkeln eine ganz eigenartige Zahl wahr, die unten neben dem Datum auf dem Kassenbon steht: 13:23 Uhr!

Es dauert ein paar Sekunden, bis mir die ganze Tragweite dieser Uhrzeit bewusst wird. Daniel war schon mittags in der Apotheke gewesen. Wo war er dann aber bitte schön nachts? Eins steht fest, Daniel hat mich belogen. Und das kann nichts Gutes heißen, absolut nicht!

7 Bin ich zu nett? Oder einfach zu blöd, mal ›Nein‹ zu sagen?

Na toll, jetzt fange ich schon an, mit mir selbst zu sprechen: »Ruhig, Anna, jetzt bloß nicht aufregen. Denk nach, bestimmt kann man das irgendwie erklären. Und wenn nicht, dann hast du jetzt den ultimativen Grund, ihn zu verlassen. Wäre doch eigentlich gut.«

Nichts ist gut. Daniel hat mich belogen. Und ich habe es in dem Moment noch nicht einmal bemerkt. So ein Penner! Fährt mittags in die Apotheke und erzählt mir, er sei nachts da gewesen. Und ich Doofe glaube ihm auch noch! Sam hat Recht, ich lasse es immer wieder zu, dass er mich um seinen kleinen Finger wickelt.

Was mache ich jetzt? Rufe ich Sam an, erzählt sie mir, dass sie es gewusst habe und Daniel letztendlich auch nicht besser sei als alle anderen Kerle. Rufe ich Katharina an, wird die mich beruhigen und nach einer logischen Erklärung für das alles suchen. Vielleicht war die Uhr der Kasse ja falsch eingestellt? Bestimmt war Daniel um 1:23 Uhr da und die Kasse hat wegen eines Programmierungsfehlers 13:23 daraus gemacht. So was passiert ja immer wieder mal. Das würde alles erklären!

Ich darf auf jeden Fall jetzt nicht die Nerven verlieren,

auch wenn mein Bauch mir gerade signalisiert, dass ich am liebsten irgendwas zerstören möchte. Das Bayerntrikot zum Beispiel! Darüber könnte ich das restliche Mandelöl schütten. Oder ich übermale das blöde Podolski-Autogramm darauf, der ist ja ohnehin zu seinen geliebten Kölnern zurück, der Verräter. Oder aber ich zerschneide es einfach.

Mein Kopf will allerdings mal wieder nicht so, wie mein Bauch das gerne hätte. Er zwingt mich dazu, Ruhe zu bewahren und erst einmal alle Fakten richtig zu sortieren. Dafür muss ich in die Apotheke fahren, in der Daniel das Öl gekauft hat, in die Bärenapotheke. Da kauf ich einfach nochmal eine Flasche, und wenn die Kassenuhr wirklich falsch geht, dann weiß ich, dass doch alles in Ordnung ist. Nachschub haben wir dann auch gleich. Und wenn der Kassenbon richtig ist, dann kann ich mir immer noch Gedanken über den Rest machen.

Ich schlüpfe in meine Birkenstocks und will gerade zur Tür raus, da klingelt das Telefon. Die Nummer kenne ich gut: Es ist Herr Friedemann, mein Chef vom Oberhausener Anzeiger. Mist, auch das noch. Wenn ich nicht rangehe, dann klingelt gleich mein Handy, und er quatscht meine Mailbox voll und das wahrscheinlich mindestens fünfmal nacheinander. Also hebe ich ab und flöte freundlich in den Hörer:

»Blum.«

»Hallo, Frau Blum, Friedemann hier. Ich wollte Sie nur nochmal an den Artikel erinnern. Sie wissen ja, der ist für die Donnerstagsausgabe gedacht, also brauchen wir ihn spätestens morgen, damit er auch rechtzeitig fertig wird.«

»Ach, hallo Herr Friedemann, ich hätte Sie auch noch angerufen«, lüge ich. »Natürlich denke ich an den Artikel. Ist schon fast fertig. Ich schicke ihn morgen raus.«

Bin ich zu nett? Oder einfach zu blöd, mal *Nein* zu sagen? Andere verreisen während des Urlaubs und schalten das Handy aus. Ich will während meines Urlaubs meinen Mann verlassen, sage trotzdem zu, diesen blöden Artikel zu schreiben und bin unfähig, auch nur eins von beidem hinzukriegen. Jetzt darf ich mich auch noch hinter den Schreibtisch setzen und mir Gedanken über die Behandlung von Därmen anderer Menschen machen. Und dabei wurde ich eigentlich für die Rubrik Kultur eingestellt. Irgendwie scheinen mich heute Apotheken zu verfolgen.

Wenigstens kann ich Friedemann diesmal schnell abwimmeln. Wenn ich nicht aufpasse, lasse ich mich nämlich regelmäßig in lange Gespräche mit ihm verwickeln. Irgendwas hat er an sich, dass ich einfach nicht widerstehen kann. Und ich weiß nicht mal, was das genau ist. Vielleicht ist es seine nette Stimme, sein Aussehen ist es auf jeden Fall nicht. Ich stehe auf dunkle Typen. Daniel ist, rein optisch gesehen, mein absoluter Traummann, ehrlich. Friedemann ist blond und seine Augen sind grün. Manchmal schimmern sie leicht türkis, je nachdem, wie das Licht fällt. Das sieht dann sehr schön aus. Trotzdem, eigentlich gehört mein Chef eher zu den unscheinbaren Typen, und dennoch fühle ich mich regelmäßig seelisch von ihm ausgezogen, wenn er lange in meiner Nähe ist. Irgendwie mag ich einfach seine Art und seine Gedanken.

»Ätsch«, sage ich bestimmt, als ich den Hörer schon nach kurzer Zeit auflege. Diesmal bin ich nicht schwach geworden, mich in endlose Diskussionen verwickeln zu lassen. Dann fällt mir ein, dass ich nicht undankbar sein darf, denn immerhin hat Friedemann mir am Donnerstag für zwei Wochen Urlaub gegeben, obwohl ich offiziell noch in der Probezeit stecke. Ich dachte, dass Urlaub ganz praktisch wäre, um die Trennung zügig über die Bühne zu bringen.

Aus Dankbarkeit habe ich dann auch den Artikel zugesagt, den sonst niemand schreiben wollte. Wenigstens durfte ich dabei zwischen zwei Themen auswählen, wobei das andere auch nicht viel prickelnder war. Über Inkontinenz im Alter will ich mir eigentlich genauso wenig Gedanken machen müssen wie über Verstopfung. Und überhaupt, warum kann Friedemann sich nicht mal was Spannenderes einfallen lassen als ausgerechnet eine Berichtreihe über *Alltägliche Gesundheitsprobleme bei Jung und Alt?* Der ist doch sonst so kreativ! Das doofe Thema ist ihm bestimmt nur eingefallen, weil ich mal für die *Apotheken Umschau* gearbeitet habe.

Und dabei habe ich schon so oft tolle Vorschläge gemacht. Ich habe wirklich gute Artikel in der Schublade liegen, »Mein Leben im Pott« zum Beispiel. Immerhin ist das Ruhrgebiet einzigartig und Heimat der einen oder anderen wirklich interessanten oder gar skurrilen Persönlichkeit. Mich interessiert, wie die Menschen hier leben, was sie bewegt, was sie denken und fühlen, und nicht, was sie bei Verstopfung schlucken oder welche Windeln am meisten Flüssigkeit aufsaugen, wenn man eine Blasenschwäche hat. Aber Friedemann schafft es immer wieder, mich ganz schnell vom Gegenteil zu überzeugen.

»Haben Sie mal gesehen, wie viele Apotheken es in manchen Stadtteilen auf einem Haufen gibt? Mindestens genauso viele wie Bäckereien. Schreiben Sie über die kleinen Wehwehchen oder darüber, dass die Brötchen immer kleiner werden. Das lesen die Leute!«

Die Bärenapotheke ist in der Innenstadt von Oberhausen. Das sind etwa zwanzig Minuten, wenn viel Verkehr ist. Eigentlich könnte ich ja auch einfach anrufen: »Hallo, ich wollte Ihnen nur sagen, dass Ihre Kasse eventuell spinnt …« Nein, das ist mehr als peinlich. Außerdem will ich mich mit eigenen Augen überzeugen. Ich fahre also lieber selbst hin, dann kann ich direkt auf dem Rückweg einkaufen. Der Kühlschrank muss sowieso aufgefüllt werden. Und in der Fußgängerzone gibt es ja bekanntlich genügend Bäcker, dann kann ich auch gleich Brot kaufen. Brötchen gibt es bei uns nämlich nur noch ab und zu am Wochenende.

Irgendwie hat Friedemann mit seiner Brötchentheorie vielleicht sogar Recht. Ob die Dinger kleiner geworden sind, weiß ich nicht so genau, aber teuer sind sie, besonders wenn sie noch gesund sein sollen und mit ganzen Körnern gebacken werden. Und wenn man noch ein Stück Kuchen dazu kauft, dann wird man beim Bäcker gleich ein kleines Vermögen los. Aber man lebt ja schließlich nur einmal!

Die Kasse spinnt nicht. Wir haben Viertel nach zwölf, auf meiner Uhr und auf dem Kassenbon. Aber weil ich ja bis zum Schluss immer nur an das Gute im Menschen glaube, frage ich vorsichtshalber doch nochmal nach: »Ach, passiert es eigentlich manchmal, dass die Uhrzeit auf dem Bon falsch angezeigt wird? Also, ich meine, dass die Tageszeit und die Nachtzeit gleich angezeigt werden?«

»Wie meinen Sie das?« Die Apothekerin schaut mich fragend an.

»Ich meine, könnte es sein, dass Montagnacht die Kasse anstatt 1:23 die Mittagszeit, also 13:23, angezeigt hat?«

»Normalerweise funktionieren unsere Kassen immer richtig. Auf die Uhrzeit achte ich allerdings nie. Wieso? Gab es ein Problem?«

Jetzt haben wir es! Ich komme mir wirklich blöd vor. Ich will mich gerade höflich verabschieden und so schnell wie möglich verschwinden, da schiebt die nette Frau mir gegenüber einen Satz nach, der mir klarmacht: Ich fühle mich nicht nur blöd, ich *bin* blöd!

»Übrigens hatten wir am Montag überhaupt keinen Nachtdienst.«

8 Männer wollen mit solch einem Frauenkram nix zu tun haben

Obstipation ist der medizinische Fachbegriff für Verstopfung. Die wünsche ich Daniel gerade. Und zwar so heftig, dass das ganze Zeug aus seinen Ohren rausquillt. Ich starre jetzt schon mindestens zwanzig Minuten auf die Überschrift meines Artikels, den ich für morgen fertig haben muss. *Alarm im Darm*. So ein Scheiß! Daniel arbeitet heute bis dreiundzwanzig Uhr im Fitnessstudio. Aber vielleicht habe ich ja Glück und er platzt? Am besten direkt im Sportstudio, denn ich will ja nicht die ganze Suppe in der Wohnung rumfliegen haben …

Ich weiß momentan nicht genau, worüber ich mich mehr ärgere: über die Tatsache, dass Daniel mich angelogen hat oder dass ich so blöd war, ihm auch noch zu glauben. Aber das Allerschlimmste ist, dass ich immer noch irgendwie nach einer Begründung für alles suche und die Hoffnung habe, dass sich das sehr bald aufklären wird.

Es hilft alles nichts. Ich muss mich jetzt konzentrieren und diesen dummen Artikel schreiben, sonst habe ich morgen noch ein Problem mehr. Und ich darf nicht meckern, denn immerhin hat Friedemann mir eine Festanstellung gegeben, und das ist in unserer Branche gar nicht so üblich. Die meisten Journalisten sind als freie Mitarbeiter tätig.

Also, wann spricht man von Verstopfung? Wie lässt sie sich vermeiden? Und was tut man dagegen, wenn sie doch mal da ist? Wie hießen Abführmittel nochmal? Ach ja, *Laxanzien*, die helfen bei Verstopfung, indem sie den Stuhl aufweichen. Man darf nur nicht zu viel davon nehmen, dann bekommt man Durchfall. Ein ordentlicher Durchfall für Daniel wäre vielleicht gar nicht schlecht, nur so als kleine Rache. Immerhin hat er mich belogen, wobei erst einmal ganz egal ist, wie und warum. Dass er das wegen einer anderen Frau getan hat, kann ich mir immer noch nicht vorstellen. Dafür haben wir einfach wieder zu viel Spaß im Bett. Und wenn doch?

Ich bekomme ja kaum was mit, wenn ich abends immer spät nach Hause komme. Und er war wirklich ungewöhnlich viel unterwegs die letzten Monate. Und das immer ohne mich. Die meiste Zeit treibt er sich im Fitnessstudio rum. Und da gibt es Mädels satt. Ich weiß ja, wie die ihn immer anhimmeln. Was, wenn mal eine dabei war, die ihm gefiel? Ich tippe in die Tasten: »Wer Abführmittel auf synthetischer Basis anwendet, muss auf seinen Elektrolythaushalt achten. Lassen Sie sich von Ihrem Apotheker beraten.«

Gute Idee! Da rufe ich doch gleich mal Romina an. Das ist eine Apothekerin, die ich durch den Job bei der *Umschau* kennengelernt habe.

»Hallo Romina, Anna hier.«

»Ach, Anna, hallo. Das ist ja eine Überraschung. Ist alles in Ordnung bei dir?«

»Nein, ja. Ich arbeite gerade an einem Artikel zum Thema *Verstopfung*. Sag mal, die Mittel dagegen, die auf synthetischer Basis, wirken die schnell? Und schmeckt man die?«

»Das kommt ganz darauf an. Wenn du ein Präparat mit Natriumpicosulfat nimmst, hast du die Wirkung in etwa zwei Stunden. Je nachdem wie viele Tropfen du nimmst, recht heftig. Wir nennen sie hier wegen ihres durchschlagenden Erfolges übrigens Donnertropfen.«

»*Donnertropfen?* Klingt ja gefährlich! Und wie ist das mit dem Geschmack?«

»Witzig, dass du das fragst. Das Zeug schmeckt man nicht. Ich habe eine Kollegin, die hat sie mal ihrem Gatten ins Essen gemischt. Der hatte nämlich ein Verhältnis und war so blöd und hat sich von ihr erwischen lassen. Immer wenn er abends noch einen wichtigen Termin hatte, also auf dem Weg zu der anderen war, kochte sie vorher besonders lecker und mischte liebevoll die *Donnertropfen* rein. Geschmeckt hat er diese besondere Medizin nicht. Aber er hat bestimmt mehr Zeit auf dem Klo als im Bett verbracht … Die sind übrigens mittlerweile geschieden.«

»Echt? Ist ja ein Ding! Und die gibt es wirklich rezeptfrei?«

»Ja, rezeptfrei, aber man darf sie nicht langfristig anwenden.«

»Klar. Dann komm ich gleich nochmal vorbei. Legst du mir welche weg? Nur falls du nicht da bist.«

»Ich bin hier. Du startest jetzt aber keinen Selbstversuch, Anna. Oder doch?«

Nein, einen Selbstversuch werde ich ganz sicher nicht starten. Aber es schadet ja nichts, die Tropfen mal im Arzneischrank zu haben. So für alle Fälle.

Der Artikel ist mehr schlecht als recht geworden. Egal, das muss reichen. Es ist mittlerweile fast halb sechs. Wenn ich mich beeile, schaffe ich es noch zu Romina in die Apotheke. Das ist dann schon die zweite Apotheke, die ich heute aufsuche. Danach düse ich bei Sam vorbei. Die hatte Frühdienst und müsste zu Hause sein. Irgendwie muss ich doch mal mit jemandem über die ganze Sache sprechen.

Wir wohnen in der ersten Etage. Ich schnappe mir meinen Autoschlüssel und will gerade zur Tür raus, da sehe ich Frau Grimmelsberg mit unserem gelben Wäschekorb die Treppe hochkommen. Zu spät. Sie hat mich bereits gesehen und strahlt mich an.

»Ach, Frau Blum, gut, dass ich Sie noch erwische. Ich schnüffele ja normalerweise nicht in der Wäsche anderer Leute rum, aber Ihre hängt jetzt schon so lange im Trockenraum an der Leine, und ich musste heute auch waschen. Mein Helmutchen hat Magen-Darm. Ich weiß nicht, was der Arme gefressen hat, aber es kommt gleichzeitig vorne und hinten raus.«

Na prima! Daniel hat mal wieder die Wäsche nicht abgehängt, obwohl ich ihn mindestens dreimal daran erinnert habe. Deswegen muss ich mir jetzt auch noch etwas über Tierdärme anhören! Ob Hunde auch Menschen anstecken können? Manchmal habe ich wirklich eigenartige Gedanken.

»Das ist aber wirklich nett von Ihnen«, säusele ich gequält und nehme ihr den Korb ab. »Ich wusste nicht, dass mein Mann sie immer noch nicht abgehängt hat. Das ist nämlich eigentlich *seine* Aufgabe.«

»Ach, das habe ich doch gerne gemacht. Und außerdem wissen wir doch, wie das ist. Männer wollen mit solch einem Frauenkram nix zu tun haben. Trotz der ganzen Emanzipation. Normale Männer arbeiten und bringen das Geld nach Hause. Eigentlich schade, dass sich da bis heute nichts geändert hat.«

Normale Männer arbeiten und bringen das Geld nach Hause. Stimmt, denke ich, meiner ist ja nicht normal. Der lässt mich arbeiten gehen und die Kohle ranschaffen. Hauptsache, er hat seinen Spaß.

Oben im Wäschekorb liegt, fein säuberlich zusammengefaltet, Daniels Bayerntrikot. Ohne weiter darüber nachzudenken, schnappe ich mir das blöde Teil und verabschiede mich freundlich, aber bestimmt von unserer hilfsbereiten Nachbarin. Dann mache ich mich auf den Weg zu meinem Auto, das gleich neben den Müllcontainern steht. Ich überlege einen kurzen Moment, ob ich das Trikot darin versenke, entscheide mich aber dagegen. Vielleicht tue ich Daniel damit noch einen Gefallen, und das will ich bestimmt nicht. Aber Strafe muss sein, so viel steht fest. Deswegen beeile ich mich jetzt, um noch rechtzeitig in der Apotheke zu sein, bevor sie schließt.

9 Mein Mann ist absoluter Experte im Sich-keine-Gedanken-Machen

Daniel habe ich vor gut drei Jahren auf einer Party von Katharinas Mann Michael kennengelernt. Als Politiker kennt Michael eine Menge Leute. Er will ganz hoch hinaus. So wie ich ihn einschätze, will er irgendwann mal unsere Angela ablösen. Aber noch tummelt er sich in kleineren Regionen. Und unserer Kanzlerin wird er mit Sicherheit niemals das Wasser reichen können.

Seine Feiern sind immer sehr elitär. Das war auch vor drei Jahren schon so, als er den Entschluss fasste, sich neben seinem Autohaus eine Karriere in der Politik aufzubauen. Ich persönlich bin ja der Meinung, dass er dafür nicht in der richtigen Partei aktiv geworden ist. Und dann handelt er auch noch mit den falschen Autos! Aber den anwesenden Gästen war das egal. Die genossen einfach nur das gute Essen und ließen sich ordentlich von Michael bauchpinseln, der sich für meinen Geschmack ein wenig zu sehr bei der »Oberhausener Elite« einzuschleimen versuchte.

Ich fühlte mich auf jeden Fall fehl am Platz zwischen den ganzen feinen Pinkeln und zog es vor, Katharina beim Servieren der noblen Häppchen und Kanapees zu helfen.

Auf einmal stand Daniel vor mir. Er jobbte damals noch als Taxifahrer und sollte einen der Gäste abholen. In seinen Jeans und dem schlichten weißen Hemd hob er sich angenehm ab von den vielen Anzugträgern, die ihre Hälse mit Krawatten zugeschnürt hatten. Und da zwei Knöpfe seines Hemdes offen standen, konnte ich den Ansatz einer herrlich behaarten Brust erkennen. Ich liebe männliche Brustbehaarung. Und ich verstehe nicht, warum so viele Kerle sich daran mit Rasiermessern vergehen. Daniel strahlte mich an und ich versank in seinen blauen Augen, die einen wahnsinnigen Kontrast zu seinem dunkelbraunen Haar bildeten, das er ungewöhnlich lang trug für einen Mann. Ich war so baff, dass mir nix Besseres einfiel, als zu sagen: »Wenn du jetzt auch noch anfängst zu singen wie Jon Bon Jovi, dann heirate ich dich auf der Stelle!«

Und was tat Daniel? Er schnappte sich eine von den unaufgeschnittenen Baguettestangen aus der Küche, löste einen weiteren Knopf seines Hemdes und stellte sich breitbeinig, mit dem Rücken zu mir, vor mich hin. Dann ließ er ein paarmal seinen knackigen Hintern für mich kreisen und fing an zu singen. Laut und sehr schräg trällerte er einige »Yeahs« in das Baguette hinein. Dann drehte er sich ruckartig zu mir um, ging in die Knie und schenkte mir ein »And I will love you, Baby … always!« Bon Jovi hätte sich wahrscheinlich weggeschmissen vor Lachen. Ich allerdings war einfach nur hingerissen …

Daniels Auftritt hatte auf einen Schlag für Totenstille auf der Party gesorgt. Alle Blicke waren auf uns gerichtet. Daniel streckte seine Hand aus, und ich ergriff sie. Augenblicklich beschloss ich, sie nie wieder loszulassen. Nachdem Daniel den Gast nach Hause gebracht hatte, kam er wieder zurück zur Party. Mit dem Fahrrad. Er chauffierte mich auf dem Gepäckträger über fünf Kilometer bis zu seinem Studentenwohnheim. Wir verbrachten eine so wundervolle Nacht miteinander, dass ich noch den ganzen nächsten Tag wie benommen war und vor mich hin lächelnd durch die Straßen lief.

Ich hatte ja schon ab und an mal recht guten Sex. Aber noch häufiger war er einfach grottenschlecht. Wenn ich da nur an Nico denke, der einen Kopf kleiner war als ich. Aber nicht nur der Kerl selbst, auch sein Beiwerk war so mickrig, dass ich nie genau wusste, ob er noch anpeilt oder schon auf Zielfahrt war, so dass ich vorsorglich auf Verdacht anfing zu stöhnen. Der war einfach so klein, dass ich echt Mühe hatte, ihn überhaupt zu spüren.

Was mir allerdings besonders zu schaffen machte, war die Sache mit dem Einschlafen. Ich muss mich geborgen fühlen in den Armen eines Mannes. Und ich kam gar nicht klar mit der Situation, als ich eines Nachts aufwachte und sich Nicos Kopf an *meinen* Hals angeschmiegt hatte. Vielleicht bin ich da zu sehr Frau, aber irgendwie brauche ich das Gefühl, dass ein Kerl mich beschützen kann. Und das geht nur, wenn ich mich an *seinen* Hals kuschele. Und dafür war Nico eindeutig zu klein. Aber intelligent war er, das muss ich ihm lassen. Sogar so intelligent, dass er irgendwann mein Vorsorge-Stöhnen spitzbekam. Natürlich war er tödlich beleidigt.

Damals schwor ich mir, nie wieder mit einem Mann was

anzufangen, der kleiner ist als ich. Also schnappte ich mir Björn. Den lernte ich in der Bibliothek kennen, als er mir ein Buch aus einem der höheren Regale rausholte. Er war groß, über einen Meter neunzig, hatte breite Schultern, braune Haare, schöne dunkle Augen und war genau mein Typ. Er hatte gerade sein Examen in der Tasche und machte Referendariat, Religion und Geschichte. Wir haben uns oft gesehen und viel geredet über seine Schüler, Gott und die Welt, Philosophie und Kunst. Und ich war glücklich. Endlich kam ich mal in den Genuss eines Mannes, der nicht gleich mit einer Frau ins Bett springen wollte. Ihm waren innere Werte wichtig. Deswegen küssten wir uns auch nach drei Wochen das erste Mal. Der Kuss haute mich zwar nicht vom Hocker, aber richtig schlecht war er auch nicht.

Es dauerte dann noch weitere zwei Monate, bis wir endlich gemeinsam im Bett landeten. Und ich war begeistert: Was Nico an wichtiger Stelle zu wenig hatte, hatte Björn zu viel! Dummerweise konnte Björn mit seinem Hammerding nicht wirklich viel anfangen. Leider hatte ich keine Stoppuhr dabei, aber ich schätze, es dauerte keine drei Minuten, da hörte ich ein sanftes Schnaufen und Björn zog sich das Kopfkissen vors Gesicht. Im gleichen Moment war sein schönes großes Werkzeug verschwunden. Sogar ein Quickie zieht sich länger hin! Es hat eine ganze Weile gedauert, bis er es zugelassen hat, dass ich ihm das Kissen wegziehe. Björn schien sich tatsächlich zu schämen. Ich sah ihn fragend an und er flüsterte: »So einfach ist das …«

Was er damit meinte, erfuhr ich erst später. Das war

das erste und das letzte Mal, dass ich einen Mann entjungfert habe. Einen dreißigjährigen Relilehrer, der eine Hammerwaffe in der Hose trug, die er nicht zu nutzen wusste. Anfangs fand ich das süß. Ich weiß noch genau, wie ich dachte: Schön, dann kann ich ihm alles beibringen und irgendwann ist es dann genauso, wie es mir gefällt! Ich habe einen Rohdiamanten, einen besonders hochkarätigen mit einem enormen Durchmesser dazu. Den muss ich einfach nur schleifen, bis er in allen Facetten glitzert, und zwar ganz nach meinem Geschmack.

Ich habe es nicht geschafft. Ich bin nun mal keine Goldschmiedin. Das Kissen über seinem Kopf blieb. Björn schämte sich auch weiterhin. Die Länge unserer Sexabenteuer kletterte auch nicht sonderlich nach oben. Es pendelte sich bei sieben bis zehn Minuten ein, und ich hatte trotz der beeindruckenden Größe einige Mühe, auf meine Kosten zu kommen. Eigentlich hätte ich ihn damals sofort verlassen sollen, aber die Hoffnung stirbt ja schließlich immer zuletzt. Und die starb bei mir dann nach einem halben Jahr. Da habe ich Björn beim Onanieren erwischt. Das war eigentlich urkomisch.

Ich hatte Schlüssel zu Björns Wohnung, kam vom Einkaufen zurück und ging suchend durch die Räume. Ich hörte den Fernseher im Schlafzimmer laufen, öffnete die Tür und schaute hinein. Auf dem Bett kniete Björn. In der einen Hand hielt er sein großes Werkzeug, mit dem er sich liebevoll beschäftigte, in der anderen Hand ein Papiertaschentuch. Er holte sich in aller Ruhe einen runter. Etwas verwirrt zog ich die Tür wieder zu und wartete und wartete. Nach fünfzehn Minuten wurde ich ungeduldig, klopfte zaghaft an.

»Björn?«

Nichts. Keine Reaktion!

Vorsichtig öffnete ich noch einmal die Tür und lugte um die Ecke. »Fertig?«

Björn saß angezogen auf dem Bett. Ich dachte, er würde sich jeden Moment vor Scham ein besonders großes Kissen vors Gesicht ziehen, aber stattdessen fing er an zu jammern: »Das ist mir ja so peinlich. Noch nicht mal meine Mutter hat mich dabei erwischt.«

»Ach du«, sagte ich, »das ist doch gar kein Problem. Nächstes Mal sag Bescheid, wenn dir danach ist, und ich helfe dir.« Irgendwie fiel mir nix Besseres ein, und ich dachte, dieser Spruch würde die Situation etwas entschärfen. Es war für mich schließlich auch das erste Mal, dass ich einen Freund beim Onanieren erwischt hatte. Aber es entschärfte nichts. Im Gegenteil, es machte es nur noch schlimmer. Björn brach völlig zusammen.

In dem Moment hörte ich eine Frauenstimme, die aus dem Fernsehgerät zu mir rüberhallte. Also reckte ich den Hals und sah auf den Bildschirm.

»Was guckst du da eigentlich?«, fragte ich in Erwartung eines Pornos. Meine Neugierde war geweckt. Immerhin war Björn Relilehrer, und die Vorstellung, dass ausgerechnet *er* einen Porno guckte, faszinierte mich irgendwie. Aber dann sah ich sie: Iris Berben! In irgendeinem Schmachtstreifen. Ich fragte fassungslos und zugegebenermaßen etwas zu laut: »Was, du holst dir einen runter bei einem Film mit Iris Berben? Du onanierst zu Iris Berben?«

Björn war damals tierisch eingeschnappt. Schließlich sei Iris Berben eine verdammt schöne Frau, wehrte er sich. Das hatte ich allerdings niemals bezweifelt. Sie ist wirklich schön und eine gute Schauspielerin noch dazu! Und ich kann ja auch verstehen, dass man sie bewundert. Aber deswegen muss ich meine Bewunderung doch nicht auf solch eine Art und Weise zeigen! Ich war auf jeden Fall total baff, und deswegen betonte ich gleich noch einmal: »*Iris Berben*. Unfassbar!«

»Schrei es doch gleich zum Fenster raus!«, schmollte Björn.

Und das hielt ich für eine gute Idee. Das Haus hatte einen herrlichen Hinterhof. Ich öffnete das Fenster und rief laut und deutlich: »Björn hat onaniert!« Unten feierten die Nachbarn gerade eine Grillparty. Nach meiner fröhlichen Bekanntmachung war es eine kurze Zeit mucksmäuschenstill. Dann brachen wie auf Kommando alle gemeinsam in schallendes Gelächter aus.

Björn hat nie wieder richtig mit mir gesprochen. Und ganz bestimmt hat er mir das bis heute noch nicht verziehen. Und ich war geheilt, gleich in zweifacher Hinsicht. Ein Fernsehgerät hat bei mir seitdem im Schlafzimmer nichts mehr zu suchen. Aber was noch wichtiger war: Ich hatte damals einfach keine Lust mehr auf irgendwelche Kerle, ganz egal ob klein oder groß.

Zu diesem Zeitpunkt war ich sechsundzwanzig Jahre alt und bereitete mich gerade auf das Examen vor, also konnte ich sowieso keine Ablenkung gebrauchen. Etwa eineinhalb Jahre später traf ich auf Daniel. Dass Sex eine solch befreiende Wirkung haben konnte, war mir damals völlig neu. Rundum zufrieden beschloss ich, nie wieder darauf verzichten zu wollen. Schon drei Wochen später waren wir verheiratet. Wir haben damit alle geschockt. Meine Mutter, seine Eltern. Katharina blieb gefasst, aber Sam überlegte noch bis kurz vor der Trauung, ob sie mich nicht entführen und irgendwo nach Australien schaffen sollte, um mich vor dieser Dummheit zu bewahren. Hat sie aber nicht.

Ich hatte gerade frisch mein Examen in der Tasche, Daniel stand kurz davor. Dass er da nach drei Jahren immer noch davorsteht, konnte ich damals ja nicht wissen. Er hatte Semesterferien, also reisten wir direkt nach der Hochzeit und einer ausgiebigen, sehr fröhlichen Feier drei Monate kreuz und quer mit großen Rucksäcken in der Weltgeschichte rum. In Frankreich futterten wir massenweise frisches Baguette, wenn Daniel sich nicht gerade eines schnappte und versuchte, seine Gesangsqualitäten damit zu verbessern. In Spanien verliebten wir uns in den Flamenco und holten uns einen fetten Sonnenbrand. Und in Italien wurden wir von der Polizei erwischt, als wir in Rom in einem Park übernachteten, weil wir fast pleite waren und uns kein Hotel mehr leisten konnten. Wir entschieden immer spontan, ohne Plan.

Mit Daniel kann man eine Menge Spaß haben. Er hat einen ganzen Haufen Blödsinn im Kopf, und ich glaube, ich habe noch nie so viel gelacht wie in diesen drei Monaten. Das war der schönste Urlaub, den ich je erlebt habe … Eine Ehe ist jedoch kein Urlaub, es ist harte Arbeit. Wenn es allerdings nach Daniel ginge, dann würden wir jetzt immer noch unbeschwert die Welt bereisen und uns keinerlei Gedanken über die Zukunft machen. Mein Mann ist absoluter Experte im Sich-keine-Gedanken-Machen. Deswegen studiert er auch immer noch beziehungsweise immer mal wieder. Nebenbei geht er ab und an jobben, im besagten Fitnessstudio. Den Job als Taxifahrer von damals hat er mir zuliebe aufgegeben. Wenn ich schon verheiratet bin, dann will ich wenigstens nachts nicht alleine im Bett liegen.

Regelmäßig führen wir Diskussionen darüber, wann Daniel sich endlich zur Prüfung anmeldet, damit er sein Studium abschließen und – wie irgendwann mal geplant – als Lehrer arbeiten wird. Bisher haben die Diskussionen aber nichts gebracht, außer dass ich mich immer wieder beruhigen und besänftigen lasse.

Daniel studiert Sport und Erdkunde. »Studenten mit dieser Fächerkombination haben in der Regel ein großes Bett und einen ganz kleinen Schreibtisch«, so bemerkte Katharina damals treffend. Sams Kommentar über Daniels Studienfächer war da etwas direkter. Sie grinste und sagte: »Dumm poppt gut«, aber da wusste sie auch noch nicht, dass wir schon drei Wochen später heiraten würden.

Mit einem kleinen Schreibtisch hätte ich keine Probleme, vorausgesetzt, Daniel hätte den. Das Problem ist jedoch, dass er überhaupt keinen Schreibtisch hat. Dafür macht Sex mit Daniel immer wieder Spaß, vielleicht weil es für ihn ein bisschen ist wie Fußballspielen. Er hat eben nur gute Laune, wenn seine Mannschaft gewinnt. Und seine Mannschaft beim Liebesspiel bin ich. Gewinnen im Bett heißt für ihn, dass er ein Tor für mich schießt. Mir muss es gefallen, sonst ist er nicht glücklich.

Ich fing nach unserer Reise direkt an zu arbeiten, erst freiberuflich für verschiedene Zeitschriften, dann bei der *Umschau*, und dann bekam ich den Job beim *Anzeiger* angeboten und sagte sofort zu. Regelmäßig jeden Monat Geld auf dem Konto zu haben, hat eben auch seine Vorteile. Besonders, wenn man mit einem Mann verheiratet ist, der überhaupt keine Anstalten macht, sich beruflich etablieren zu wollen. Der Job ist zwar nicht mein Traumjob, aber manchmal ist es doch interessant, ich bin viel unterwegs, und außerdem wird er ganz gut bezahlt.

Anfangs hat Daniel mich immer verwöhnt, wenn ich abends kaputt von der Arbeit kam. Heute putze ich hinter ihm her, sorge für einen vollen Kühlschrank und dafür, dass etwas Gesundes zum Futtern auf den Tisch kommt. Und jetzt stellt sich auch noch heraus, dass er mich belügt. Irgendwas habe ich wohl grundlegend falsch gemacht.

10 Vielleicht bin ich meiner Mutter ähnlicher, als ich es manchmal wahrhaben will

Mein Sternzeichen ist Skorpion, mein Aszendent ist Krebs. Astrologie hat in unserer Familie immer schon eine große Rolle gespielt. Wenn ich früher einen Jungen mit nach Hause brachte, fragte meine Mutter immer zuerst: »Wann hat dein Freund Geburtstag?«, und dann machte sie eine erste Prognose, wie lange das mit uns gutgehen würde. Danach wurde der arme Kerl dazu gezwungen, auch mit der Geburtsstunde rauszurücken, um den dazugehörigen Aszendenten auszurechnen, denn nur so könne man astrologisch eindeutige Aussagen machen. Spätestens das gab den meisten meiner Freunde den Rest, weil zu mir anscheinend sternentechnisch so gut wie gar nix passt. Also waren die meisten meiner Beziehungen von vornherein zum Scheitern verurteilt.

Deswegen interessierte es mich auch nicht, als meine Mutter andeutete, ein Zwilling, so wie Daniel einer sei, sei das allerletzte Sternzeichen aller Sternzeichen überhaupt, das zu mir passen würde. Denn, so erklärte sie damals, ein Luftzeichen würde niemals mit einem Wasserzeichen harmonieren, was übersetzt so viel bedeutete wie: Du, mein Kind, bist sehr tiefgründig, und dein Daniel ist die Oberflächlichkeit in Person. Um meiner Mutter einen Gefallen zu tun und um sie eventuell zu beruhigen, suchte Daniel tatsächlich seine Geburtsstunde heraus, damit sie seinen Aszendenten ausrechnen konnte. Ich hatte die Hoffnung, dass wenigstens der zu mir passen könnte. Dem war aber nicht so, denn danach hatte Daniel bei meiner Mutter gar keine Chance mehr. Daniels Aszendent ist Schütze. Und Schützen gehören alle zu den schlimmsten Männern, die die Astrologie hervorgebracht hat. Mein Vater ist nämlich Schütze. Und der hat meine Mutter mit uns beiden Kindern sitzenlassen, als ich sieben und mein großer Bruder Benno zehn Jahre alt war …

Mit Sternzeichen kann man ja alles erklären – und was noch besser ist, fast alles entschuldigen. Mein Vater konnte demnach nichts dafür, dass er ständig nach anderen Frauen schielte und schließlich mit einer von ihnen auf Nimmerwiedersehen verschwand. Aber das machte es auch nicht besser. Die Zeit nach der Trennung war wirklich hart für uns. Meine Mutter tat alles, damit wir nicht mitbekamen, wie sehr sie litt, aber ich habe sie oft abends in der Küche weinen hören. Irgendwann zog mein Vater für immer nach Thailand. Das war damals für mich ganz praktisch, weil ich mir dadurch einreden konnte, er könne uns wegen der großen Entfernung nicht mehr besuchen. Aber als noch nicht einmal Postkarten von ihm in unserem Briefkasten landeten, begriff ich endlich, dass wir ihm egal waren. Von da an war er mir auch egal. Und so ist das bis heute geblieben. Ich hoffe nur, dass er nicht irgendwann genauso unerwartet vor meiner Tür steht, wie er damals verschwunden ist.

Sam hat mir in der Zeit viel geholfen. Sie hat auf mich aufgepasst, dafür gesorgt, dass ich das Lachen nicht verliere und war an meiner Stelle wütend, wenn das Gespräch hin und wieder auf meinen Vater kam. Wic mein Bruder mit der ganzen Sache umging, weiß ich nicht genau. Mein Vater ist auch heute noch kein Thema zwischen uns. Aber Benno fing damals gewaltig an zu futtern, wahrscheinlich um sich eine ordentliche Schutzschicht zuzulegen.

Meine Mutter hat es nicht einfach gehabt und wegen uns Kindern auf vieles verzichtet. Dadurch hatten wir eine Kindheit, an die ich trotzdem sehr gerne zurückdenke. Einen anderen Mann hat sie erst wieder an sich rangelassen, als auch Benno vor vier Jahren endlich ausgezogen ist. Der neue Partner meiner Mutter heißt Alexis, ist Grieche und einen Kopf kleiner als sie, was mich immer mal wieder an Nico denken lässt ... Er hat unten links eine Zahnlücke, die man sehr oft sieht, da er gerne lacht. Sternzeichentechnisch passt er wie die Faust aufs Auge zu ihr. Bestimmt hat ihn meine Mutter sogar genau deswegen ausgesucht. Aber es scheint blendend zu funktionieren. Alexis trägt meine Mutter auf Händen, und sein Lachen scheint ansteckend zu sein, denn seitdem sie mit ihm zusammenlebt, sehe ich sie sehr oft lächeln. Sie ist glücklich mit ihm, und ich freue mich unbeschreiblich für sie.

Vielleicht bin ich meiner Mutter ähnlicher, als ich manchmal wahrhaben will. Unabhängig von Katharinas Kartenlegerei und den astrologischen Hobbydeutungen meiner Mutter, habe auch ich mir einen Mann gesucht, der mich oft zum Lachen bringt. Vielleicht hätte ich aber doch auf das Sternzeichen achten sollen? Was, wenn meine Mutter Recht hat? Zwilling, Aszendent Schütze: ein oberflächlicher Kerl, der mich betrügen wird. Vielleicht liegt sie mit ihrer Prognose gar nicht so falsch. Wie sagte Katharina doch gleich? Das Ereignis habe noch gar nicht stattgefunden? Was, wenn Daniel mich in der Zukunft betrügen wird? Vielleicht ist es ja wirklich besser, erst gar kein Kind mit ihm zu bekommen?

11 Da wohnt man zwei, drei Jahre lang in einem Haus und hat keine Ahnung von seinen Nachbarn

Ich bin wohl wirklich zu gut für diese Welt. Ich bin hilfsbereit, habe Verständnis für alles und denke immer erst an andere. Deswegen habe ich jetzt auch einen Beutel Möhren für Helmut im Auto liegen. Die sollen gerieben ein wahres Wundermittel gegen Durchfall bei Hunden sein. Den Tipp habe ich von Romina. Ich wollte was Wirksames für den armen kranken Pudel aus der Apotheke besorgen, wo ich doch sowieso schon da war, aber Romina hat mich nur entsetzt angeguckt und gefragt: »Du willst einen Hund mit Mitteln aus der Humanmedizin behandeln? Spinnst du? Der kann draufgehen durch so was!«

Und dabei hatte ich es nur gut gemeint! Schließlich ist Helmut Frau Grimmelsbergs ganzer Stolz, und außerdem scheint er so was wie eine Ersatzfamilie für die alte Frau zu sein. Manchmal höre ich sie sogar mit ihm sprechen. Und dabei meine ich nicht, dass sie ihm einfache Kommandos gibt oder so, nein, sie unterhält sich richtiggehend mit ihm. Katharina meint ja, das sei ganz normal, schließlich würde sie sich auch mit Charly unterhalten. Bestimmt liegt es daran, dass ich nie Tiere hatte, aber ich finde das ehrlich gesagt ein bisschen merkwürdig. Zu einer Unterhaltung gehören meiner Meinung nach immer noch zwei, und zwar zwei, die nicht nur zuhören, sondern auch antworten können.

Andererseits ist ein Gespräch mit einem Hund vielleicht immer noch besser, als abends ganz alleine auf der Couch zu sitzen. Oder zu zweit auf der Couch zu sitzen, und man hat sich trotzdem nichts zu sagen, das ist noch schlimmer. Daniel wünscht sich schon längere Zeit einen Hund, aber ich konnte mich bisher erfolgreich dagegen wehren. Letztendlich hätte er den ganzen Spaß, und an mir bliebe die Arbeit hängen.

Auf dem Beifahrersitz liegen nun also ein Beutel Möhren, eine Packung Donnertropfen und Daniels Bayerntrikot, das ich gerade aus den Augenwinkeln feindselig anstarre. Sam hört mein Klingeln an ihrer Wohnungstür nicht, oder sie ist nicht da. Und ans Handy geht sie auch nicht. Eigentlich merkwürdig, denn normalerweise springt dann wenigstens die Mailbox an. Wir haben mittlerweile zwanzig Uhr. In gut drei Stunden kommt Daniel zurück. Und ich weiß weder, was ich machen soll, noch was ich fühle.

Ich bin nicht eifersüchtig, war ich noch nie. Und garstig bin ich erst recht nicht. Trotzdem könnte ich gerade durch die Windschutzscheibe springen bei dem Gedanken, Daniel könne womöglich doch eine andere haben. Und dabei wollte ich ihn am Wochenende noch verlassen … Schon verrückt. Sich trennen zu wollen aus bestimmten Gründen ist eben eine Sache, betrogen zu werden eine ganz andere. Aber bestimmt gibt es für all das eine Erklärung. Ich muss nur den Stachel, der gerade meine Gedanken vergiftet, aus meinem Herzen ziehen. Alles wird gut, ganz sicher! Daniel liebt mich. Wir haben eine Menge Spaß im Bett. Und immerhin sind wir verheiratet, und das schon seit drei Jahren.

Ich könnte jetzt zu Katharina fahren. Ihre Kleine schläft ja bestimmt schon. Aber wenn ich Pech habe, dann ist Michael zu Hause. Und der hat es nicht gerne, wenn Katharina so spät noch Besuch bekommt. Oder ich fahre zu meiner Mutter. Aber die sieht mir dann sofort an, dass irgendwas nicht stimmt und bohrt dann so lange, bis ich ihr alles erzählt habe. Und dann hält sie mir einen Vortrag und den kann ich jetzt auch nicht gebrauchen. Am besten, ich fahre einfach nach Hause und versuche nicht nachzudenken. Dann kann ich auch gleich die Möhren loswerden.

»Ach, das ist aber lieb von dir, Kindchen. Komm doch rein. Helmut freut sich bestimmt. Der ist immer noch ganz schlapp, der arme Kerl. Ich heiße übrigens Adele.«

Ich fasse es nicht. Ich habe tatsächlich geklingelt und stehe jetzt mit einer Schüssel geriebener Möhren vor Frau Grimmelsbergs, oder besser gesagt, vor Adeles Haustür. Vor knapp zwei Stunden hat mich unsere Nachbarin noch gesiezt, und jetzt flutscht ihr das Du über die Lippen, als würden wir uns schon jahrelang kennen. Was mache ich hier eigentlich gerade? Ich will dankend ablehnen, da zieht sie mich auch schon in ihre Wohnung. »Guck mal, Helmut, wer dich hier besuchen kommt!«

Pudel Helmut steht schwanzwedelnd vor mir. »Nicht

hochspringen, unten bleiben!«, ermahnt ihn sein Frauchen, aber das hat er gar nicht vor, wie sich nur Sekunden später herausstellt. Seine raue Zunge fährt einmal quer und sehr feucht über meinen linken Fußknöchel.

»Oh«, lacht Adele, »hast du dich gerade eingecremt? Helmut steht nämlich auf Creme, ganz besonders auf Nivea.«

»Biotherm scheint ihm auch zu schmecken ...«, erwidere ich schwach. »Er sieht aber wieder ganz fit aus. Geht es ihm denn wieder gut?«

»Ich habe ihn auf Nulldiät gesetzt. Das ist das beste Mittel gegen Durchfall, wie bei uns Menschen. Aber das mit den Möhrchen ist auch eine schöne Idee. Die bekommt er gleich!«

Wir stehen mittlerweile im Wohnzimmer, und ich sehe mich überrascht um. Ich hatte altdeutsche, dunkle Möbel erwartet, einen großen Sessel und einen laut laufenden Fernseher dazu. Wir haben Viertel nach acht, genau die richtige Zeit also für das alltägliche Schmonzettenprogramm für ältere Damen. Aber anstatt dass *Traumschiff*, *Schwarzwaldklinik* oder *Rosamunde Pilcher* über den Bildschirm flimmert, klingt aus einer Ecke des freundlich und hell eingerichteten Zimmers einfach nur schöne klassische Musik. Der altmodische Plattenspieler steht auf einer Kommode neben einem Kerzenleuchter. An der Wand darüber hängen sehr viele gerahmte Schwarz-Weiß-Fotos in verschiedenen Größen.

Mein Blick bleibt an einem Foto hängen, auf dem eine wunderschöne Frau in einem schwarzen Badeanzug irgendwo am Strand gerade ausgelassen einen Luftsprung macht. Sie hat dunkles, langes Haar, das noch feucht von ihrem Bad im Meer zu sein scheint. Ihre Augen strahlen. Irgendwie fühle ich mich sehr berührt von dieser Frau, die da auf dem Foto so viel Lebensfreude versprüht.

»Das war in der Bretagne«, lächelt Adele mich an, »an der Côte de Granit Rose. Einer meiner schönsten Urlaube. Ich dürfte ungefähr so alt wie du jetzt gewesen sein.«

»Du siehst sehr glücklich aus.«

»Das war ich auch, mein Kind«, antwortet Adele und setzt sich auf eine knuffige gelbe Ledercouch, in der sie fast versinkt. Auf der großen Truhe, die zum Tisch umgewandelt wurde, steht ein halbleeres Glas Wein und eine angebrochene Schachtel Pralinen. Adele scheint ein Genussmensch zu sein. Neben ihrer Brille liegt ein aufgeschlagenes Buch. Neugierig werfe ich einen Blick in seine Richtung.

»Ich bin dann mal weg. Meine Reise auf dem Jakobsweg«, klärt meine Nachbarin mich auf.

Ich hätte ja mit vielem gerechnet, aber mit Hape Kerkeling bestimmt nicht. Adele muss meine Gedanken erraten haben. »Das habe ich geschenkt bekommen«, lacht sie. »Und es ist gar nicht so schlecht. Ganz lustig. Man muss ja auf dem Laufenden bleiben, auch in meinem Alter.«

Ich traue mich gar nicht zu fragen, muss ich aber auch nicht, denn schon kommt unaufgefordert: »Ich bin achtundsiebzig. Und nächste Woche werde ich wieder ein Jahr älter.«

»Echt?«, frage ich erstaunt. »Wann denn?«

»Am Donnerstag werde ich glückliche neunundsiebzig Jahre alt.«

»Du siehst aber viel jünger aus.«

Normalerweise finde ich solche Sprüche ja blöd, aber es stimmt nun mal. Adele sieht wirklich nicht wie knapp achtzig aus. Ich hatte sie auf maximal siebzig geschätzt.

Verschätzt habe ich mich wohl auch bei anderen Dingen. Helmut ist kein stinknormaler Pudel. Er ist ein Königspudel, der dazu noch auf eine ganze Reihe adeliger Vorfahren zurückschauen kann. Adele hat ihn sozusagen geerbt von einer Freundin, die vor zwei Jahren ganz plötzlich gestorben ist. Sie wollte eigentlich nie ein Tier, da sie das nur am Reisen hindern würde. Und einen Pudel, mit dem sie auch noch regelmäßig zum Friseur gehen müsse, wollte sie schon gar nicht. Aber sie hatte es ihrer Freundin kurz vor deren Tod versprochen. Und mittlerweile ist Helmut ihr richtig ans Herz gewachsen.

Dass sie mit Niki de Saint Phalle zusammen in der Schule war, Simone de Beauvoir in Paris kennenlernte und Französisch und Deutsch in einem Mädchengymnasium unterrichtete, kann ich kaum glauben. Ich weiß zwar nicht warum, aber ich dachte immer, Adele sei Witwe und würde von der Rente ihres verstorbenen Mannes leben. Dass sie jahrelang ein »verbotenes Verhältnis« hatte, zu dem sie aber weiter kein Sterbenswörtchen verraten will, kommt mir genauso unglaubwürdig vor. Adele grinst mich schelmisch an: »Ja, ich habe mein Leben hier – und dazu noch mein ungelebtes Leben.«

Da wohnt man zwei, drei Jahre lang in einem Haus und

hat keine Ahnung von seinen Nachbarn. Wer weiß, vielleicht ist der dicke Stromberg von oben ja ein bekannter Sternekoch oder ein Geheimagent?

Ich vertrage keinen Wein, ganz besonders keinen Rotwein. Der schlägt bei mir immer sofort zu. Ich bekomme rote Wangen und habe ganz schnell einen sitzen. Deswegen und weil Adele wirklich interessante Geschichten erzählt, merke ich auch nicht, wie die Zeit vergeht. Als mein Handy hinten in der Hosentasche der Jeans vibriert, ist es bereits halb elf. Am Telefon ist Sam. Sie begrüßt mich mit den Worten: »Wo bist du? Weißt du zufällig, welche Apotheke Notdienst hat? Ich brauche die *Pille danach*.«

12 Das ist kein Vertrauensbruch, das ist ein Notfall

Eigentlich hat man achtundvierzig Stunden Zeit, um die *Pille danach* einzunehmen. Die gibt es auch nicht einfach so in der Apotheke. Man braucht ein Rezept dafür, und das bekommt man um elf Uhr abends nur beim Notarzt. Bei dem waren wir gerade. Und jetzt bin ich zum dritten Mal an diesem Tag in einer Apotheke. Es ist fast Mitternacht. Auf der Quittung *und* auf meiner Uhr. War ja auch nicht anders zu erwarten.

In Sam ist ein Kondom hängen geblieben. Dumme Sache. Ist mir auch schon mal passiert. Allerdings war ich da achtzehn, und ich bin danach tausend Tode gestorben, weil ich wahnsinnige Angst vor einer Schwangerschaft hatte. Aber die hat Sam wohl auch, sonst würden wir nicht um kurz vor Mitternacht in einer Apotheke stehen.

»Und jetzt?«, frage ich.

»Jetzt fahren wir zu mir. Dein Daniel kommt bestimmt auch mal ohne dich aus.«

Vielleicht ganz gut, wenn ich ihn heute nicht mehr sehe. Dann kann ich wenigstens nichts falsch machen. Außerdem bekomme ich dann auch nicht mit, wenn er sich zu fortgeschrittener Stunde wieder vom Acker macht und telefonierend durch die Gegend rennt. Es sei denn, ich lege mich vor der Haustür auf die Lauer. Nein, soll er doch nachts spazieren gehen, wenn er unbedingt will. Und so fahre ich mit zu Sam. Dann können wir wenigstens alles in Ruhe verhackstücken.

Weil ich dennoch ein liebes Mädchen bin und nicht möchte, dass Daniel sich unbegründet Sorgen macht, schicke ich ihm wenigstens eine SMS:

»Schlafe heute bei Sam.«

Die Nachricht halte ich bewusst kurz und knapp, ohne Schnickschnack. Es dauert nur wenige Sekunden, da bekomme ich eine Antwort:

»Hab dich schon vermisst. Schlaf gut, mein Engel. Viel Spaß!«

Das ist ja mal wieder typisch. Würde Daniel mir in einer solch knappen SMS mitteilen, er verbringe die Nacht bei einem seiner Kumpel, dann wäre ich auf der Stelle sauer. Aber Daniel scheint das gar nicht zu jucken, im Gegenteil. Er wünscht mir auch noch viel Spaß.

Ich überlege einen kurzen Moment, ob ich garstig antworte: »Gewöhn dich schon mal ans Alleineschlafen«, da fällt mir ein, dass Daniel vielleicht gar nicht alleine schläft. Meine Laune verschlechtert sich schlagartig.

»Und«, blaffe ich die ahnungslose Sam an, »war es etwa dein blöder Ex? Hat Toby dich besucht?«

Bisher hat Sam noch kein Sterbenswörtchen über den Kerl gesagt, der ihr die nächtliche Pillenaktion aufs Auge gedrückt hat und mir damit sozusagen auch.

»Nein, schlimmer!«, sagt sie kleinlaut.

»Schlimmer?«

»Chris!«

»*Chris*? Ach so.« Den Namen habe ich noch nie gehört, zumindest nicht von Sam. »Und wer ist das?«

»Mein Trainer!«

»Und was ist daran so schlimm? Er ist doch nicht etwa verheiratet?«

»Nein, so was würde ich nie im Leben bringen, weißt du doch.«

»Ja und? Was ist denn jetzt so dramatisch daran? Versteh ich nicht. Lass dir doch nicht alles aus der Nase ziehen.«

»Nicht mein Trainer beim Kickboxen. Mein Trainer beim Polizeisportverein. Chris ist ein Kollege!«

»Oh!«

»Ja, *Oh*. Und ich hatte mir so fest vorgenommen, nie wieder was mit einem Polizisten anzufangen. Schon gar nicht aus der gleichen Wache. Dazu kommt noch, dass er vier Jahre jünger ist als ich. Mist aber auch! Und dann bleibt auch noch das blöde Teil stecken.«

»Ist mir auch schon passiert. Weißt du noch? Mit diesem Spanier im Urlaub auf Malle. Die Pille danach ist ganz sicher. Zumindest hat sie bei mir gewirkt … Was anderes wirst du dir schon nicht geholt haben. Hoffentlich. War es denn gut?«

»Scheiße, ja! Trotzdem doof. Ich mag keine Hormone. Und jetzt muss ich gleich so einen hochdosierten Hammer schlucken. Außerdem weiß man nie, ob das auch wirklich funktioniert. Hundertprozentig sicher ist die Pille auf jeden Fall nicht.«

»Ach, das wird schon gutgehen. Sieh es doch positiv. Ein Neuer ist immer noch das beste Mittel, um von einem Ex-Arsch loszukommen. Und wenn es auch noch Spaß gemacht hat, ist doch gut!«

»Ach, ich darf einfach keinen Sport mehr mit Männern zusammen machen. Das macht mich viel zu sehr an. Ich steh einfach auf verschwitzte Kerle.«

Da hat Sam Recht. Daniel sieht auch ganz sexy aus in seinen Sportklamotten. Und irgendwie macht mich sein Geruch auch an, nachdem er sich ordentlich beim Sport verausgabt hat. Das liegt bestimmt am Testosteron, das dabei mit ausgedünstet wird. Den Gedanken an Daniel verdränge ich aber lieber, immerhin geht es jetzt erst einmal um Sam.

»Hoffentlich habe ich euch nicht gestört, als ich vorhin bei dir geklingelt habe.«

»Du warst bei mir? Nein, du hast uns nicht gestört. Wir waren ja gar nicht da! Wir sind gleich im Vereinshaus geblieben.«

»Im Vereinshaus? Und da habt ihr ...?«

»Ja, er tauchte plötzlich in der Umkleide auf. Ich bin ja die einzige Frau dort, wir waren also ganz alleine.«

»Ihr habt tatsächlich in der Umkleide ...?«

»Nein«, grinst Sam, »im Duschraum!«

Jetzt muss ich doch lachen. Der Gedanke, dass ein Mann meine Freundin, die sich eigentlich immer unter Kontrolle hat, zu solch einer Aktion verführt hat, gefällt mir irgendwie. »Ganz schön mutig!«

»Oder ganz schön hohl. Weißt du, was das Schlimmste

ist? Ich glaube, dass uns irgendjemand gesehen hat. Ich habe nämlich eine Tür gehört. Deswegen ist ja auch das blöde Gummi verrutscht. Ich hab mich erschreckt und schwupp – war er draußen und das Teil blieb drinnen. Übrigens hatte ich Toby damals auch beim Sport kennengelernt, ich bin echt bescheuert. Ich falle immer wieder in die gleichen Muster zurück.«

Den letzten Satz hätte Sam nicht sagen dürfen. Mir kommen gleich zwei Dinge auf einmal in den Sinn: Erstens: Wenn das schiefgeht zwischen den beiden, stellt Sam vielleicht den nächsten Versetzungsantrag, und irgendwann landet sie dann in Buxtehude oder auf irgendeiner kleinen Ostseeinsel, ganz weit weg von Oberhausen. Zweitens: Zur Ostseeinsel werde ich dann wahrscheinlich mitfahren, denn es könnte ja durchaus sein, dass Daniel auch gerne mal mit einer anderen schwitzt. Und die hat er vielleicht im Fitnessstudio kennengelernt, in dem er sich in der letzten Zeit ganz besonders oft rumtreibt …

Sofort macht sich dieses kleine, hartnäckige und sehr garstige Gefühl wieder in mir breit, das ich gar nicht haben will: Eifersucht! Aber es tut gut, endlich mal darüber reden zu können. Meistens wird es ja dann auch gleich besser. Nur heute nicht. Sam guckt mich gerade ganz entsetzt an.

»Und du weißt nicht, mit wem er telefoniert hat? Du glaubst tatsächlich immer noch, dass es dieser Tom gewesen ist?«

»Hat er zumindest gesagt.«

»So was fragt man doch nicht, Anna. So was guckt man

unauffällig nach! Wenn du Glück hast, hat er die Telefonliste nicht gelöscht.«

»Ach nein«, versuche ich abzuwehren, »das kann ich nicht, echt nicht. Das ist ein Vertrauensbruch. Ich will ja auch nicht, dass irgendjemand in meinem Handy rumschnüffelt.«

Dass ich kurze Zeit selbst daran gedacht hatte, als ich Daniels Handy auf dem Küchentisch habe liegen sehen, verdränge ich in diesem Moment. Immerhin habe ich es nicht getan. Und nur der Gedanke allein zählt nicht.

»Das ist kein Vertrauensbruch, das ist ein Notfall. Und im Notfall ist alles erlaubt. Ich kann dir sagen, was ein Vertrauensbruch ist: Sich nachts irgendwo rumzutreiben und dann zu behaupten, man sei in der Apotheke gewesen. Wie dreist ist das denn?«

13 So schlecht habe ich mich schon lange nicht mehr gefühlt

Daniel hat seine Telefonliste nicht gelöscht. Entweder weil er einfach nichts zu verheimlichen hat, oder weil er doch blöder ist, als die Polizei erlaubt. Oder er denkt, *ich* sei blöd und merke nicht, dass irgendwas im Busch ist.

Es ist sechs Uhr morgens. Ich stehe in der Küche, durchforste Daniels Handy und fühle mich gar nicht gut dabei. Aber es ist nicht das schlechte Gewissen, das mich quält, nein, es ist schlicht und einfach die Angst, dabei erwischt zu werden. Aber da muss ich jetzt durch. Schnell überfliege ich die Liste der eingegangenen Anrufe. Ein paar Anrufe von Tom, einer von seiner Mutter, einer vom Studio und einige mit einer mir unbekannten Nummer ohne Namen. Wusste ich es doch! Einen kurzen Moment überlege ich: Ich könnte einfach auf die grüne Taste drücken, dann wüsste ich sekundenschnell, wer sich hinter der unbekannten Nummer verbirgt. Aber wenn ich von Daniels Handy anrufe, könnte ihm das vielleicht auffallen. Also tippe ich die Nummer in mein Handy ein und speichere sie unter »A« ab. Das geht am schnellsten.

Jetzt fehlen nur noch die Simse. Wenn ich schon mal dabei bin, dann kann ich auch gleich mal Daniels eingegangene Nachrichten kontrollieren. Eine SMS von »Engel«. Das ist die knappe Nachricht, die ich ihm von Sam aus geschickt habe. Danach gleich eine SMS von der unbekannten Nummer, also von *Fräulein Unbekannt*. Ich nenne sie jetzt mal so, da ich stark davon ausgehe, dass es sich hier um ein weibliches Wesen handelt. Meine Angst, beim Spionieren erwischt zu werden, ist augenblicklich verschwunden. Ohne noch einmal darüber nachzudenken, öffne ich die Nachricht:

»Nein, das ist schon okay so. Wir müssen es ja nicht übertreiben. Mir tut vom letzten Mal noch alles weh. Und morgen ist ja auch noch ein Tag. Also um 10? Freu mich wahnsinnig! M.«

M? Heißt so nicht die Leiterin des Geheimdienstes, für den James Bond unterwegs ist? Bin ich bescheuert! Manchmal frage ich mich wirklich, wo in solchen Momenten meine verqueren Gedanken herkommen. Ich sollte lieber mal nachschauen, was Daniel dieser mysteriösen »M« geantwortet hat, anstatt mir über 007 Gedanken zu machen … Gut, dass wir die gleichen Handys haben und ich nicht lange suchen muss. Ich drücke gerade den Menüpunkt »gesendet«, da höre ich plötzlich Schritte im Flur.

»Anna?«

Mist, Daniel ist wach geworden, und so wie es sich anhört, ist er auf dem direkten Weg zur Küche, wo er mich gleich mit seinem Handy in der Hand erwischen wird. Ich lege flugs beide Telefone nebeneinander auf den Küchentisch, damit ich notfalls behaupten kann, ich hätte die

Dinger verwechselt. Dann flitze ich schnell aus der Tür, um Daniel noch rechtzeitig im Flur abzufangen.

»Hab ich doch richtig gehört.« Mein Mann steht mir verschlafen gegenüber. Gut, wenigstens hat er die Nacht zu Hause verbracht.

»Was machst du schon so früh hier?«

Ich muss noch nicht einmal lügen, als ich betont fröhlich antworte: »Sam hat Frühschicht. Ich war ohne Auto unterwegs, und da hat sie mich auf dem Weg zur Wache eben hier abgesetzt.« Danach gähne ich herzhaft und lüge doch: »Ich bin total müde. Komm, wir schlafen noch ein, zwei Stündchen.«

Daniel ließ sich nicht lange überreden und ist gleich wieder eingeratzt. Seinen Schlaf habe ich schon immer bewundert. Er kann immer und sofort und überall schlafen. Ich warte noch eine Viertelstunde, dann klettere ich leise nochmal aus dem Bett und schleiche wieder in die Küche. Daniels Handy befindet sich immer noch im Menüpunkt »gesendet«. Gut, dass er das nicht gesehen hat. Noch mal nachgucken traue ich mich nicht. Schnell drücke ich einmal auf die rote Taste und alles ist wieder in Ordnung. Fast alles.

So schlecht habe ich mich schon lange nicht mehr gefühlt. Erstens, da das schlechte Gewissen jetzt doch heimtückisch angeschlichen kommt, weil ich eben im Handy meines Mannes rumgeschnüffelt habe. Früher wäre das für mich ein ernsthafter Trennungsgrund gewesen, hätte ich einen meiner Freunde an meinem Handy erwischt. Und zweitens, weil ein Buchstabe jetzt in meinem Kopf rumgeistert, den ich nicht mehr vergessen kann: »M«. Wie sie wohl heißt? Es gibt eine ganze Menge schöner Frauennamen, die mit einem M beginnen: Maria, Michelle, Mandy, Marilyn, Mercedes, Mia …

Ich liege auf dem Rücken neben Daniel und starre die Decke an. Dabei versuche ich, ihn nicht zu berühren, denn das könnte ich jetzt gar nicht ertragen. Ich bin müde und trotzdem hellwach, irgendwie aufgewühlt. Als um neun Uhr der Wecker klingelt, und Daniel sich an mich kuschelt, stelle ich mich schlafend. Zum Glück steht er kurz danach auf. Als er um halb zehn zu mir ans Bett kommt, mir einen Kuss auf die Stirn drückt und sich mit den Worten verabschiedet: »Bin im Studio, schlaf dich schön aus. Ich meld mich später mal«, stelle ich mich immer noch schlafend. So ein Arsch! Mir erzählt er, er gehe ins Studio, und dabei trifft er sich mit irgendeiner mysteriösen »M«. Das »M« steht eindeutig für *Miststück*, so viel steht schon mal fest.

Ich gebe meinem Mann ein »Hm, ja« mit auf den Weg und warte ungefähr fünf Minuten, bis ich wie von der Tarantel gestochen aus dem Bett hüpfe und in die Küche stürze. Ich schnappe mir mein Handy, stelle »Nummer unterdrücken« ein, suche im Telefonbuch nach »A« und wähle die Nummer. Es dauert nicht lange, da begrüßt mich eine freundliche, sehr weibliche Stimme mit den Worten: »Guten Morgen, schöner Unbekannter.«

Was war das denn? Instinktiv lege ich auf. Kurz danach wähle ich die Nummer gleich noch einmal. Diesmal bekomme ich ein schlichtes »Hallo« zu hören. Klack, wieder lege ich auf. Blöde Pute, weiß noch nicht mal, was sich gehört und dass man sich mit seinem Namen meldet. Okay, ich gehe ja selbst nicht immer ans Telefon, wenn jemand mit unterdrückter Nummer anruft, aber wenn, dann melde ich mich wenigstens mit meinem Namen. Würde ich jetzt nochmal anrufen, würde sie bestimmt nicht mehr rangehen.

Und was jetzt? Wozu habe ich eine Freundin bei der Polizei? Die wird schon nicht gleich rausfliegen, wenn sie ein wenig für mich nachforscht. Ich simse ihr die Nummer, und keine fünf Minuten später habe ich Sam in der Leitung.

»Sie heißt Micheline. Micheline Libenowa.«

»*Libenowa*? Ist das eine Russin oder so? Die hat sich gar nicht so angehört.«

»Die ist aus Polen. Zumindest sind die Eltern von da. Wohnt in Fuhlenbrock, das ist ein Stadtteil von Bottrop, Grenze Oberhausen. Also nicht weit … Ich hol dich um zwölf ab, da habe ich eine Stunde Mittagspause. Die gucken wir uns an!«

Eigentlich bin ich mir gar nicht sicher, ob ich wissen will, wie Micheline aussieht. Es sei denn, sie hat Ähnlichkeit mit diesem fetten, unförmigen Männchen, das für den Reifenhersteller »Michelin« Werbung macht. Nein, wer Micheline heißt, ist mit Sicherheit hübsch. Bestimmt ist sie blond, sehr schlank und hat strahlend weiße Zähne in ihrem ebenmäßigen Gesicht. Und mit Sicherheit bekomme ich noch schlechtere Laune, wenn ich sie gesehen habe. Ich beschließe auf der Stelle, dass ich Polinnen nicht leiden kann. Allerdings muss ich zugeben, dass Michelines Stimme eigentlich ganz sympathisch war, zumindest die paar Worte, die ich von ihr gehört habe. Die klangen irgendwie sehr dunkel, aber warm.

Sam ist doch tatsächlich in ihrem Dienstwagen hier aufgetaucht. Komischerweise ist mir das anfangs ein bisschen peinlich, denn ich fühle mich so, als hätte ich was angestellt. Andererseits sitzen Verbrecher ja immer hinten und ich sitze vorne, neben Sam. Und irgendwie ist es schon cool, in so einem Polizeiauto durch die Gegend zu fahren.

»Wo ist denn dein Kollege heute?«, frage ich sie. »Du hast doch letztens gesagt, ihr seid immer zu zweit unterwegs.«

»Aber nicht, um Pommes zu holen«, lacht Sam. »Außerdem muss ich heute Akten bearbeiten. Ich hab 'ne Stunde Zeit, dann muss ich zurück sein.«

»Und was machen wir jetzt? Wir können ja schlecht klingeln und mit einer Hausdurchsuchung drohen. Oder doch?«

»Wir gucken erst einmal, wo sie wohnt. Die ist übrigens immer noch bei der Adresse ihrer Eltern gemeldet. Und das mit sechsundzwanzig! Wenn die wirklich was miteinander haben, dann hat Daniel gleich Familienanschluss.«

»Ich weiß ja gar nicht, ob Daniel jetzt bei ihr ist«, wende ich zaghaft ein. »Vielleicht ist er ja doch im Studio.«

»Wer's glaubt, wird selig!«

Ja, das wäre eigentlich keine schlechte Idee. Ich glaube, ich vergesse die ganze Geschichte einfach und werde wieder glücklich. Oder aber ich drehe jetzt augenblicklich um, packe zu Hause meine Koffer und gehe. Hatte ich ja sowieso vor. Ich möchte mir keine Gedanken um andere Frauen machen und darüber, was Daniel eventuell gerade mit denen treibt. Und ich möchte schon gar kein Bild von einer anderen Frau in meinem Kopf haben. Das macht alles nur noch schlimmer.

»Was ist jetzt?«

»Ach, ich weiß auch nicht. Irgendwie ist das doch alles total bescheuert. Ich fühle mich echt richtig scheiße. Und eigentlich will ich das hier alles auch gar nicht wissen.«

»Klar! Damit Daniel dir wieder eine seiner Geschichten erzählen kann. Glaub mir, es ist besser, wenn du es weißt. Das tut zwar anfangs höllisch weh, aber es geht vorbei. Und irgendwann tröstest du dich mit einem anderen, und dann hast du Daniel bald vergessen. War bei mir ja auch so.«

Sam hat gut reden. Die hat sich ja nun wirklich charmant trösten lassen. Nur dumm, dass dann alles etwas danebengelaufen ist, um es mal so auszudrücken. Aber der arme Chris wird es sowieso nicht leicht haben mit ihr. Er hat wohl schon mehrmals angerufen, und Sam geht einfach nicht ans Telefon. Sie ignoriert ihn schlicht und ergreifend.

»Hast du eigentlich irgendwas gemerkt? Ist dir schlecht geworden oder so?«, frage ich sie. »Ich meine wegen der Nebenwirkungen der Pille.«

»Nö, alles wie immer! In zehn Tagen oder so bekomme ich eine Abbruchblutung. Das hoffe ich wenigstens!

Nochmal brauche ich das auf jeden Fall nicht, so viel steht fest. Guck mal, wir sind da. Nummer sechsunddreißig, auf der anderen Straßenseite.«

Ein schlichtes Reihenhaus. Hier wohnt also Micheline, und mit ihren langen Beinen umschlingt sie gerade meinen Mann. Sie drückt so fest zu, dass er sich nie wieder aus dieser Beinzange befreien kann.

»Und jetzt?«

»Jetzt klingelst du!«

»Spinnst du? Und dann? Soll ich sie etwa fragen, ob sie was mit meinem Mann hat? Und wenn sie so blöd ist und auch noch *Ja* sagt, dann haue ich ihr eine runter oder was?«

»Quatsch. Du haust ihr keine runter, du haust ab, aber natürlich *bevor* sie die Tür öffnet. Du machst das *Klingelmännchen*, so wie früher, klingeln und abhauen. Ich guck dann, wer aufmacht. Wenn überhaupt jemand aufmacht und sie nicht gerade mit anderen Dingen beschäftigt sind, was ja durchaus sein könnte.«

»Das ist doch mehr als doof. Wenn ich Pech habe, kommt Daniel genau in dem Moment aus der Tür, in dem ich gerade den Klingelknopf drücke. Und dann? Wenn überhaupt jemand das Klingelmännchen macht, dann du. Du bist in Uniform. Und dir fällt immer irgendeine Ausrede ein.«

»Na gut«, sagt Sam bereitwillig.

Und da läuft sie schon und tut ganz unauffällig, so wie früher, als wir als Kinder die Straßen unsicher gemacht haben. Schon damals war es meistens Sam, die geschellt hat. Sie war am schnellsten und am mutigsten. Sogar mutiger als mein Bruder, der das alles oft mit »blödem Babykram« abgetan hat. Dabei hatte er einfach nur Schiss, erwischt zu werden.

Sam guckt ein paarmal, ob jemand in der Nähe ist, und dann geht alles ganz schnell. Sie klingelt, rennt ein paar Schritte den Gehweg entlang und ich denke schon: Gleich ist sie um die Ecke. Dann hält meine Freundin prompt an und kehrt gemütlich um. Sam ist echt dreist. Jetzt tut sie auch noch so, als hätte sie mit dem Klingeln gar nichts zu tun gehabt und läuft in aller Ruhe an dem Haus vorbei, an dem sie eben noch geschellt hat. In dem Moment geht auch schon die Tür auf. Automatisch rutsche ich ein wenig tiefer in den Sitz hinein, aber nur so weit, dass ich noch alles ganz genau sehen kann.

In der Tür steht eine kleine Frau. Ihre Haare sind braun und kurz, nicht blond und lang, wie ich automatisch vermutet hatte. Sie trägt eine schlabberige, ausgewaschene Jeans und ein schlichtes rotes T-Shirt. Brüste kann ich darunter nicht entdecken. Vielleicht ist es ja gar nicht Micheline, vielleicht ist es ihr kleiner Bruder? Angestrengt beobachte ich, wie das auf der anderen Straßenseite weitergeht. Was macht Sam denn jetzt? Die ist echt die Größte! Sie winkt ihr – oder ihm, und die Gestalt in Jeans und Shirt kommt zur Tür raus. Dann zeigt Sam irgendwo in eine Gartenanlage und beide lachen.

Bestimmt hat Sam gerade behauptet, sie habe Kinder gesehen, und die wären gerade im Gebüsch verschwunden. Mist, jetzt hätte ich gerne ein Mikrofon, dann könnte ich wenigstens mithören. In guten Filmen sind Spione schließlich auch immer verkabelt. Ich würde doch zu gerne wissen, was die beiden da gerade so reden. Es hilft alles nichts. Ich muss warten, bis Sam wieder da ist. Aber das dauert zum Glück nicht lange.

»Du bist echt der Hit!«, empfange ich sie bewundernd im Auto. »Ich wünschte mir, ich hätte ein bisschen mehr von dir!«

»Hat Spaß gemacht. So wie früher.«

»Und? Hast du irgendwas rausgefunden? War das Micheline?«

»Ja, das war sie. Na ja, eins ist sicher. Wenn Daniel was mit der hat, dann leidet er an Geschmacksverirrung. Hast du gesehen, wie die aussieht? An der ist ja gar nichts dran! Studiert übrigens auch Sport, wie dein Daniel, und ist Fußballerin.«

Ich kann nicht so ganz glauben, was meine Freundin da gerade vom Stapel lässt.

»Das war Micheline? Ganz sicher?«

»Ja!«

»Und woher weißt du, dass sie Sport studiert?«

»Ich hab ihr gesagt, sie käme mir bekannt vor. Hab gefragt, ob sie auch Polizistin sei. Da hat sie mir von ihrem Sportstudium erzählt.«

»Hm …«

Ehrlich gesagt, weiß ich noch immer nicht, was ich von der ganzen Sache halten soll. Allerdings weiß ich mit ziemlicher Sicherheit, dass Daniel nicht auf solche Hungerhaken steht. Und das nicht nur, weil ich ordentliche Rundungen an den wichtigen Stellen habe, sondern weil ich ja weiß, welchen Frauen Daniel hinterhergafft, wenn ihm mal eine gefällt. Und die sind alle nicht zierlich und schon gar nicht jungenhaft.

Ob ich die Nummer falsch abgetippt habe? Aber nein, das ist Blödsinn. Dann wäre es ja wirklich ein Zufall, dass ich mich ausgerechnet so vertippt habe, dass es erstens eine Frau und zweitens in der Nähe von Oberhausen getroffen hat. Und dann studiert sie auch noch Sport, so wie Daniel. So viele Zufälle kann es nicht geben. Die Nummer war richtig und Micheline ist echt. Na, wenigstens war sie komplett angezogen und stand nicht nur in ein Handtuch oder einen Bademantel gewickelt vor der Tür.

Was, wenn Daniel seinen Geschmack geändert hat? Grübelnd schaue ich meine Freundin an. Die hat auch gleich eine Erklärung parat.

»Vielleicht hat er ja wirklich nix mit der. Kann ja sein, dass du an der falschen Stelle suchst, oder?«

»Wie meinst du das?«

»Na, geh doch mal selbst dort gucken, wo dein Daniel sich die letzte Zeit so oft rumtreibt.«

Stimmt, die Sache mit dem Sport und dem Schwitzen, das Fitnessstudio.

»Glaub ich nicht.«

»Wissen ist besser. Muss ja einen Grund haben, warum er die letzte Zeit so viel arbeiten geht. Geh ihn doch jetzt gleich besuchen. Vielleicht ist er ja wirklich im Studio. Dann hast du wenigstens Gewissheit. Und wenn er da ist, dann merkst du doch sofort, ob er sich darüber freut oder ob es ihm irgendwie unangenehm ist.«

Das ist allerdings wahr. Daniel geht die letzte Zeit wirklich sehr oft arbeiten, eigentlich täglich … Das war mal anders. Früher haben ihm drei Tage die Woche gereicht. Und die Zeiten hat er so gelegt, dass wir trotzdem möglichst viel Zeit miteinander verbringen konnten. Aber das ist schon lange vorbei. Ich habe immer noch Urlaub, damit könnte ich meinen Besuch im Studio gut erklären.

Ob er sich darüber freuen wird?

14 Daniel schafft es immer, in kürzester Zeit im Mittelpunkt zu stehen

Eigentlich konnte ich das Fitnessstudio noch nie leiden. Erstens, weil ich einfach kein Typ dafür bin, und zweitens, weil Daniel viel zu viel Zeit dort verbringt. Hätte er die Zeit stattdessen mit Lernen verbracht, dann hätte er jetzt sein Examen in der Tasche. Außerdem sind die Arbeitszeiten in diesem Studio wirklich nicht gerade beziehungstauglich. Teilweise fängt Daniel dann an zu arbeiten, wenn ich nach Hause komme. Und jedes zweite Wochenende ist auch futsch. Von den ganzen Lehrgängen und Weiterbildungen mal abgesehen, an denen er immer mal wieder teilnimmt.

Früher hat Daniel mich ab und an zu überreden versucht, mich im Studio anzumelden, damit wir uns dann wenigstens beim Training sehen können. Und einmal hat er es sogar geschafft, mich von einer Probestunde *Spinning* zu überzeugen. Das war eines meiner schlimmsten Sporterlebnisse, das ich je hatte. Um mich herum fünfzehn Sportverrückte auf fest montierten Rädern, die sich im Bumm-Bumm-Takt zu lauter Musik einen um die Wette abschwitzten. Und ich mittendrin.

Aber am schlimmsten war für mich, Daniel als Trainer

zu erleben. Er ist in seiner Rolle komplett aufgegangen. Aber sein Anfeuern und Rumbrüllen hat mir im Gegensatz zu den anderen sportlichen Radlern gar nicht gefallen: »Mehr, mehr, mehr, mehr! Jeder Tritt geht direkt ins Gesäß!« Und dort wollte ich ihn dann auch gerne hintreten. Und zwar mit voller Wucht! Mir tat alles weh nach der Stunde. Außerdem passte es mir überhaupt nicht, wie die anderen Mädels meinen Ehemann anschmachteten.

Daniel geht sehr locker mit seinen Bekanntschaften um und macht dabei keine Unterschiede beim Geschlecht. Er drückt und umarmt Männer genauso wie Frauen. Wobei es mich nicht sonderlich stört, wenn er einem Kerl dabei freundschaftlich auf die Schulter klopft. Hängt allerdings ein Mädel wie eine Klette an seinem Hals, um ihn mit Küsschen hier und Küsschen dort zu verabschieden, kommt mir regelmäßig die Galle hoch. Es stört mich einfach, wenn andere Frauen ihn anfassen. Und es stört mich, dass er sich darüber überhaupt keine Gedanken macht. Aber so ist Daniel nun mal. Er macht sich eben selten Gedanken. Dafür ist er immer fröhlich und hat meistens gute Laune. Es hat halt alles seine Vor- und Nachteile …

Das knackige Mädel hinter der Theke strahlt mich freundlich an. Irgendwie habe ich das Gefühl, hier sehen alle gleich aus. Keine ist älter als einundzwanzig, alle tragen langes Haar mit einem Pferdeschwanz, und alle sehen aus, wie gerade frisch aus dem Urlaub heimgekehrt oder wie einmal zu viel im Solarium gewesen.

»Daniel? Der hat ein Probetraining, da kann ich ihn schlecht stören. Soll ich ihm was ausrichten?«

»Ja«, antworte ich möglichst freundlich, »du kannst ihm sagen, dass seine Frau hier ist.«

Bamm, das hat gesessen.

»Oh, du bist Daniels Frau? Dich habe ich mir aber ganz anders vorgestellt.«

Na, das ist doch mal 'ne nette Ansage. Sofort gehen alle Alarmglocken in mir an. Was sie damit wohl ausdrücken wollte? Bin ich zu fett? Zu alt? Zu schön vielleicht? Ich überlege einen kurzen Moment, ob ich sie frage, wie genau sie sich Daniels Frau denn vorgestellt habe, werfe ihr aber stattdessen einfach einen vernichtenden Blick zu. Das Fitnessmäuschen mir gegenüber scheint meinen eisigen Gesichtsausdruck allerdings gar nicht zu bemerken. Sie lächelt mich einfach weiter an, so als hätte sie den einen Satz eben gar nicht gesagt oder schon wieder vergessen.

»Willst du warten? Dahinten sind Stühle und Tische, siehst du? Dann sag ich ihm Bescheid. Du kannst auch was trinken.«

Ist ja nicht so, als wäre ich noch nie in diesem Studio gewesen. Ich war schon da, als es das Mäuschen hier noch gar nicht gab. Egal. Ich warte. Und weil ich weder ein Mineralgetränk noch einen Eiweißshake möchte, bekomme ich tatsächlich vorher noch einen Cappuccino serviert.

Dass Daniel wirklich im Studio ist, überrascht mich. Aber vielleicht hat er Micheline ja auch einfach abgesagt? Ich konnte ja nicht mehr lesen, was er geantwortet hat. Es wäre clever gewesen, wenn ich einfach heute Morgen hier angerufen hätte. Darauf hätte Sam aber auch kommen können, immerhin ist sie die Kommissarin!

Die fünfzehn Minuten, die ich warten muss, kommen mir wie eine Ewigkeit vor. Wenigstens liegen auf den Tischen ein paar Zeitschriften herum: *Auto Motor Sport*, *fit for fun*, *Men's health*. Eine der Überschriften darauf fällt mir sofort ins Auge: »Warum wir fremdgehen«. Ich kann es nicht lassen und fange an zu lesen.

Nach kurzer Zeit weiß ich, was mir auch vorher schon klar war: Frauen betrügen Männer gefühlsmäßig. Und zwar meistens, weil sie zu wenig Anerkennung von ihrem eigenen Partner erhalten. Und sie sind sich darüber durchaus im Klaren. Sie wissen, warum sie es tun. Männer betrügen ihre Frauen, weil sie Abwechslung brauchen und einfach Spaß an Sex haben, denke ich zumindest. Nur eine Seite weiter bin ich allerdings etwas schlauer: Männer wissen gar nicht, warum sie ihre Frauen betrügen. Ungefähr die Hälfte gibt an, es sei einfach so passiert, und sie haben sich keine Gedanken gemacht.

Sich keine Gedanken machen passt wie gesagt zu Daniel. Aber Micheline passt trotzdem optisch überhaupt nicht. Noch bevor ich diesen Gedanken weiterspinnen kann, höre ich meinen Ehemann laut und deutlich durch das ganze Studio rufen: »Anna, mein Engel, was machst du denn hier?« Und gleich darauf noch lauter: »Guck mal, Nina, das ist meine wunderschöne Ehefrau!« Das Mäuschen hinter der Theke lächelt gequält. Daniel freut sich, das ist eindeutig zu sehen und zu hören …

Lachend kommt er die breite Treppe runter. Wäre es nicht mein Mann, würde ich mich jetzt fragen, wer dieser verdammt gut aussehende Kerl ist, der da gerade strahlend auf mich zukommt. Beneidenswert! Aber Daniel ist ja bereits mein Mann, und ich bin die Frau, die er da gerade so anhimmelt. Aber ich will mich lieber noch ein Weilchen bemitleiden …

Zur Begrüßung bekomme ich einen dicken Kuss auf den Mund. Der knallt so laut, dass ihn alle nicht nur sehen, sondern auch hören können. Aber die Blicke waren auch vorher schon auf uns gerichtet. Daniel schafft es immer, in kürzester Zeit im Mittelpunkt zu stehen. Vielleicht sind einfach nur alle neugierig, weil ich mich nie hier blickenlasse. Egal.

»Hallo, Schatz«, begrüße ich meinen Mann, dessen Hände gerade in Richtung meines Hinterns wandern. Daniel steht auf Po. Und wenn ich nicht aufpasse, dann habe ich seine Hände regelrecht daran kleben. Und dabei ist es ihm ganz egal, ob wir alleine sind oder der Raum voller Zuschauer ist.

»Du hast eine süße Milchschnute«, lacht Daniel. »Sieht aus wie ein Damenbart! Darf ich?«

Und schon ist der Bart weggeleckt. »Was machst du eigentlich hier?«, will er dann endlich wissen.

»Ach, ich wollte dich einfach mal überraschen. Ich hatte vorhin schon angerufen, aber da warst du noch nicht da«, lüge ich ihn frech an. Immerhin weiß ich ja gar nicht, um wie viel Uhr er hier aufgetaucht ist. Vielleicht hat er mich ja doch belogen? Irgendwas muss diese geheimnisvolle Nachricht von M ja bedeuten.

»Ach so, ich war vorher noch bei Micheline. Das ist eine Studienkollegin. Die hat bald Leichtathletikprüfung und schafft beim Hochsprung noch nicht einmal die ein Meter zwanzig.«

Was soll ich dazu noch sagen? Etwa: »Ich weiß, ich habe sie eben schon begutachtet. Sie wohnt in Fuhlenbrock und sieht aus wie ein Junge. Ich dachte, sie sei deine Geliebte und außerdem bin ich eine blöde Kuh.«

15 Ich denke immer viel zu viel nach und versuche, alles ganz genau zu verstehen

Ich mag es nicht, wenn ich ein schlechtes Gewissen habe. Schon gar nicht, wenn ich es zu Recht habe. Auf der anderen Seite: Was hätte ich denn denken sollen? Und überhaupt, irgendwas stimmt da trotzdem nicht. Immerhin war Daniel nicht nachts in der Apotheke, sondern nachmittags, und ich habe immer noch keine Ahnung, was er so spät noch draußen getrieben hat. Der wird ja wohl kaum die Bewegungsabläufe beim Hochsprung mit Micheline am Telefon besprochen haben.

Warum hat er also mitten in der Nacht mit ihr telefoniert? Wenigstens bin ich mir fast sicher, dass er mich nicht betrügt, und ich weiß, dass Micheline kein blondes Luder mit langen Beinen ist, dem Daniel hinterherschmachtet. Falls Daniel wider Erwarten doch was mit ihr haben sollte, weiß ich wenigstens, dass ich erheblich besser aussehe, was mir unverständlicherweise irgendwie wichtig ist. Denn eigentlich müsste mir das doch total egal sein. Ist es aber nicht. Wenn Daniel mich mit Micheline betrügt, würde das bedeuten, dass irgendwas Grundlegendes zwischen uns nicht mehr stimmt.

Das ist ja auch eigentlich so, aber eben nur von meiner

Seite aus. Also, betrügt Daniel mich, dann wäre es mir dann doch lieber, wenn er was mit einer blonden Schönheit hätte, die zwar ungemein gut aussehend, aber auch ungemein blöd wäre. Aber was denke ich hier eigentlich gerade? Das wäre beides Mist, und außerdem betrügt er mich nicht. Warum kann ich mich nicht einfach auf mein Gefühl verlassen? Das hat mir doch von Anfang an signalisiert, dass da keine andere Frau im Spiel ist.

Ich stehe in der Küche und lege Hähnchenfilet in eine Marinade aus Ingwer, Sojasoße, Knoblauch und einer guten Portion Chili ein. Daniel isst am liebsten leicht und scharf. Und mir schmeckt das auch sehr gut. Ich liebe Ingwer und ausgefallene Gewürze oder Kräuter, die ich teilweise frisch auf unserem Balkon ernte. Zum Nachtisch gibt es ein leckeres Mangosorbet mit frischer Minze. Das ist genau das Richtige bei diesem heißen Wetter. Unseren Balkon, den man sowohl vom Wohnzimmer als auch von der Küche betreten kann, habe ich schön mit Teelichtern dekoriert und einen sommerlichen Weißwein habe ich auch schon kalt gestellt.

Dass ich jetzt für Daniel koche, hat überhaupt nichts mit meinem schlechten Gewissen zu tun. Dass ich stundenlang im Internet nach einem neuen signierten Bayerntrikot gesucht habe, allerdings schon. Schließlich habe ich auch eins gefunden: handsigniert von Bastian Schweinsteiger. Über den Namen könnte ich mich jedes Mal wieder kringelig lachen, aber von Luca Toni, der für einen Fußballer echt gut aussieht, war leider keines zu bekommen. Jetzt hoffe ich nur, dass *Schweini* es seinem Kumpel nicht nachmacht und den Bayern treu bleibt. Immerhin hat mich das Trikot fast hundert Euro gekostet. Wenn alles gutgeht, kommt es in zwei Tagen mit der Post.

Bei dem Gedanken an Daniels Gesicht, wenn ich es ihm schenke, fange ich an zu lächeln. Daniel kann sich richtig freuen, so dass das Schenken auch wirklich Spaß macht. Danach schüttele ich ganz leicht den Kopf, weil ich mich über mich selbst wundere. Irgendwas stimmt nicht mit Daniel. *Er* belügt mich wegen des Mandelöls, treibt sich nachts auf der Straße rum, aber *ich* habe das schlechte Gewissen. Eigentlich müsste ich das Schweini-Trikot von ihm bekommen, wenn ich das denn wollte.

Ich denke immer viel zu viel nach und versuche, alles ganz genau zu verstehen. Nichts ist dabei besser zum Nachdenken als das Kochen. Es entspannt mich. Zwiebeln schneide ich übrigens immer mit einer Taucherbrille auf der Nase. Ich mag es nicht, wenn mir dabei die Tränen laufen, weil meine Nase dann auch gleich mitläuft. Daniel lacht sich immer kaputt, wenn er mich so sieht, aber der dürfte erst in etwa einer halben Stunde hier auftauchen. Weil es so heiß ist, habe ich mir eine von Daniels Boxershorts gemopst. Echt praktisch für die Männer, dass die Dinger vorne einen Schlitz haben. Manchmal haben es die Kerle wirklich einfach. Natürlich nur die, die im Stehen pinkeln. Aber das habe ich Daniel gleich zu Beginn unserer Beziehung abgewöhnt. Tauschen würde ich dennoch nicht wollen. Ich bin gerne Frau. Und ich finde meinen Körper sehr schön.

Weil Daniel mal wieder den Deckel der Sojasoße nicht

richtig zugedreht hat, trage ich zu den sexy Shorts, die luftig um meine Hüfte schlabbern, einfach einen schlichten BH. Mein T-Shirt liegt zum Einweichen in der Wanne, weil ich ohne vorher zu kontrollieren, die Flasche geschüttelt habe, der Deckel durch die Küche schoss, und die braune Soße ein interessantes Muster auf meinem schneeweißen Oberteil hinterlassen hat. Fehlen nur noch die Taucherflossen und ein Schnorchel, denke ich und widme mich weiter meinen Gedanken und den Zwiebeln. Wahrscheinlich hat Katharina Recht. Würde ich Daniel wirklich verlassen wollen, wäre ich schon längst gegangen. Und außerdem hält mich noch viel mehr bei ihm als einfach nur die Tatsache, dass er gut im Bett ist.

Es gibt viele Dinge, die mit Daniel Spaß machen. Da sind zum Beispiel die vielen Kleinigkeiten, wie ein gemeinsames Essen, Einkaufen oder ins Kino gehen. Zum Glück haben wir den gleichen Geschmack, was Filme angeht. Und Daniel scheut sich nicht davor, mit mir auch in einen Schmachtfetzen zu gehen, und hat sogar Freude daran. Wir lachen über die gleichen Stellen im Film, und manchmal sind wir dabei die Einzigen im ganzen Saal. Wird es traurig, verdrückt Daniel auch mal das eine oder andere Tränchen, was ich wiederum total süß finde. Ich weiß noch, wie Daniel Rotz und Wasser flennte, als wir mal zusammen *König der Löwen* sahen und der fiese Scar den armen Löwenpapa Mufasa die Klippen hinabstürzte …

Beim Essen schweigen wir uns nie an, wie andere Paare das oft tun. Wir haben uns immer was zu erzählen. Und

Einkaufen funktioniert wie am Schnürchen, ohne großartige Diskussionen und ohne vorher ellenlange Listen zu schreiben. Wir packen beide Dinge in den Wagen, Daniel legt aufs Band, ich räume ein. Vielleicht muss ich mir das öfter mal vor Augen halten. Immerhin erstaunlich, weil wir uns ja erst so kurz kannten, bevor wir zusammengezogen sind. Außerdem hat bisher noch nie eine Beziehung bei mir länger als drei Jahre gehalten. Und immer war ich diejenige, die gegangen ist. Vielleicht mache ich es mir zu einfach? Daniel ist mein Ehemann. Für immer und ewig, das haben wir uns damals geschworen. Irgendwie muss es doch zu machen sein, dass er seinen Krempel langsam auf die Reihe bekommt und mal Verantwortung übernimmt.

Wie sagte Katharina doch gleich? Ich solle ihn loben, wenn er was gut gemacht hat? Vielleicht fange ich gleich nachher damit an und erzähle ihm, wie toll er im Fitnessstudio auf mich als Trainer gewirkt hat. Eventuell bekomme ich so den Dreh, um ihm klarzumachen, wie gut er dann erst als Sportlehrer in einer Schule ankommen wird. Am besten wäre natürlich, er käme von selbst darauf. Dann hat er nicht gleich wieder das Gefühl, ich würde ihn drängen. Aber bei meinem Glück würde Daniel nach diesem Kompliment für immer und ewig Fitnesstrainer bleiben wollen, also lasse ich es lieber …

Ich pelle gerade die zweite Zwiebel aus ihrer Schale heraus, als es plötzlich an der Tür klingelt. Katharina oder Sam kommen eigentlich nie, ohne sich kurz vorher telefonisch anzumelden. Bestimmt hat Daniel wieder mal seinen Schlüssel vergessen. Ich schiebe die Taucherbrille hoch auf meine Haare, wische meine Hände kurz ab, gehe zur Tür und drücke den Türöffner. Da höre ich auch schon ein »Wuff« aus dem Hausflur.

Mit der Gewissheit, Adele und Helmut vor der Tür stehen zu haben, öffne ich sie. Prompt begrüßt mich der Pudel schwanzwedelnd und mit einem feuchten Schlecken über meinen Fußknöchel, obwohl ich mich heute gar nicht eingecremt habe. Aber es ist nicht Adele, die mich gerade mit den Worten: »Guten Tag, Frau Blum, bitte nicht erschrecken«, begrüßt, vor mir steht ein Sanitäter oder ein Arzt. Auf jeden Fall ein Kerl in orangefarbener Hose und weißem T-Shirt. Ein gut aussehender Kerl ganz genau genommen. Zum Glück habe ich das Geschirrhandtuch mitgenommen, mit dem ich mir noch schnell den Zwiebelsaft abgewischt habe. Das halte ich mir jetzt schützend vor meinen halbnackten Oberkörper.

Dass Helmut hier mit einem fremden Kerl vor meiner Tür steht, ist kein gutes Zeichen. Mein etwas ungewöhnliches Aussehen und dass der Typ mich unverschämt angrinst, ist mir in dem Moment egal, als mir das bewusst wird. »Nicht erschrecken«, das hatte meine Mutter damals auch zu mir gesagt, als ich nichtsahnend aus der Schule kam und die vielen gestapelten Kisten und den gepackten Koffer vor der Tür stehen sah. Mein Vater hat die Sachen später abgeholt und sich noch nicht mal von uns verabschiedet. Augenblicklich macht sich ein mulmiges Gefühl in mir breit.

»Frau Grimmelsberg schickt mich. Sie meinte, Sie würden bestimmt auf ihren Hund aufpassen, solange sie im

Krankenhaus sei. Es ist nichts Ernstes, wahrscheinlich nur eine Fraktur des Schienbeines. Aber das wissen wir erst nach dem Röntgen.«

Arme Adele! Und armer Helmut! Und arme Anna … So schnell kann man Frauchen eines Vierbeiners werden. Adele ist barfuß auf den nassen Fliesen ihres Badezimmers ausgerutscht, wie mich der Sanitäter informiert. Und dann ist sie auf dem Po durch die ganze Wohnung bis zum Telefon gerutscht, weil sie das Bein nicht belasten konnte.

Natürlich kümmere ich mich um Helmut. Ich will doch nicht, dass sie den armen Kerl ins Tierheim verfrachten. Und außerdem habe ich ja Urlaub, da ist Helmut wenigstens nicht den ganzen Tag alleine. Adele ist schon mit dem Wagen ins Krankenhaus unterwegs. Der Sanitäter ist doch kein Sanitäter, sondern ein Arzt, der sich um ein Ersatzzuhause für Helmut kümmert. Er hat einen Namen, den man nicht so schnell vergisst: Dr. Kreideweiß. Witziger Name für einen Arzt. Aber nett ist er. Er hilft mir noch, die nötigen Sachen für Helmut aus Adeles Wohnung zu holen. Natürlich habe ich mich vorher in Jeans und Shirt geschmissen. Als er sich verabschiedet, lacht er mich an.

Ich mache mich auf die Suche nach Helmut, der sich auf Entdeckungstour durch unsere Wohnung gemacht hat. Er residiert im Schlafzimmer. Seiner Rasse angemessen, hat er sich wie ein König auf unserem gerade frisch bezogenen Bett breitgemacht. »Na warte«, rufe ich, »raus mit dir! Dein Körbchen steht im Wohnzimmer.« Doch Helmut bewegt sich keinen Zentimeter. Er sieht mich einfach nur mit großen Augen an. Bestimmt ist er traurig wegen Adele, denke ich mitleidig. Hunde sollen ja ein sicheres Gespür dafür haben, wenn etwas nicht in Ordnung ist. Seufzend lasse ich mich aufs Bett fallen.

»Armer Helmut«, sage ich, »keine Sorge, aber das bekommen wir schon wieder hin, wir beide. Und Daniel hilft uns mit Sicherheit auch.« Dabei kraule ich ihm ein bisschen das Fell, was ihm sehr zu gefallen scheint. Dass Helmut sehr gute Ohren hat, stelle ich nur wenige Minuten später fest, als er plötzlich vom Bett aufspringt und zur Tür rennt. Daniel ist zurückgekommen.

»Wen haben wir denn da?«, höre ich ihn lachend fragen. »Ist das nicht Helmut?«

16 »Wir haben doch jetzt Helmut ...«

Unser neuer Mitbewohner scheint nicht gerne alleine zu sein. Er verfolgt mich durch die ganze Wohnung und sucht sich immer die besten Plätze in meiner Nähe aus. Dass er es sich auf der Terrasse unter unserem Tisch bequem gemacht hat, als wir gegessen haben, konnte ich ja noch verstehen. Besonders weil Daniel ab und an, natürlich aus Versehen, mal was vom Essen fallen ließ. Als er jedoch unseren Lorbeerbaum, der in einem großen Kübel in der Ecke steht, mit einem Baum in freier Natur verwechselt hat und ihn seelenruhig anpinkelte, fand ich das im Gegensatz zu Daniel gar nicht witzig.

Auf der anderen Seite war es vielleicht ganz gut, dass Helmut beim Essen dabei war. Bestimmt wäre das Gespräch mit Daniel in die Hose gegangen, und ich wäre wieder enttäuscht gewesen. So hatten wir einfach eine Menge Spaß, fast so wie früher. Dankbar gucke ich Helmut an. Dass er sich die Couch im Wohnzimmer als Schlafplatz ausgesucht hat, kann ich gerade noch so verkraften, die ist ja eh alt und schon sehr verschlissen. Aber dass er mir auch ins Badezimmer hinterherdackelt und es sich jetzt seufzend auf der Badezimmermatte gemütlich macht, geht eindeutig zu weit. Das kommt davon, wenn man die Tür nur anlehnt.

Helmut scheint sich sprichwörtlich pudelwohl zu fühlen und beobachtet jede meiner Bewegungen beim Duschen. Demonstrativ ziehe ich den Duschvorhang noch etwas mehr zu, so dass wirklich kein Schlitz mehr bleibt. Ich könnte den Hahn etwas weiter aufdrehen und Helmut nassspritzen. Das gefällt ihm bestimmt nicht. Aber dann darf ich gleich das ganze Bad putzen, und darauf habe ich auch keine Lust. Wo Daniel nur bleibt? Er wollte mich doch abtrocknen, wenn ich mit dem Duschen fertig bin. Ich wasche mir den Schaum aus den Haaren und sage zu Helmut: »Wenn du mich gleich wieder ableckst, schlachte ich dich!«

Aber der Hund bewegt sich keinen Zentimeter, als ich aus der Dusche husche und nach dem Handtuch greife. Er sieht mich einfach nur an. Schnell wickele ich mir das Handtuch um den Körper und mache mich auf die Suche nach Daniel. Er ist im Schlafzimmer und verteilt dort gerade die Teelichter, die er von der Terrasse geholt hat. Als er mich sieht, guckt er mich lange an. »Du bist so schön!«

»Ja? Findest du?«, kokettiere ich. Ich mag es, wenn Daniel mir Komplimente macht. Dass er mich schön findet, höre ich besonders gern, weil ich mich dann selbst gleich viel attraktiver finde.

Wir stehen beide vor dem großen Spiegel. Daniel küsst zärtlich meinen Nacken und zieht das Handtuch von meinem Körper. Er flüstert leise in mein Ohr: »Deine Brüste sind wundervoll.« Dann lacht er und sagt: »Und ich mag es, wenn deine Brustwarzen steif werden wie jetzt gerade.« Seufzend lasse ich meinen Kopf an Daniels Brust fallen und schließe die Augen. Er streicht ganz vorsichtig mit seinen Fingernägeln meinen Körper entlang. An den Seiten bin ich besonders empfindlich. Dann beißt er zärtlich in meine Halsbeuge. Seine Hände gleiten weiter über meinen Köper, den Bauchnabel, die Leisten … Mein Bauch zieht sich sofort zusammen, und ich bekomme überall Gänsehaut. »Goosepimpels«, wie Daniel sie immer neckisch auf Englisch übersetzt.

»Mach die Augen auf und schau dich an.«

Ich sehe eine nackte Frau mit nassem rotbraunem Haar. Sie ist etwa eins siebzig groß, hat schöne braune Augen und einen Mund, der augenblicklich geküsst werden möchte. Erwartungsvoll drehe ich mich um. Gut küssen konnte Daniel schon immer. Aber erst muss ich ihm das blöde T-Shirt ausziehen, damit ich dabei seine Haut fühlen kann. Daniel ist immer schön warm, und ich mag das kitzelnde Gefühl seiner Brusthaare, wenn ich mich an ihn drücke. Seine Hände streichen nun etwas kräftiger über meinen Rücken und wandern zum Po. Er weiß, wie empfindlich ich reagiere, wenn er die Stelle direkt am Poansatz massiert. Leise stöhne ich auf. Endlich nähert sich sein Mund dem meinen und unsere Lippen berühren sich.

Da spüre ich plötzlich etwas Nasses, sehr Raues an meinem Fußknöchel entlangschlecken. »Helmut!«

»Der weiß halt, was gut ist«, lacht Daniel. »Warte, ich schmeiß ihn raus.«

Schade, Helmut hat den prickelnden erotischen Moment zerstört. Aber egal. Daniel ist nur kurz darauf wieder da, und wir liegen nebeneinander auf unserem Bodenbett.

»Wo haben wir aufgehört?«

»Beim Küssen!«

»Ach so, hatte ich ganz vergessen. Und jetzt? Soll ich dein Pfläumchen küssen?« Neckisch grinst Daniel mich an.

Er hat einen Hang dazu, für alle Körperteile lustige Begriffe zu erfinden, ganz besonders für die Geschlechtsteile. Ich habe ein *Pfläumchen* mit einem *Kirschkern* darin. Darüber fährt er gerade sehr sanft mit seiner Zunge. Dann habe ich auch noch ein *Äpfelchen*, das er ganz gerne mal mit einem Klaps versorgt, und zwei Apfelsinen, die er liebevoll *Sinchen* nennt. Die hat er aber glücklicherweise noch nie auszupressen versucht. Daniel geht immer sehr zärtlich mit meinen Brüsten um. Vielleicht sollte ich ihm bei Gelegenheit mal einen leckeren Obstsalat aus diesen Fruchtsorten bereiten? Das wäre doch mal was.

Aber jetzt konzentriere ich mich voll und ganz auf Daniel und die angenehmen Dinge, die er mit mir veranstaltet. Ich versuche, mich fallen zu lassen. Allerdings scheint heute nicht mein Tag zu sein. Gerade als ich vergessen habe, dass Helmut mir über den Knöchel geleckt hat und Daniel sich bestimmt nicht die Hände gewaschen hat, nachdem er den Spanner-Pudel aus dem Zimmer gezogen hat, höre ich ganz eigenartige Geräusche, die immer lauter zu werden scheinen:

»A ouuuuuuuuu, A ouuuuuuuuu …«

»Hörst du das?«

»Was?« Daniel scheint nichts mitzubekommen. Unmöglich, ich höre es ganz deutlich, es kommt definitiv aus dem Wohnzimmer.

»Na, das Geheule«, erkläre ich meinem anscheinend taubstummen Mann.

»Das ist Helmut. Der kann ja heulen wie ein ganzes Wolfsrudel auf einmal. Soll ich ihn wieder reinholen?«

»Spinnst du? Ich will nicht, dass uns jemand zuguckt. Mir hat es schon gereicht, dass er mich beim Duschen beobachtet hat.«

Okay, ich sehe ja ein, dass Helmut kein »Jemand« ist. Es ist ein Hund. Aber man weiß ja nie, was in solch einem Moment in einem Hundekopf vorgeht. Immerhin spreche ich mittlerweile mit ihm.

»Der wird immer lauter«, stelle ich fest.

»Wie du!«

»Wie ich?«

»Ja, wenn ich dich nicht kennen würde, würde ich denken, dir tut jemand weh, wenn du kommst. Du jammerst dann immer so süß!«

»Dafür siehst du kurz davor so aus, als hättest du ordentlich Zahnschmerzen. Und wenn du kommst, als würde endlich die Spritze wirken, die du deswegen bekommen hast.«

»Na warte«, lacht Daniel und kommt unter der Decke nach oben gekrochen. »Irgendwann nehmen wir uns dabei mal auf. Dann sehen wir ja, wer die bessere Figur dabei macht.«

»Ja klar, und dann läuft das Filmchen übers Internet,

und jeder Idiot kann uns zugucken. Das fehlt mir noch … Und? Was machen wir denn jetzt mit unserem heulenden Pudel?«

»Ich hole ihn, sonst frisst er noch vor lauter Frust unsere Möbel an oder so.«

Vor unserem Bett liegt nun glücklich und zufrieden ein Königspudel. Er heißt Helmut und schnüffelt mit seiner feuchten Nase in meinem Handtuch rum, das ich eben noch zum Abtrocknen benutzt habe. Das gehört ab heute ihm. Daniel hat sich in Löffelchenstellung hinter mich gekuschelt. Es könnte so schön sein, denke ich.

»Daniel?«

»Hm?«

»Ich möchte so gerne ein Kind mit dir.«

Huch, wo kommt das denn auf einmal her? Augenblicklich will ich mir die Zunge abbeißen. Aber gesagt ist gesagt. Ich drehe mich auf den Rücken und schaue meinen Mann erwartungsvoll an. Mit allem rechne ich, nur nicht damit:

»Ein Kind? Wir haben doch jetzt Helmut …«

17 Langsam beginnt diese verrückte Idee in mir Formen anzunehmen

»Wie toll er ist und wie fein er das gemacht hat, habe ich ihm gesagt.«

»Das hast du aber nicht genau so formuliert, oder?«, lacht Katharina.

»Nein, natürlich nicht. Ich habe Daniel einfach ein wenig angehimmelt, habe ihm erzählt, wie umwerfend er in seinen Sportklamotten aussah und dass ich mitbekommen habe, wie andere von seinen Trainerqualitäten geschwärmt hätten. Dazu habe ich ihm ein leckeres Essen auf der Terrasse serviert.«

»Und? Hat es was gebracht?«

»Ja, wenn ich Pech habe, bin ich bald mit einem Ganztagstrainer verheiratet. Sein Chef hat ihm angeboten, seinen Fitnessfachwirt zu machen und komplett ins Studio einzusteigen. Das hat Daniel mir nach meiner Schwärmerei strahlend erzählt. Und ich Blöde animiere ihn auch noch dazu. Das kommt davon, wenn ich anfange zu taktieren. Das konnte ich noch nie gut!«

»Na ja, war vielleicht ein bisschen ungeschickt. Aber der Grundgedanke war nicht schlecht.«

Wir sitzen auf einer Bank in der Sonne. Lenchen

schlummert gemütlich in ihrem Kinderwagen. Sie ist platt vom langen Spaziergang und glücklich eingeschlafen. Helmut hat sich sofort mit Katharinas Labrador Charly angefreundet. Ich hatte anfangs ja Bedenken, Helmut ohne Leine rumtollen zu lassen, aber Katharina hatte Recht: Helmut hört aufs Wort, besonders wenn ich mit der Tüte voller Hundeleckerlies raschele, bevor ich ihn rufe. Trotzdem werde ich sofort nervös, wenn er zu lange im Gebüsch verschwindet. Nicht auszudenken, wenn ich Adele erzählen müsste, dass Helmut mir abhanden gekommen ist.

Bevor ich mich auf den Weg zu Katharina machte, habe ich einen Abstecher zu unserer verletzten Nachbarin ins Krankenhaus gemacht. Der Bruch muss zum Glück nicht operiert werden, aber ein paar Tage wird sie mit Gips noch in der Klinik verbringen müssen, bevor sie mit geschientem Bein nach Hause darf. Adele hat keine Kinder. Als jahrelange Geliebte des mysteriösen Mannes, dessen Namen sie immer noch nicht rausrückt, hat sie den richtigen Zeitpunkt dafür einfach versäumt. Allerdings hat sie eine Schwester in Paris und jede Menge Neffen und Nichten, die jedoch auch alle in Frankreich leben.

Helmut wird die nächsten Tage also bei uns bleiben, und wenn Adele zu Hause ist, gehen wir mit ihm spazieren und kaufen für sie ein. Zum Glück habe ich noch Urlaub. Es hat eben doch alles seinen Sinn! Vielleicht sollte ich Adele vorwarnen, weil Daniel sich in den Kopf gesetzt hat, Helmut neue Kunststückchen beizubringen, wie die Post nach oben zu tragen oder das Licht auszumachen. Königspudel sollen ungemein intelligent und lernfähig sein, hat Daniel im Internet rausgefunden. Mir würde schon reichen, wenn Helmut lernen würde, dass er nicht immer genau da sein muss, wo ich gerade bin.

»Auf jeden Fall hat es nicht geklappt. Also habe ich es ihm direkt gesagt.«

»Was?«

»Dass ich ein Kind von ihm möchte.«

»Und?«

»Wir hätten schon eins.«

Mit wenigen Worten erzähle ich Katharina, was sich gestern noch so alles bei uns zugetragen hat. Sie hält sich den Bauch und beschwert sich:

»So viel habe ich schon lange nicht mehr gelacht. Das ist wehenfördernd, Anna, hör auf damit! Wenn ich jetzt hier auf der Parkbank mein Baby bekomme, dann bist du schuld … Eins ist ja mal wohl klar: Wenn ihr wirklich irgendwann ein Kind bekommt, dann müsst ihr es unbedingt Helmut taufen.«

»Du hast gut lachen, du wirst zum zweiten Mal Mutter. Ich bin mit einem Mann verheiratet, der selbst noch ein Kind ist. Und ich steh jetzt wieder da, wo ich letzten Samstag schon stand. Eigentlich müsste ich ihn verlassen. Zumindest wenn ich an die Zukunft mit ihm denke. Aber das bekomme ich einfach nicht auf die Reihe, weil es im Hier und Jetzt dann doch wieder zu schön ist. Daniel ist der perfekte Geliebte, aber anscheinend leider nicht der perfekte Ehemann.«

»Was erwartest du denn genau von ihm? Ich meine, außer dass er sein Examen auf die Reihe bekommt?«

»Nun, das wäre zugegebenermaßen schon mal nicht schlecht. Und ein bisschen weniger Unordnung in der Wohnung wäre auch ganz gut.«

»Und sonst? Angenommen du würdest eine Annonce aufgeben. Nach was würdest du suchen? Was muss DER perfekte Ehemann für dich tun?«

»Der perfekte Ehemann? Der muss mich auf Händen tragen und immer zu mir halten. Wenn ich eine Bank ausraube, dann muss ER mich aus dem Knast befreien. Wenn mich jemand bedroht, dann muss er dem Kerl was auf die Mappe hauen oder irgendwie anders dafür sorgen, dass der mich in Ruhe lässt. Er soll mich unterstützen, wenn ich verrückte Pläne habe, mich zum Lachen bringen, mich glücklich machen. Und natürlich soll er der Vater meiner Kinder sein.«

»Aus dem Knast befreien klingt gut. Lass dich doch von Sam verhaften und guck mal, wie sich dein Daniel dann verhält. Vielleicht hast du den perfekten Mann ja schon längst zu Hause und weißt es gar nicht?«

»Ich soll mich verhaften lassen?«

»Klar, macht Sam bestimmt gerne«, lacht Katharina. »Und wenn dein Daniel dich rausholt, so wie du es wolltest, dann weißt du, dass du schon den fast perfekten Mann zu Hause hast. Und wenn nicht, dann hast du wenigstens Gewissheit.«

Sam wird mich für verrückt erklären, wenn sie erfährt, dass sie mich verhaften soll. Aber vielleicht hat Katharina ja Recht, und es macht ihr sogar Spaß? Irgendwie ist es ja auch wirklich eine durchgeknallte Idee. Ich gebe zu, taktisch klug wäre es gewesen, ich hätte das *vor* unserer Eheschließung getan, aber warum nicht jetzt noch? Wer weiß, eventuell werde ich doch überrascht … Ich dachte ja auch, dass Daniel nur mit Helmut spielen würde und ich die ganze Arbeit hätte, aber dem ist nicht so. Daniel nimmt sogar eine Tüte mit beim Spazierengehen und macht die Haufen weg. Langsam beginnt diese verrückte Idee in mir Formen anzunehmen. Und mir fallen spontan noch andere Situationen ein, in denen Daniel sich beweisen könnte.

Ich grinse Katharina an. »Der ultimative Ehetauglichkeitstest. Gute Idee!«

»Ich würde es eher *Reifeprüfung* nennen, aber letztendlich ist es ja egal, wie das Kind heißt. Hauptsache du bist danach schlauer.«

18 »War ich gut, Schatz?«

Ich gebe ja zu, das ist wirklich eine etwas ungewöhnliche Idee, die ich da gerade sehr wörtlich nehme. Aber dran ist trotzdem was an dem Spruch: *Er muss mich aus dem Knast befreien, notfalls auch mit einer Nagelfeile.* Ich würde wirklich gerne wissen, wie Daniel reagiert, wenn ich etwas angestellt habe. Ob er mir Vorwürfe macht? Kann ich mir eigentlich gar nicht vorstellen. Bestimmt lacht er sogar darüber. Und wenn nicht? *Aus dem Knast befreien* schreibe ich auf eine meiner gelben Haftnotizen und klebe sie kurzerhand an meinen PC-Bildschirm.

Und es gibt ja auch noch viele andere fantastische Testmöglichkeiten: Die Sache mit Lenchen war Katharinas Idee. Daniel soll auf sie aufpassen. Aber nicht nur eine halbe Stunde, sondern gleich den ganzen Tag und die Nacht dazu. Katharina ist davon überzeugt, dass Daniel die Sache gut machen wird, und ich bewundere sie für das Vertrauen, das sie in ihn steckt. Sie meint, dass das Kind eine Menge Spaß mit Daniel haben werde. Und dass Daniel mehr Vaterqualitäten habe, als ich ihm zutraue. Bestimmt flippt Michael aus, wenn er von unserem Plan Wind bekommt. Aber wahrscheinlich wird er es eh nicht merken. So wie

Katharina sagt, ist er die meiste Zeit nicht zu Hause, sondern irgendwo wegen seines Wahlkampfes unterwegs. *Auf Lenchen aufpassen* schreibe ich auf Zettelchen Nummer zwei und hefte ihn gleich neben den ersten.

Mit der nächsten Sache schlage ich gleich zwei Fliegen mit einer Klappe. Ich lade meinen Chef samt Gattin zum Essen ein. Frau Friedemann habe ich auf der jährlichen Frühlingsfeier kennengelernt. Weil ich nicht wusste, was ich mit ihr reden soll, fing ich aus Verzweiflung an, über das Kochen zu sprechen. Und siehe da, sie kocht genauso leidenschaftlich gerne wie ich. Nach drei Gläschen Sekt beschlossen wir, dass ich mal für die beiden koche. Ich habe das dann schnell wieder verdrängt, aber sie anscheinend nicht. Als sie letztens in der Redaktion anrief, war ich zufällig am Telefon, und da ist es ihr doch prompt wieder eingefallen. Warum also nicht jetzt? Mich würde wirklich interessieren, ob Daniel gesellschaftstauglich ist. Oder besser noch: Ich lasse *ihn kochen.* Und wenn alles schiefgeht, werde ich vielleicht rausgeschmissen und muss mir einen neuen Job suchen. *Friedemanns einladen* steht auf Zettel Nummer drei. Ob das wirklich eine so gute Idee ist?

Einen Nebenbuhler ausschalten kritzele ich spontan auf Nummer vier. Ich will endlich wissen, ob Daniel eifersüchtig ist. Bisher habe ich ihm dazu überhaupt keinen Grund gegeben. Aber wie reagiert er, wenn da plötzlich ein anderer Mann auftaucht? Wird er auch in meinem Handy schnüffeln, so wie ich das bei ihm gemacht habe? Dabei fällt mir ein, dass heute das Trikot mit dem Schweinsteiger-Autogramm hier angekommen ist. Ich habe es erst einmal versteckt, und bei passender Gelegenheit zaubere ich es hervor. Dann muss ich nicht erst zur Tanke fahren, so wie Daniel, als er mir die Blumen auf den Frühstückstisch gestellt hat. Womit ich die wohl verdient habe? Und wenn Daniel doch ein schlechtes Gewissen hatte?

Die nächsten beiden Prüfungen *Auftrag: Seitensprung* und *Keinen Orgasmus vortäuschen* hat Sam sich einfallen lassen. Die war übrigens überhaupt nicht verwundert, als ich sie bat, mich bei Gelegenheit mal zu verhaften. Im Gegenteil, sie hat sofort mit ihren Überlegungen begonnen, wie man das am besten anstellen könne. Und dann hat sie mir noch vorgeschlagen, ich solle Daniel bitten, mit einer unserer Freundinnen zu schlafen. Mit einer, die angeblich noch nie einen Orgasmus hatte. Weil er ja *so gut* im Bett sei, soll er sie sozusagen höhepunktmäßig entjungfern. Ich soll Daniel also zum Seitensprung mit einer anderen verführen. Blöde Idee. Aber ich musste es ihr versprechen, sozusagen als Gegenleistung für die Verhaftung.

Sams nächsten Vorschlag habe ich nicht gleich verstanden. Ich soll Daniel *keinen* Orgasmus vorspielen. Sam meinte damit: Ich darf keinen Orgasmus bekommen. Und wenn ich einen bekomme, soll ich es nicht zeigen. Sam würde zu gerne wissen, wie Daniel darauf reagieren wird, weil er sich sozusagen nur über seine Liebhaberqualitäten definieren würde.

An meinem Bildschirm pappen nun sechs gelbe Zettelchen. *Der ultimative Männertest.* Wenn wir Sex haben, dann fragt Daniel oft danach: »War ich gut, Schatz?«. Das macht er natürlich nur, weil er die Antwort sowieso schon kennt und er ein wenig gebauchpinselt werden möchte. Ich gebe ihm dann immer eine Note auf einer Skala von null bis zehn. Und Daniel ist schon immer eingeschnappt, wenn er mal nur eine Acht bekommt. Ob ich den Test auch mit einer Skala bewerte? Oder ihn einfach nur bestehen oder durchfallen lasse?

Die meisten meiner Prüfungsaufgaben brauchen etwas Vorbereitungszeit. Am besten, ich bringe die Zettelchen schon mal in die richtige Reihenfolge. Der ultimative Männertauglichkeitstest muss schließlich gut geplant werden:

1. *Keinen Orgasmus vortäuschen*

   Dafür brauche ich keine Vorbereitung. Ich muss Daniel einfach nur verführen, am besten gleich heute! Dann habe ich es hinter mir – und Spaß macht es bestimmt auch.

2. *Auftrag: Seitensprung*

   Ob Daniel sich wirklich so geschmeichelt fühlt und mit einer anderen schläft, nur weil ich ihn darum bitte? So doof kann er doch wirklich nicht sein! Oder doch?

3. *Einen Nebenbuhler ausschalten*

   Muss mir noch Gedanken darüber machen, wen ich dazu auswählen könnte.

4. *Friedemanns einladen*

   Anrufen kann ich direkt heute. Vielleicht haben sie am Wochenende Zeit?

5. *Aus dem Knast befreien*

   Dazu muss ich warten, bis Sam wieder Spätdienst hat. Abends wirkt das viel dramatischer.

6. Vater spielen

Da muss ich mich mit Katharina kurzschließen. Schließlich ist es ihre Tochter, auf die Daniel aufpassen soll.

19 Ist wahrscheinlich besser so ...

»Weißt du, Helmut, du kannst froh sein, dass du ein Pudel bist. So ein Menschenleben kann nämlich manchmal ganz schön kompliziert sein.«

Helmut sieht mich fragend mit seinen großen braunen Augen an. »Guck mal, das ist dein Körbchen«, erzähle ich munter weiter. »Komm, schau mal. Hier liegt auch ein neuer Knochen für dich drin. Der sieht aber lecker aus!« Mit Schnalzgeräuschen locke ich ihn. Wüsste ich es nicht besser, würde ich denken, dass Helmut jedes meiner Worte versteht und gerade denkt, ich sei nun völlig übergeschnappt. »Und hier kommt auch das kuschelige Badehandtuch, das du so gerne magst. Es riecht bestimmt immer noch nach mir. Da, schnuppere mal!«

Endlich kommt Helmut schwanzwedelnd näher. Das Handtuch knülle ich in eine Ecke des Körbchens, zusammen mit einem meiner getragenen Shirts. Wäre ja gelacht, wenn ich diesen eigensinnigen Pudel nicht doch irgendwie dazu verführen könnte, auf dem für ihn vorgesehenen Platz zu schlafen. Der Trick scheint zu funktionieren. Ich freue mich wie Hulle, als Helmut endlich betont langsam in das Körbchen steigt.

»Fein hast du das gemacht, Helmut. Prima!«, lobe ich ihn und mache mich auf den Weg zur Küche, um ihm ein Leckerchen aus dem Kühlschrank zu besorgen. Helmut steht auf Leberwurst. Mich könnte man damit jagen, die mochte ich schon als Kind nicht. Trotzdem hat meine Mutter sie immer regelmäßig auf unsere Schulbrote geschmiert. Die hat Benno dann immer beide aufgefuttert. Vielleicht ist er deswegen heute so korpulent. Er wiegt mit Sicherheit fast hundertzwanzig Kilo, davon hat er sich bestimmt zwanzig Kilo während der zwei Jahre angefuttert, die er jetzt verheiratet ist. Seitdem erkenne ich ihn nicht mehr wieder. Benno ist jetzt Besitzer eines Wohnmobils. Weil es mit Kindern bisher noch nicht geklappt hat, haben Julia und er sich zwei Frettchen zugelegt. Mit denen sind sie gerade irgendwo in Italien unterwegs. Die Frettchen dürfen auf dem Beifahrersitz des Hymers mitfahren, damit sie sich nicht so alleine fühlen. Schon verrückt. Dass Menschen so ein Trara um ihre Hunde machen, das verstehe ich ja mittlerweile halbwegs, aber Frettchen?

Helmut mag die Leberwurst am liebsten, wenn sie messerrückendick auf ein halbes Brötchen geschmiert wird. Und das muss ich dann in kleine Häppchen schneiden. Als ich strahlend mit der Belohnung zurückkomme, wedelt der Mistkerl mich freudig an. Zufrieden liegt er fett und breit auf der Couch und nagt an dem Knochen, den er sich wohl als Beute aus dem Körbchen geholt hat.

»Das darf doch nicht wahr sein«, schimpfe ich. »Hat dir noch nie jemand erklärt, dass du ein Hund bist? Das ist ein Menschenkörbchen, in dem du da liegst. Hopp, runter mit dir!«

Ob Helmut bei Adele wirklich auf der Couch schlafen darf? Oder sogar in ihrem Bett? Gut, dass sie jetzt ein Telefon auf dem Zimmer hat. Da rufe ich doch gleich mal an.

Es dauert eine Weile, bis ich Adele endlich am anderen Ende der Leitung habe, und statt einer liebevollen Begrüßung höre ich mir erst einmal wüste Beschimpfungen an: »Mistding, verfluchtes!«

»Adele?«

»Oh, hallo, ja, warte, gleich …«

So wie es sich anhört, ist Adele wieder der Hörer runtergefallen, und jetzt baumelt er neben dem Bett. Es knistert und poltert noch eine Weile in der Leitung, da höre ich sie endlich deutlich und klar sagen:

»Anna, Anna bist du es?«

»Ja, ich bin's. Und? Alles in Ordnung bei dir? Wie geht es dir heute?«

»Wie soll's mir schon gehen? Schlecht geht es mir. Mein Bein juckt unter dem Gips wie irgendeine unbekannte Jaucheseuche, und die Krankenschwester hier hat mir unverschämterweise die Stricknadel weggenommen, die du mir mitgebracht hast. *Verletzungsgefahr*, pah! Du musst mir unbedingt eine neue mitbringen, ja? Machst du das? Da sind noch welche im Wohnzimmerschrank, in der linken Tür neben dem Bücherregal. Am besten nimmst du gleich mehrere mit, dann habe ich Ersatz, wenn sie mich wieder damit erwischen.«

»Na klar, mach ich. Ich wollte nachher sowieso nochmal rumkommen, dann bring ich dir welche mit. Brauchst du sonst noch was?«

»Ja, eine neue Bettnachbarin«, flüstert Adele in den Hörer. »Meine jetzige schnarcht nämlich noch schlimmer als mein Helmutchen. Oder besorge mir ein paar Ohrstöpsel, damit ich sie nicht mehr höre und wenigstens für ein paar Stunden die Augen zubekomme. Dass eine alte Frau so dermaßen laut schnarchen kann, unfassbar!«

Oh, wie praktisch, Adele hat mir das Stichwort gegeben. Deswegen hatte ich ja ursprünglich angerufen. »Sag mal, schläft dein Helmutchen eigentlich zu Hause bei dir im Bett?«, frage ich neugierig.

»Im Bett? Ein Hund? Das würde ich niemals dulden. Das ist sehr unhygienisch. Helmutchen darf noch nicht einmal ins Schlafzimmer. Und das Badezimmer ist auch tabu. Da gibt es bei uns klare Regeln! Wie kommst du denn auf so was?«

»Och, ich dachte nur, weil er so ungern in seinem Körbchen schläft.«

Vielleicht hätte ich gleich ehrlich sagen sollen: *Weil er gar nicht in seinem Körbchen schläft*, aber das wäre sowieso nicht nötig gewesen, denn am anderen Ende höre ich Adele lachen.

»Hast du sein blaues Kissen von unten mit hochgebracht? Er schläft nämlich nur in seinem Körbchen, wenn sein Kissen drin liegt.«

Das Kissen habe ich nicht mit hochgebracht, ich habe es bei Adele ins Bad gelegt. Und eigentlich wollte ich es längst gewaschen haben, da es vor Schmutz schon fast stand.

»Helmut liebt dieses Kissen. Es ist sein Ein und Alles. Damit bekommst du ihn überallhin. Auch ins Auto, falls das mal nötig sein sollte. Ich hab ganz vergessen, dir das zu sagen, tut mir leid.«

»Och, nicht so schlimm …«

Gut zu wissen, dass Helmut mit seinem blauen Kissen zu bestechen ist. Trotzdem irgendwie ein komisches Gefühl, so einfach in Adeles Wohnung hineinzuspazieren. Helmut wirkt auch ganz verwirrt und schnüffelt überall rum. Wahrscheinlich hofft er, Adele irgendwo zu finden. Das Kissen sieht nicht nur sehr mitgenommen aus, es stinkt auch fürchterlich.

Vorsichtig wickele ich es in eins von Adeles Badehandtüchern und klemme es mir unter den Arm. Jetzt brauche ich nur noch die lange Stricknadel, damit Adele sich wieder unter ihrem Gips damit kratzen kann. Die finde ich tatsächlich im Schrank neben dem Bücherregal. Stricken ist eine Gabe, mit der ich leider überhaupt nicht gesegnet wurde. Genauso wie der ganze andere Rest, der irgendwas mit Stoff, Wolle oder Nähgarn zu tun hat. Niemals würde ich zum Beispiel auf den Gedanken kommen, kaputte Socken zu stopfen. Die wandern direkt in die Tonne. Auch Hosen oder Röcke kürzen und umnähen ist nicht mein Ding. Die werden dann in der Regel schief, deswegen bringe ich sie gleich zum Schneider. Mir reicht es, dass ich einen Knopf annähen kann, wenn der irgendwo abplatzt. Gerade deswegen bewundere ich Menschen, die aus mehreren Knäueln Wolle wahre Wunderwerke erschaffen.

Adele scheint so ein Fall zu sein. In ihrem Schrank befinden sich nicht nur Stricknadeln in den verschiedensten Stärken, ich finde darin auch einen wunderschönen, grob gestrickten Pulli, dem nur noch die Ärmel fehlen. Der Pulli sieht riesig aus und dürfte viel zu groß für die zarte Adele sein. Für wen sie den wohl gestrickt hat? Auf jeden Fall ist er sehr schön und kuschelig. Genau das Richtige für mich, wo ich doch so leicht friere. Ich gehe teilweise sogar im Sommer mit Wollsocken ins Bett. Ob Adele auch mal für mich stricken würde? Bestimmt ist ihr langweilig, wenn sie wieder zu Hause ist. Großartig rumlaufen wird sie ja dann nicht können. Dann hat sie dafür eigentlich genügend Zeit. Aber wahrscheinlich wird sie sich in ihre vielen Bücher vertiefen.

Das Bücherregal zieht sich fast über die ganze Wand. Ob sie die wirklich schon alle gelesen hat? Neben einem Faible für französische Literatur scheint sie auch auf Philosophen zu stehen. Katharina hätte wahrscheinlich eine Menge Spaß, wenn sie die ganzen Bücher hier sehen würde. Die zitiert ja auch immer mal gerne den einen oder anderen Philosophen. *Schopenhauer*, *Adorno*, *Sartre*, *Camus*. Wann habe ich das letzte Mal ein Buch gelesen? Und welches war das? Zu meiner eigenen Schande muss ich gestehen, dass es ein Kochbuch gewesen ist. Ich lese die Dinger wie andere Leute Romane, und das, obwohl ich mal Germanistik studiert habe.

Ich muss mir wirklich mal wieder mehr Zeit für mich

nehmen und es mir mit einem guten, anspruchsvollen Buch gemütlich machen. Mit Schopenhauer und Camus habe ich mich mal an der Uni beschäftigt. Adorno wollte ich immer mal lesen, bin aber irgendwie nie dazugekommen. Ob Adele mir eins ausleiht? Ich ziehe das nächstbeste aus dem Regal: *Minima Moralia.* Das hört sich doch irgendwie interessant an. Neugierig schlage ich es auf und ohne darüber nachzudenken, lese ich die Widmung, die in einer geradlinigen Handschrift gleich auf der ersten Seite steht:

September 1997
Für dich, meine Liebe,
zwei Zitate von einem deiner Lieblingsphilosophen:
»Es gibt kein richtiges Leben im falschen.«
&
»Nur der liebt, wer die Kraft hat, an der Liebe festzuhalten.«
In Gedanken bin ich immer bei dir!

In Liebe
Helmut

Oh je, das war nur für Adele bestimmt. Schnell klappe ich das Buch wieder zu, aber es hilft nichts. Die Worte haben sich in mein Gedächtnis gebrannt. *Nur der liebt, wer die Kraft hat, an der Liebe festzuhalten …*

»Was hältst du davon, Helmutchen?« Fragend gucke ich auf den Pudel, der sich sichtlich wohlfühlt auf dem blauen Kissen zu meinen Füßen. Und dann klappe ich das Buch noch einmal auf. *In Liebe, Helmut* – Na so was, so ein Zufall! Sagte Adele nicht, sie habe Helmut vor zwei Jahren von einer Freundin geerbt?

»Wenn du reden könntest!«, sage ich bedauernd in Helmuts Richtung, aber dann fällt mir ein, was er in der kurzen Zeit bei mir schon alles mitbekommen hat. Also kraule ich ihn ein bisschen hinter den Ohren und sage mehr zu mir selbst: »Ist wahrscheinlich besser so …«

20 In Gedanken schneide ich das Gemüse in feine Würfel

»Ja, also gut. Dann bis Samstag. Und schöne Grüße an Ihren Mann, also meinen Chef.«

Ich habe es tatsächlich getan. Gleich nachdem ich von meinem Krankenbesuch bei Adele zurückkam, habe ich bei Frau Friedemann angerufen und gefragt, ob die beiden spontan zu einem Essen am Samstag vorbeikommen mögen. Irgendwie habe ich ja bis zum Schluss gehofft, die Friedemanns würden die Einladung ausschlagen, vor allem, weil sie echt kurzfristig kam. Aber Frau Friedemann scheint sich wirklich gefreut zu haben. Bestimmt bringt sie das gerade ihrem Mann bei, der von seinem Glück noch nichts ahnt. Frau Friedemann meinte, er werde sich sehr darüber freuen, wenn er davon hört, aber so ganz sicher bin ich mir da noch nicht.

Friedemann ist irgendwie ein komischer Kauz, auch wenn er mich auf eine gewisse Art und Weise beeindruckt. Er fährt Porsche, und das passt meiner Meinung nach überhaupt nicht zu ihm. Vielmehr erinnert er mich manchmal an einen Buchhalter oder Bibliothekar, weil er über seinem Hemd fast immer einen Pullunder trägt. Allerdings ist es ein sehr attraktives Exemplar von Bibliothekar, dem seine eigenwillige Art sich zu kleiden nichts von seiner Ausstrahlung nimmt. Und ich bin fest davon überzeugt, dass er es faustdick hinter den Ohren hat. Hoffentlich verwickelt er mich am Samstag nicht wieder in eins seiner berühmten Gespräche. Aber das wird er wohl lassen, denn immerhin schlägt er gemeinsam mit seiner Ehefrau hier auf. Außerdem ist Daniel ja auch dabei. Dem muss ich allerdings erst noch beibringen, dass wir am Samstag zum Dinner einladen. Da habe ich wohl was mit Frau Friedemann gemeinsam …

Auf Daniels Gastgeberqualitäten bin ich schon gespannt. Aber ich lasse nicht *ihn* kochen, ich koche lieber selbst, habe ich beschlossen. Und dann bleibe ich taktisch klug immer wieder lange in der Küche. Dann muss Daniel unsere Gäste unterhalten und kann mal zeigen, ob er neben seinen spektakulären Pokerabenden auch einen gepflegten Abend mit meinem Chef samt Anhang schmeißen kann.

Auf dem Rückweg vom Krankenhaus habe ich mir übrigens schnell noch eine neue Prepaidkarte für mein altes Handy besorgt. Nachdem ich wirklich lange darüber nachgegrübelt habe, mit wem ich Daniel eifersüchtig machen könnte, habe ich entschieden, ein wenig mit mir selbst zu flirten. Ich halte das für eine überaus gute Idee, denn das gibt wenigstens keinen Ärger mit irgendeinem Typen, mit dem ich nur aus taktischen Gründen schäkern würde.

Ich werde mir demnächst also ein paar freche Simse schicken. Wer weiß, vielleicht schenke ich mir ja auch einen neuen Strauß Blumen? Der von Daniel ist schon fast verwelkt. Liegt vielleicht auch daran, dass es so heiß draußen ist. Wir haben über dreißig Grad. Eigentlich zu heiß für einen Kaffee, aber den brauche ich jetzt. Und dann setze ich mich gemütlich auf die Terrasse und blättere in meinen Kochbüchern, damit es am Samstag auch was Leckeres zu futtern gibt.

Rinderfilet schmeckt eigentlich fast jedem. Und wenn ich die Achtzig-Grad-Garmethode anwende, kann ich es gut vorbereiten. Dazu könnte ich kleine Kartöffelchen mit Rosmarin in die Pfanne hauen und entweder einen ausgefallenen Salat oder ein leckeres Gemüse dazuzaubern. Ich klappe mein Kochbuch zu, schließe die Augen und halte mein Gesicht in die Sonne. So ein Urlaub tut gut, auch auf Balkonien, wie meine Mutter früher immer so schön sagte, weil wir uns nichts anderes leisten konnten. Ich bin so entspannt, dass ich fast auf dem Liegestuhl einnicke, als ein durchdringendes Plätschern durch mein Unterbewusstsein in mein Gehirn vordringt.

»Helmut!«, schimpfe ich, »du Sau!« Doch der pinkelt einfach weiter den Baum an. Ich starre Helmut böse an. »Wenn du so weitermachst, gibt es am Samstag Spanpudel! Und dann liegst du da auf einer Schlachtplatte mit einem saftigen Bratapfel im Maul und wirst aufgefuttert. Benimm dich also gefälligst!«

Der Baum muss weg, solange Helmut hier bei uns lebt, eindeutig. Der Pudel guckt mich einfach nur treudoof an und tut so, als hätte er kein Wort verstanden. Ich bin mir allerdings sicher, dass das Früchtchen ganz genau versteht, warum ich gerade sauer bin. Aber Helmut ist letztendlich auch nur ein Kerl. Selbst wenn er es versteht, ändern wird er sein Verhalten dadurch nicht. Der Pinkelbaum muss also definitiv verschwinden. Daniel kann ihn nachher runter zu Adele schleppen, da ist er in Sicherheit. Aber vorher verführe ich meinen Mann, er hat einen schwierigen Test zu bestehen …

Meistens geht die Initiative ja von Daniel aus. Also, wie stelle ich das gleich an? Soll ich ihn ganz offensichtlich oder lieber indirekt scharfmachen? Falle ich gleich über ihn her, wirkt es bestimmt unglaubwürdig, wenn ich dann keinen Orgasmus bekomme. Auf der anderen Seite, umso krasser wird es dann vielleicht für Daniel. Und was, wenn es zu schön wird und ich es nicht mehr aushalte? Soll ich dann Rechenaufgaben lösen, um mich davon abzulenken oder lieber gedanklich ein neues Rezept ausprobieren oder vielleicht eine Einkaufsliste schreiben, so wie Katharina das ab und an vor ihrer Schwangerschaft beim Sex mit Michael gemacht hat? Allerdings aus purer Langeweile, wie sie mir verraten hat … Auf jeden Fall freue ich mich schon auf heute Abend und mein kleines Experiment und ehrlich gesagt, bin ich schon ein wenig aufgeregt.

Ich habe mich für die indirekte Variante entschieden. Das passt besser zu mir. Ich war noch nie der plumpe Typ und will auch heute nicht dazu mutieren. Für meine Verführungsaktion habe ich mir einen schönen und zugleich erotischen Liebesfilm ausgesucht. Zuerst hatte ich an *Sinn und Sinnlichkeit* gedacht oder an *Henry and June*. Dann an einen meiner absoluten Lieblingsfilme: *Dem Himmel so nah*. Ich stehe auf Keanu Reeves und werde jedes Mal schwach, wenn ich die tollen Bilder in den Weinbergen sehe. Ich leide mit *Paul Sutton*, der sich unsterblich in die schwangere *Victoria Aragón* verliebt. Aber wenn ich diesen Film mit Daniel gemeinsam sehe, dann werde ich ihn danach noch mehr anschmachten und in seinen Armen dahinschmelzen.

Also habe ich mich kurz entschlossen für *Secretary* entschieden. Den hat Sam mir empfohlen. Sie meinte, der Film sei etwas ungewöhnlich, aber sehr prickelnd, wenn man sich darauf einließe. Ich mag Maggie Gyllenhaal. Die hat mir in *Mona Lisas Lächeln* schon ausgesprochen gut gefallen. Und James Spader sehe ich auch gerne.

Nach reiflicher Überlegung habe ich mir meine körperbetonte weiße Rippenunterwäsche von Schiesser angezogen. Daniel kann mit Strapsen zum Glück nicht viel anfangen, aber beim Anblick dieser eher sportlich und praktischen Dessous wird er regelmäßig schwach.

Als er endlich zur Tür reinkommt, sitze ich unschuldig im Schneidersitz auf der Couch und nippe an einem Glas Wein. Helmut liegt brav in seinem Körbchen, die Nase glücklich in seinem blauen Kissen versteckt.

»Und da bleibst du brav den ganzen Abend«, sage ich schnell noch drohend zu ihm, »sonst wird wirklich am Samstag ein Braten aus dir!«

»Hallo, Schatz«, begrüße ich kurz darauf meinen Mann betont abwesend, denn schließlich bin ich auf den Film konzentriert, der bereits läuft. Lässig stelle ich das Glas Wein auf dem Tisch ab und strecke mich danach lang auf der Couch aus. Als wir die vor drei Jahren kauften, haben wir uns extra für ein Modell entschieden, das man auch ausziehen kann, so dass die Sitzfläche in null Komma nix zu einer Liegefläche wird. Zu eng, um eine ganze Nacht zu zweit darauf zu schlafen, aber eng genug, um einen schicken Liebesfilm eng aneinandergekuschelt darauf zu sehen. Schade, dass sie schon so zerschlissen ist, denn irgendwie hänge ich an der Couch.

»Was guckst du?«

»Ach, so einen Film, den Sam mir ausgeliehen hat, *Secretary*. Willst du mitgucken?«

Nur wenige Minuten später liegt Daniel in Löffelchenstellung hinter mir auf der Couch. Das ist gut, sehr gut! Dann kann ich mich ab und an mal zufällig und völlig unbeabsichtigt mit meinem Po an ihn drücken. Darauf reagiert er immer.

Aber das ist gar nicht nötig, denn Maggie Gyllenhaal kriecht gerade auf allen vieren in ihrem knackig engen Rock und schwarzen Nylons mit Naht im Büro auf ihren Chef zu. Zwischen den Zähnen trägt sie die Post, auf die James Spader wartet. Es knistert in der Luft. Das entlockt sogar mir ein leises »Wow«, und Daniel presst sich augenblicklich an mich.

»So musst du mir auch mal die Post bringen, mein Engel. Das gefällt mir.«

Als James seiner Sekretärin zur Belohnung einen festen Klaps auf den Hintern gibt, ist es ganz vorbei.

»Siehst du, noch ein Kerl, der auf knackige Hintern steht. Hast du gehört, wie schön laut das geknallt hat?«

Nur wenige Augenblicke später befinden wir uns in unserem Schlafzimmer, in das Daniel mich kurzerhand getragen hat.

»Du siehst unbeschreiblich sexy aus in dieser Männerunterwäsche«, murmelt er.

Wusste ich doch, dass das funktioniert. Schelmisch lasse ich mich auf alle viere fallen und krabbele demonstrativ an Daniel vorbei in Richtung Bett.

Klatsch! Damit habe ich allerdings nicht gerechnet. Das tat weh!

»Au! Spinnst du?«

Daniel hat mir tatsächlich auf den Hintern geschlagen. Ein bisschen zu fest für meinen Geschmack. Es tut wirklich richtig weh, und ich bin mir sicher, dass Daniels Finger sich rot und sehr deutlich auf meinem Po abzeichnen.

»Das war zu fest«, schmolle ich und reibe mir die schmerzende Stelle.

»Warte, ich helfe dir«, grinst Daniel, zieht mir die Unterhose runter, und schon werde ich mit kleinen Küssen geheilt, die er sanft über meinen Po verteilt.

Ich stehe nicht auf Schläge, auch nicht auf liebevolle Klapse beim Sex, aber irgendwie prickelnd war das trotzdem eben. Daniel sieht das wohl genauso, denn wir liegen mittlerweile raufend, wie bei einem Ringkampf, auf der Matratze. Daniel ist ein Gentleman, deswegen lässt er mich den Kampf gewinnen. Ich sitze rittlings auf ihm drauf und mache laut: »Rrrrrrrrr«.

»Komm her, du kleine Raubkatze …«

Wie sagte er doch letztens? Ich würde jammern, wenn

ich zum Höhepunkt kommen würde? Heute jammere ich ganz sicher nicht, ich fauche! Und kommen werde ich im Übrigen auch nicht. Das habe ich mir fest vorgenommen.

Bunte Paprika passen hervorragend zum Rinderfilet. Hochkonzentriert wasche ich sie in Gedanken und schneide sie anschließend in feine Würfel. Aber vorher entferne ich noch die weißen Stränge. Jetzt schalte ich den Backofen ein und heize ihn auf achtzig Grad vor. Danach bürste ich die Kartoffeln unter fließendem Wasser gründlich ab, da ich sie mit Schale zubereiten möchte. Samstags ist bei uns immer Markt. Ich muss unbedingt daran denken, dort die kleinen Drillinge zu besorgen. Die kleinen, knackigen Kartoffeln schmecken mir am besten. Und dann kann ich auch gleich das Fleisch vom guten Metzger mitbringen. Das Rinderfilet salze und pfeffere ich gründlich und lege es sehr vorsichtig in die Pfanne, die ich schön heiß habe werden lassen. Heiß wird mir allerdings langsam auch …

Die Hitze zieht durch meinen Köper bis in den Kopf hinein. Es zischt und raucht, als das Fleisch mit dem Öl in Berührung kommt. Mist! Ich könnte mir ein Kissen vor den Kopf ziehen, so wie Björn das immer getan hat, aber das würde auffallen, also fliege ich schweigend und sehr angestrengt nicht stöhnend meinem Höhepunkt entgegen und hoffe, dass ich dabei nicht zu sehr mit den Augen rolle. Es dauert nicht lange und Daniel liegt sehr entspannt neben mir.

»Und?«, fragt er.

»Was, *und*?«

»Na, war ich gut?«

»Hm …«

»Was?«

»Du warst schon gut, aber gekommen bin ich diesmal leider nicht. Irgendwie warst du heute schneller. Ist aber nicht so schlimm. Kann ja mal passieren.«

»Du kleines Luder«, lacht Daniel. »Hast du immer noch nicht genug? Willst du nochmal? Ich merke doch, wenn du kommst. Dein Pfläumchen zuckt dann innen immer so süß.«

Das was Daniel als Zucken wahrnimmt, fühlt sich für mich wie ein starkes Pochen oder Pulsieren an. Der hat doch tatsächlich Recht, widersprechen wäre absolut sinnlos. Deswegen sage ich besser gar nichts mehr und schaue ihn einfach nur trotzig an.

Das gefällt Daniel. Schelmisch stippt er einmal mit dem Zeigefinger auf meine Nase und rutscht wieder ein Stück näher an mich ran.

»Und?«, fragt er. »Jetzt gleich oder brauchst du eine Pause?«

»Pfff …«

»Was? Hättest du gerne noch einen kleinen Klaps auf den Po zur Einstimmung?

»Noch mal *pfff* …«

»Oder vielleicht lieber ein paar Küsse auf die arme verwundete Stelle?«

»Den Klaps kannst du dir sparen«, schmolle ich, »aber ein paar Küsse wären schon nicht schlecht. Es tut nämlich immer noch ganz doll weh – überall.«

21 Habe ich etwa meine Wirkung auf andere Männer verloren?

Irgendwie war der Test ja von Anfang an eine blöde Idee. Daniel liegt friedlich neben mir und schläft. Sein Arm liegt schwer über meinem Körper. Schon irre! Vor ein paar Tagen wollte ich ihn noch verlassen. Als ich dann denke, er hätte was mit einer anderen, werde ich eifersüchtig und stelle fest, dass mir doch noch eine ganze Menge an ihm liegt. Dann zweifle ich wieder an ihm und lasse mich von einem völlig schwachsinnigen Test überzeugen. Und jetzt liege ich hier und kann noch nicht einmal sagen, ob er den ersten Teil bestanden hat. Genau genommen müsste ich den Test für ungültig erklären, weil Daniel mich durchschaut hat. Wahrscheinlich werde ich nie erfahren, wie Daniel damit umgehen würde, hätte ich auf einmal Orgasmusprobleme. Aber das war ja auch nie mein Problem. Mein Problem war und ist immer noch, dass Daniel keine Verantwortung übernehmen will. Dass er sich um Helmut kümmert, zählt nicht. Das ist schließlich ein Pudel, auch wenn Daniel ihn als unser Ersatzkind ansieht. Das war sowieso ein äußerst dämlicher Spruch: »Wir haben doch jetzt Helmut …« Allein dafür gehört Daniel bestraft. Und dafür, dass er mich angelogen hat, und ich immer noch nicht weiß, wo er sich nachts rumgetrieben hat, als er angeblich das Öl gekauft hat.

Wie würde Daniel sich fühlen, wenn ich das mit ihm machen würde? Ich gucke auf unseren Radiowecker, auf dem die Uhrzeit auch im Dunkeln zu lesen ist. Ich kann nicht schlafen, wenn ich keine Uhrzeit habe. Immerzu muss ich wissen, wie spät es ist, damit ich Sicherheit darüber habe, ob es sich lohnt nochmal einzuschlafen, wenn ich irgendwann nachts aufwache. Wir haben halb drei. Eine gute Zeit, ein bisschen mit mir selbst zu flirten, wie ich finde. Mein offizielles Handy liegt oben auf der Kommode. Und das Handy mit der neuen Prepaidkarte liegt in der Schublade meines Schreibtisches.

Leise schlüpfe ich aus dem Bett, schleiche ins Arbeitszimmer und danach ins Bad. Da sitze ich jetzt auf dem Klo und überlege, wie ich meinen heimlichen Verehrer nennen kann. Da höre ich ein Seufzen und ein leises Poltern vor der Tür. Ich habe tierischen Besuch bekommen. Helmut, denke ich und muss ein bisschen grinsen. Er war wirklich brav die ganze Zeit und hat auch nicht gejault, als ich mit Daniel im Schlafzimmer zugange war. Oder ich habe das Jaulen nicht gehört. Ich könnte meinen Verehrer auch *Helmut* nennen, in Gedenken an Adeles Liebhaber, aber welcher gut aussehende Kerl heißt heutzutage schon Helmut? Was, wenn ich einfach mit H unterschreibe? Hat Daniels Nichtgeliebte ja auch gemacht und nur ein M unter ihre SMS gesetzt.

Nur, wer könnte das sein? Hagen, Heinz, Heino, Horst, Hugo, Hermann, Hannibal, Harald, irgendwie gibt es nur bescheuerte Männernamen, die mit einem H beginnen. Homer? Wo Daniel bloß immer diese verrückten Ideen hernimmt? Er hat doch tatsächlich meine Schamlippen nach einer ausgiebigen Liebesnacht mit ihm verglichen. Er fing plötzlich an zu lachen und kriegte sich gar nicht mehr ein. Und dann sagte er, sich immer noch kringelnd: »Dein Pfläumchen ist ganz geschwollen und sieht jetzt aus wie die dicken Knutschlippen von Homer Simpson.«

Homer Simpson? Das ist dieser blöde Kerl mit diesen aufgedunsenen, übergroßen Lippen aus einer der schrecklichsten Zeichentrickserien, die ich kenne. *Die Simpsons* habe ich nie gerne geguckt, oder besser gesagt, ich habe sie *nie* geguckt.

Wenn ich schon einen Verehrer habe, dann möchte ich wenigstens einen interessanten Typen, keine irre Comicgestalt. Nein, ein ausgefallener Liebhaber muss her! Und dann habe ich es: Anna, das klingt doch schon fast ein bisschen wie Anaïs. Und die hatte bekanntlich ein Verhältnis mit Henry. Und mit seiner Frau June gleich dazu. Na, das wird aber ein spannendes Verhältnis werden. Grinsend tippe ich in mein Handy:

»Anna, weißt du, was mir so gut gefällt an dir? Man kann dich auch von hinten lesen. A-N-N-A.«

Den Spruch hat mal ein Kerl gebracht, der mich auf einer Fete abschleppen wollte. Da war ich schon mit Daniel verheiratet, aber gefallen hat mir das trotzdem. Besonders weil es Teil des Gedichtes von Kurt Schwitters an Anna Blume ist und ich ja fast so ähnlich heiße.

Weißt Du es Anna, weißt Du es schon,
Man kann Dich auch von hinten lesen.
Und Du, Du Herrlichste von allen,
Du bist von hinten und von vorne:
A – – – – – N – – – – – N – – – – – A.

Mit sich selbst zu flirten macht Spaß! Das könnte glatt zur Gewohnheit werden. Man kann sich genau die Komplimente machen, die man immer mal gerne hören wollte. Und überhaupt, schließlich muss man sich auch selbst lieben, um andere lieben zu können … Ich drücke auf das kleine Knöpfchen »Senden« und höre kurz darauf ein leises »Piep, piep – Piep, piep« aus dem Schlafzimmer. Da fällt mir ein, dass ich ganz vergessen habe, die SMS zu unterschreiben. Deswegen und weil es so viel Spaß macht, schicke ich gleich noch eine hinterher:

»Übrigens: Ich mag die Art, wie du sprichst, dein warmes Lächeln, einfach dich! H.«

Ich will gerade abschicken, da beschließe ich, dass mir eigentlich mal jemand Komplimente wegen meiner Schreiberei machen könnte. Ich bin wirklich gut darin, aber es scheint kaum jemand zu bemerken. Also ändere ich die Nachricht flink und schicke »Übrigens: Ich mag die Art, wie du schreibst, deinen Verstand, dein warmes Lächeln, einfach dich!« auf die Reise ins Schlafzimmer, wo es auch prompt nochmal piept.

Jetzt aber schnell. Das Henry-Handy mache ich vorsichtshalber aus. Nicht dass Daniel auf die gleiche Idee kommt wie ich und durchklingelt, um zu erfahren, wer da dahintersteckt. Wäre doch zu peinlich, wenn er rausfinden würde, dass ich mich selbst verehre.

Als ich schließlich aus dem Badezimmer rauskomme, entschuldige ich mich vorsichtshalber bei Helmut, der immer noch vor der Tür liegt. Es könnte ja doch sein, dass er irgendwas mitbekommen hat. »Ich hätte ja dich genommen, aber ich steh nun mal nicht auf Pudel«, sage ich leise zu ihm.

»Anna?«

Ups! Daniel steht vor mir im Flur. Ich habe immer noch das Handy in der Hand, schnell stecke ich es wortlos hinten in meinen Slip, den ich mir zum Glück vorhin wieder angezogen habe.

»Anna, hast du da gerade mit Helmut geflirtet?«

»Ja«, lache ich etwas gekünstelt, »er hat mir so leid getan, weil er so einsam und alleine hier vor der Tür lag. Er ist wohl wach geworden und hat mich wieder bis zum Bad verfolgt.«

»Ich bin auch wach geworden, weil dein blödes Handy gepiept hat. Wer schreibt dir denn um die Uhrzeit noch SMSe?«

»Keine Ahnung«, lüge ich und reibe mir demonstrativ meine verschlafenen Augen. »Ich guck gleich mal nach.« Klappt doch wie am Schnürchen.

Daniel muss glücklicherweise auch nochmal zur Toilette. Ich hocke mich mit dem Rücken zur Wand neben Helmut auf den Boden und kraule ihn ein wenig. Wäre ja mehr als dämlich, würde Daniel das Handy jetzt hinten in meinem Slip entdecken. Das Ding sitzt bombenfest an meinem Po! Als Daniel die Tür hinter sich schließt, husche ich schnell durch den Flur ins Schlafzimmer, verstecke das Telefon in der Schublade unter meiner Unterwäsche, nehme mein richtiges Handy und lege mich damit ins Bett. H hat mir geschrieben. Gleich zweimal! Wie schön, dass er auch mitten in der Nacht an mich denkt. Und was er für schöne Komplimente machen kann!

In dem Moment, in dem Daniel das Schlafzimmer betritt, lege ich das Handy schnell wieder neben das Bett und tue ein bisschen so, als wäre ich gerade bei etwas Verbotenem ertappt worden. Aber Daniel scheint sich gar nicht für meine Nachrichten und meinen heißblütigen Verehrer zu interessieren. Er kuschelt sich an mich und sagt sehr müde:

»Du hast echt schräge Freundinnen. Hat Sam Langeweile? Nachtdienst?«

Ist es zu fassen? Der Blödmann kommt noch nicht einmal auf die Idee, dass die SMS nicht von einer meiner Freundinnen sein könnte! Daniel muss sich seiner Sache ja ganz schön sicher sein. He, ich bin eine schöne Frau! Keine klassische Schönheit, aber ich habe Ausstrahlung. Das liegt an meinem Sternzeichen, behauptet meine Mutter immer. Skorpionen kann kaum ein Mann widerstehen. Und meinen weiblichen Rundungen auch nicht. Allerdings, wenn ich ehrlich bin, ist es schon eine ganze Weile her, dass mir ein Kerl schöne Augen gemacht hat. Außer vielleicht Friedemann, aber der zählt nicht, denn das ist mein Chef und seine intensiven Blicke bekomme ich meistens nur, wenn er etwas von mir will, beruflich versteht sich.

Habe ich etwa meine Wirkung auf andere Männer verloren? Habe ich etwa doch zugenommen und bin nicht mehr so hübsch wie früher? Nein, daran kann es nicht liegen. Ich sehe gut aus, das weiß ich! Vielleicht wirke ich nicht mehr auf andere Kerle, weil ich verheiratet bin? Aber was ist dann mit Daniel, der wird doch auch ständig angehimmelt. Na warte! So verheiratet bin ich auch wieder nicht. Und überhaupt, der Arzt, der letztens Adele wegen ihres Beinbruchs untersucht und abgeholt hat, hat mir definitiv nicht nur in die Augen geguckt. Ich bin mir ganz sicher, dass sein Blick eindeutig an meinem Hintern haften blieb, als ich mir die Jeans zum Überziehen holen ging.

Ob der in dem Krankenhaus arbeitet, in dem Adele jetzt liegt? Wie hieß er nochmal? Er hatte doch einen so lustigen Namen, dass ich noch dachte, den würde ich so schnell nicht vergessen. Ach ja, Kreideweiß hieß der Kerl, Dr. med Kreideweiß. Was wohl seine ganzen Patienten denken, wenn sie diesen Namen hören? Er sieht auf jeden Fall gut aus und Arzt ist er auch. Da würde meine Mutter bestimmt noch nicht einmal nach dem Sternzeichen fragen. Ärzte sind schließlich Götter und die werden völlig ohne Tierkreiszeichen geboren.

Ich könnte beim nächsten Krankenbesuch ja einfach mal Adele fragen, ob wir uns nicht bei ihm bedanken sollten für die nette Hilfe, die er nicht nur medizinisch geleistet hat. Immerhin hat er mir mit Helmut geholfen und das Körbchen nach oben geschleppt. Aber das gibt wahrscheinlich nix als Ärger. Bei meinem Glück steht er dann irgendwann singend unter unserem Fenster, und ich werde ihn nicht mehr los, so wie Philip damals in der Schule, der das absolute Mathegenie war. Mit dem habe ich auch nur aus taktischen Gründen geflirtet, weil er mich dann immer abschreiben ließ. Dafür hatte ich ihn dann ständig an der Backe kleben. Er schrieb mir heiße Liebesbriefe und rief unaufhörlich bei mir an.

Das war so anstrengend, dass mir sogar meine Mathenote irgendwann egal war und ich vor seinen Augen mit Matthias knutschte, obwohl ich von dem auch nichts wollte. An dem blieb dann ich hängen … Das war damals zu der Zeit, als Sam nach München zog und ich dementsprechend Trost dringend brauchte. Zum Glück ging Matthias nach dem Abi nach Heidelberg, um dort Physik zu studieren. Dort verliebte er sich in eine andere, und ich hatte ein Problem weniger, weil ich deswegen nicht mit ihm Schluss machen musste und er solch ein schlechtes Gewissen hatte, dass ich seine ganzen CDs behalten durfte.

Ob Daniel auch ein schlechtes Gewissen hätte, wenn er mich betrügen würde? Vielleicht ist Sams Idee doch nicht so schlecht? Ich bitte ihn, mit Claudia ins Bett zu gehen. Sam hat gesagt, die würde das auf jeden Fall machen, die wäre so abgedreht, dass sie jeden Mist mitmachen würde. Sie trainiert in der gleichen Kickboxmannschaft wie Sam. Ich bin mir fast hundertprozentig sicher, dass Daniel entweder laut loslachen wird, wenn ich ihn darum bitte, ihr einen Orgasmus zu verschaffen, oder aber er reagiert empört und fragt mich, ob ich noch alle Tassen im Schrank habe. Aber ich weiß dann wenigstens Bescheid und kann diesen blöden Test vollends abhaken.

22 Mannomann, das ist verdammt schwer!

Fast hundertprozentig ist eben nicht komplett hundertprozentig. Daniel hat doch tatsächlich gesagt, dass er mir zuliebe alles tun würde. Er hat weder gelacht noch war er empört. Er hat einfach gefragt, ob ich das tatsächlich ernst meine. Und dann hat er nach ihrer Telefonnummer gefragt. Die habe ich ihm per Handy direkt weitergeleitet. Jetzt zweifle ich wirklich an meinem Verstand. Ich habe meinen eigenen Ehemann tatsächlich zu einem Seitensprung angestiftet! Und der scheint sich auch noch darauf zu freuen.

Ich bin so geschockt, dass ich das noch nicht einmal meiner Freundin erzählen kann, die gerade auf eine Tasse Kaffee bei mir vorbeigekommen ist. Ich muss das alles erst einmal selbst verarbeiten. Deswegen erzähle ich Sam vorerst nur von Adele und Helmut.

»Nein, *meiner* heißt Henry«, erkläre ich. »Hab ich von Henry Miller geklaut. Adeles Liebhaber hieß Helmut. Das weiß ich aus einer Widmung, die er ihr in ein Buch geschrieben hat.«

»Helmut? Das hört sich aber sehr deutsch an. Ich dachte, sie hätte irgendwas mit einem Franzosen gehabt?«

»Ach, das habe ich ja nur vermutet, weil sie eine Zeit lang dort gelebt hat. Er hieß Helmut, ganz sicher. Der Eintrag ist von 1997. Das ist jetzt gute zehn Jahre her. Aber Adele sagte, es ging etliche Jahre, und sie hätten sich sehr geliebt. Aber das Verhältnis hätte niemals in die Öffentlichkeit gelangen dürfen. Es war wohl irgendeine Berühmtheit, schätze ich mal. Adele war sehr hübsch!«

»Sie hätten sich sehr geliebt, sagst du? Und das reichte als Grund, seine Frau zu betrügen? Jahrelang? Und wie ist es auseinandergegangen? Ist er gestorben? Das hoffe ich nämlich. Seine arme Ehefrau!«

»Nein, ich glaube, er lebt noch. Sie hat so Andeutungen gemacht, als hätten sie immer noch Kontakt. Vielleicht läuft ja auch nur nichts mehr im Bett. Ich meine, Adele ist ja auch schon weit über siebzig. Vielleicht ist er ja noch älter und er kann einfach nicht mehr.«

»Helmut, hm, wenn es wirklich ’ne Berühmtheit sein soll, fällt mir eigentlich nur der Kohl ein. Und die hat den Pudel wirklich von einer Freundin geschenkt bekommen? Ist ja ein merkwürdiger Zufall, das mit dem gleichen Namen.«

»Angeblich ja. Vielleicht hat sie den Hund ja auch nach ihm benannt, die Freundin meine ich. Die wusste bestimmt von Adeles Liebhaber. Ich habe dir ja auch von Henry erzählt. Und du meinst tatsächlich, dass Kohl … Der hat doch jetzt eine viel Jüngere geheiratet.«

Dass Adele was mit Helmut Kohl gehabt haben soll, kann ich mir beim besten Willen nicht vorstellen. Aber Sam sieht das mit ganz anderen Augen.

»Vielleicht hat er sie ja wegen der Jüngeren verlassen? Würde ihr zumindest recht geschehen, auch wenn du sie noch so sehr magst. Mir fällt auf jeden Fall kein anderer Helmut ein.«

»Helmut Schmidt«, werfe ich in den Raum.

»Der? Das kann ich mir nicht vorstellen. Obwohl, vom Zitat her würde es vielleicht eher passen. Ich kann mir zumindest nicht vorstellen, dass Kohl philosophische Bücher verschenkt.«

»Vielleicht war es ja gar kein Politiker, sondern ein Schauspieler? Derrick oder so. Wie hieß der noch gleich?«

»Du meinst den Tappert. Nein, der heißt Horst. Ich glaube auch, der ist längst gestorben.«

Seitdem ich unfreiwillig rausgefunden habe, dass Adeles Liebhaber Helmut hieß, muss ich ständig darüber nachdenken, wer das gewesen sein könnte. Außerdem lenkt mich das von meinen eigenen Problemen ab. Ich habe auch nochmal versucht, Adele irgendein Detail zu entlocken, aber sie lächelte nur sanft und sagte: »Ein Gentleman genießt und schweigt. Und eine Gentledame tut es ihm gleich.«

»Das werden wir wohl nie rausfinden«, seufze ich.

»Ja, manchmal ist das auch besser so. Ich muss dir nämlich was erzählen. Etwas, das ich dir eigentlich nicht sagen dürfte. Aber es passt verdammt gut zum Thema.«

»So? Was denn?« Neugierig gucke ich Sam an. Sie kam mir schon die ganze Zeit so merkwürdig vor. So als würde sie etwas bedrücken.

»Ist irgendwas mit Chris?«

»Nein. Mit dem läuft alles rund. Ich habe ihm verklickert, dass es für mich nur eine lose Bettgeschichte ist, mehr nicht. Damit muss er klarkommen, oder wir lassen es bleiben. Es geht nicht um mich. Es geht um Katharina.«

»Um Katharina?« Damit habe ich überhaupt nicht gerechnet. Auf der Stelle fange ich an, mir Sorgen zu machen.

»Ist etwas mit ihrem Kind? Mach's doch nicht so spannend!«

»Ach Quatsch, mit ihr ist alles in Ordnung. Ich sagte doch, es passe zum Thema. Genau genommen geht es um Michael. Er betrügt sie.«

»Was?«

»Er betrügt sie. Mit einer rothaarigen Schlampe in Lack und Leder.«

Das ist der absolute Hammer! Mit allem hätte ich gerechnet, nur nicht damit. Völlig entgeistert gucke ich Sam an. »Und Katharina? Was sagt sie dazu? Woher weißt du das eigentlich?«

»Das ist ja das Problem. Katharina weiß es nicht. Und ich weiß es auch nur aus einer Ermittlung. Deswegen kann ich es ihr auch nicht sagen. Ich könnte meinen Job wegen so was verlieren. Also musst du es ihr beibringen.«

Ich? Na super! Ich soll also meiner hochschwangeren Freundin beibringen, dass ihr Mann sie betrügt. Mit irgendeiner Schlampe aus einer vermeintlich sehr zwielichtigen Szene. Und Sam kann mir noch nicht mal Einzelheiten erzählen. Die arme Katharina! Wenn meiner mich betrügt, dann bin ich wenigstens selbst daran schuld, weil ich ihn dazu angestiftet habe. Obwohl, eigentlich ist das ja noch bescheuerter …

»Hat er denn irgendwas angestellt? Ich meine noch was anderes? Du sagtest doch, du wüsstest es aus einer Ermittlung.«

»Das weiß ich noch nicht genau. Fakt ist, dass er mit drin steckt. Und damit meine ich nicht nur im Zöpfchen!«

»Zöpfchen?«

»Ja, die Dame trägt ihr Haar immer geflochten. Zu Schulmädchenzöpfchen. Aber mehr willst du wahrscheinlich gar nicht wissen.«

Da hat Sam wohl Recht. Mir wäre es sogar am liebsten gewesen, ich hätte es gar nicht erst erfahren.

»Meinst du, es ist gut, ihr das so kurz vor der Geburt zu sagen? Vielleicht sollten wir warten damit?«

»Spinnst du? Ich bekomme das große Kotzen, wenn der Arsch dann bei der Entbindung stolz neben ihr am Bett steht. Ich konnte den eh nie leiden. Und glaub mir, das ist wirklich ein Arschloch. Katharina sollte zusehen, dass sie ihn schleunigst loswird. Besser heute als morgen!«

Wenn man unangenehme Dinge aufschiebt, werden sie dadurch auch nicht besser. Im Gegenteil. Sie werden in der Regel schlimmer. Deswegen habe ich Katharina auch sofort angerufen und mich zu einem Spaziergang mit ihr verabredet. Dann kann Helmut auch gleich ein bisschen mit Charly rumtollen und unseren Lorbeerbaum schont es auch. Den hat Daniel nämlich immer noch nicht runtergebracht, obwohl ich ihn schon einige Male darum gebeten habe.

Sam ist nicht mitgekommen. Sie hatte Angst, dass sie zu viele Einzelheiten erzählt, wenn sie Katharina dabei direkt in die Augen sehen muss. Bis zum Park ist es nicht mehr weit. Ich treffe fast gleichzeitig mit meiner Freundin, die gerade den Buggy aus dem Kofferraum hebt, auf dem Parkplatz ein. In mir macht sich auf der Stelle ein mulmiges Gefühl breit.

»Du sollst doch nicht so schwer heben«, rufe ich. »Warte, ich helfe dir.«

Schnell habe ich Lenchens Wagen aus dem Auto gehoben und falte ihn auseinander. Dann drücke ich meine Freundin so gut das geht. Ihr Bauch scheint in den letzten Tagen regelrecht explodiert zu sein.

»Solange ich noch ohne größere Probleme Auto fahren kann, solange bekomme ich auch noch alle anderen Sachen gut geregelt«, sagt Katharina. »Mach dir doch nicht immer so viele Gedanken. Ich bin schwanger, nicht krank.«

Weil ich nicht gleich mit der Tür ins Haus fallen möchte und Katharina sitzen soll, wenn ich ihr von diesem fiesen Zöpfchen erzähle, berichte ich erst einmal von meinen Erlebnissen mit Daniel. Mein vorgetäuschter Nichtorgasmus bringt meine Freundin wieder so zum Lachen, dass ihr fast die Tränen kommen.

»Und zu allem Überfluss habe ich morgen auch noch die Friedemanns im Haus«, beende ich gerade meinen Bericht, als wir an unserer Bank ankommen, bei der wir auch letztens schon unsere gemütliche Plauderstunde hielten.

»Katharina«, beginne ich meine Aufklärungskampagne, »irgendwie haben deine Karten ja meistens Recht. Nur treffen die Dinge dann oft ein bisschen anders ein als vorhergesagt.«

»Ich übe ja auch noch«, lacht Katharina. »Aber was willst du mir denn eigentlich sagen?«

»Also, die Sache ist die: Das Ereignis, das noch nicht stattgefunden hat, das mit dem Betrügen, das hat jetzt stattgefunden.«

Mannomann, das ist verdammt schwer! Warum kann ich nicht einfach sagen: »Dein Mann ist ein Arschloch. Er betrügt dich!« Ich bringe es nicht über die Lippen.

»Also, was ich dir erzählen wollte«, eiere ich weiter um den heißen Brei rum, »Daniel will sich mit Claudia treffen. Er wird mich also doch betrügen. Und ich Doofe habe es auch noch angeleiert.«

»Dann leiere es doch einfach wieder ab. Sag ihm, dass du es nicht willst. Außerdem wird er es nicht tun.«

»So? Und was macht dich da so sicher?«

»Er ist einfach nicht der Typ dazu, ganz im Gegenteil zu einem anderen Mann, den ich nur zu gut kenne. Ich wollte euch eigentlich nichts erzählen, weil ich euch nicht beunruhigen wollte, und ich war mir bisher auch nicht hundertprozentig sicher, aber Michael …«

»Was?« Ich kann kaum glauben, was ich hier gerade höre. Katharina weiß es? Die Ärmste! Und ich bemitleide mich selbst, weil eventuell, ganz vielleicht, die Wahrscheinlichkeit bestehen könnte, dass mein Mann mich betrügen könnte. Ich leide, obwohl er es bisher noch nicht getan hat. Aber Michael tut es, er betrügt seine schwangere Frau. So ein Arschloch! Am liebsten würde ich ihm auf der Stelle was auf die Mappe hauen. Aber das hilft bei ihm bestimmt auch nicht viel.

»Woher weißt du es?« Hoffentlich hat sie ihn nicht auch noch dabei gesehen, sozusagen in flagranti erwischt mit diesem Zopfluder.«

»Ach, ich fühle es einfach. Beweise habe ich noch nicht. Aber glaub mir, er tut es.«

»Ich glaub dir nicht nur, ich weiß es.«

»Wie?«

»Er betrügt dich wirklich, dieser Penner. Und du solltest schleunigst zusehen, dass du dieses Arschloch loswirst.«

Komisch, Katharina wirkt alles andere, nur nicht traurig oder geschockt. Irgendwie ist sie viel zu abgeklärt. Und sie ist hochschwanger. Da will man als Frau bestimmt gerne alles hören, aber nicht so was!

»Woher weißt du das denn?«, will sie einfach nur wissen.

»Das darf ich dir nicht sagen.«

»Okay, dann weißt du es von Sam. Das ist gut. Dann hat das Ganze Hand und Fuß. Jetzt brauche ich nur noch einen Beweis!«

»Und dann? Meinst du, du kannst ihm das jemals verzeihen?«

»Verzeihen? Vielleicht kann ich das. Die Frage ist nur, ob ich das auch *will*. Und darauf gibt es nur eine einzige Antwort: Nein!«

Wie sähe das bei mir aus? Könnte ich verzeihen? Würde ich Daniel verzeihen wollen?

23 Es gibt Dinge, die erzählt man seinem Mann, und es gibt Dinge, die behält man lieber für sich

Daniel hat sehr gute Laune. Und ich tue auch so, als ob ich welche hätte. Habe ich aber nicht! Mein Ehemann scheint verdammt viel Spaß daran zu haben, dass er irgendein ihm unbekanntes Mädel beglücken darf. Er hat Claudia schon angerufen. Das habe ich rausgefunden, weil ich mal wieder unsere beiden Handys verwechselt habe … Gesimst haben die beiden sich auch. Das Date steigt Montag, und ich bleibe bis dahin im Unklaren, ob er *es* auch tatsächlich tut. Wenn ja, dann passen sie anscheinend wunderbar zusammen. Ich kenne Claudia nicht, und Sam kennt sie auch noch nicht so lang, aber sie muss schon ganz schön durchgeknallt sein, wenn sie sich auf so was einlässt. Sam hat ihr ausdrücklich gesagt, dass sie bis zum Äußeren gehen soll, damit Daniel am Ende nicht behaupten kann, er hätte es eh nicht getan.

Aus Rache, und damit ich mich vielleicht ein kleines bisschen besser fühle, schicke ich mir in regelmäßigen Abständen nette Flirtbotschaften, wie:

»Ich habe selten einen Menschen kennengelernt, der so warmherzig und sympathisch ist, wie du das bist. H«

oder

»Ich denke daran, wie du lachst, und nichts fehlt mir. H« oder einfach nur

»Anna? A-N-N-A!«

Und weil es ja merkwürdig aussehen muss, wenn ich nur SMSe bekomme, aber nie darauf antworte, schicke ich auch fleißig Botschaften zurück. Die sind zurückhaltend, ein kleines bisschen frech, aber freundlich und keinesfalls anmachend. Ich will ja nicht, dass Daniel denkt, ich hätte tatsächlich was mit Henry, falls er doch mal nachschauen sollte. Henry will was von mir, nicht umgekehrt. Aber das alles scheint Daniel null die Bohne zu interessieren, und wirklich besser fühle ich mich dadurch auch nicht.

Dazu kommt, dass ich mir wirklich Sorgen um Katharina mache. Die geht erstaunlich gelassen mit der ganzen Zöpfchensache um. Sie hat kurzerhand einen Privatdetektiv engagiert, der ihr die entsprechenden Beweise liefern soll. Dann ist Sam, die es ja offiziell nicht weitergeben durfte, raus aus der Geschichte, und Katharina kann behaupten, sie hätte es alleine rausgefunden. Wenn sie so weit ist, also irgendwann nach Emmas Geburt, will sie sich eine gemütliche Wohnung suchen und aus dem Haus ausziehen, in dem sie sich eh nie wohlgefühlt hat. Als Abschiedsgeschenk legt sie Michael die Beweisfotos auf den Küchentisch, die sie hoffentlich von der Detektei geliefert bekommen wird. So hat sie es zumindest vor. Und bis dahin will sie so tun, als sei alles in Ordnung. Ganz so, wie ich das auch gerade mache.

Daniel schleppt endlich unseren Lorbeerbaum runter zu Adele, und unser Balkon wirkt gleich viel größer ohne ihn. Aber irgendwie fehlt was. Und Helmut scheint das auch so zu sehen. Er steht ganz frustriert in der Ecke und schnüffelt auf dem Boden herum.

»Das hast du jetzt davon«, ärgere ich ihn, »jetzt hebst du dein Bein gefälligst draußen zum Pinkeln, so wie sich das für einen anständigen Rüden gehört!«

Ich gebe es ja ungern zu, aber ich kann verstehen, dass Adele dieser Pudel ans Herz gewachsen ist. Sogar wenn ich mit ihm schimpfe, wedelt er freundlich.

»Was meinst du, Helmut?«, frage ich ihn. »Ob du mal Papa wirst? Die kleine, struppige Betty-Lou von nebenan, an der du immer so gerne schnupperst, die wäre doch bestimmt was für dich.«

Was dabei wohl rauskommen würde, bei einem schwarzen Königspudelpapa und einer weißen West Highland Terriermama? Aber das werde ich wohl nie erfahren … Und außerdem habe ich momentan ganz andere Probleme.

In drei Stunden schlagen Friedemanns hier auf. Auf dem Markt war ich schon. Daniel war zu der Zeit mal wieder irgendwo unterwegs. Wahrscheinlich im Fitnessstudio oder bei Tom oder bei Micheline, oder er hat vorsorglich schon mal einen Blick auf Claudia geworfen, damit er sich auch sicher sein kann, dass sie keine olle Schabracke ist. Wie auch immer, den Balkon habe ich bereits hübsch geschmückt. Dann können wir nach dem Essen vielleicht gemütlich ein Glas Wein draußen trinken. Das Essen selbst serviere ich im Wohnzimmer, dann kann ich besser hören, was die drei ohne mich reden, wenn ich in der Küche bin.

Als ich wie geplant die Paprika in kleine Stücke schneide, steht Daniel plötzlich wieder in der Tür.

»Hallo, mein Engel, bin wieder da«, verkündet er. »Soll ich dir helfen?«

Mir liegt »Wo warst du so lange?« auf der Zunge, aber ich schlucke es runter, wie die vielen anderen Fragen, auf die ich gerne eine Antwort haben würde. Also erwidere ich schlicht: »Nein, brauchst du nicht. Das ist nicht viel Arbeit. Und den Nachtisch habe ich gestern schon vorbereitet. Ist der Baum unten?«

»Klar! Adele hat übrigens eine schöne Wohnung, hätte ich ihr gar nicht zugetraut.«

»Sehr geschmackvoll, finde ich auch. Sie ist sowieso eine unheimlich interessante Frau. Hat schon eine ganze Menge erlebt.«

»So? Was denn? Davon hast du ja bisher gar nichts erzählt.«

»Ein Gentleman schweigt«, sage ich geheimnisvoll, »und eine Gentlelady tut es ihm gleich.«

»Soso, dann habt ihr also Geheimnisse.«

»Ganz genau.«

Es gibt Dinge, die erzählt man seinem Mann, und es gibt Dinge, die behält man lieber für sich. Ich habe Daniel auch noch nicht erzählt, dass Michael meine Freundin betrügt. Vielleicht besser, wenn er gar nicht erst weiß, dass Katharina schon insgeheim ihren Auszug plant. Immerhin hatte ich das ja auch mal vor. Und wenn Daniel tatsächlich mit dieser Claudia ins Bett geht, dann mache ich das auch noch. Vielleicht ziehe ich dann mit Katharina zusammen? Wäre eigentlich gar keine schlechte Idee. Dann wären wir ein Vierfrauenhaushalt und hätten bestimmt eine Menge Spaß. Ich wollte immer mal gerne in einer WG wohnen, aber irgendwie ist es nie dazu gekommen.

Erst habe ich während meines Studiums noch längere Zeit zu Hause gewohnt, weil wir uns was anderes gar nicht hätten leisten können. Und als ich einen Nebenjob hatte, habe ich mir eine kleine Wohnung genommen, die nur aus einem Zimmer und der Küche bestand. In der Küche befand sich auch die Dusche. Das war manchmal urkomisch, wenn ich Übernachtungsbesuch hatte. Dann konnte man vom Frühstückstisch aus den oder die Duschende beobachten oder sich beim Kaffeekochen und Duschgeplätscher unterhalten. Das war lustig. Leise lächle ich vor mich hin.

Da klingelt plötzlich das Telefon, und ich werde aus meinen Gedanken gerissen. Bitte, bitte, lass sie absagen, denke ich, aber in dem Moment ruft Daniel auch schon: »Für dich. Es ist Katharina!«

»Hallo, schöne Schwangere. Du bist doch noch schwanger, oder?«, frage ich in den Hörer.

»Ich habe die Fotos. Voll widerlich!«

Oh je, das ging aber schnell. Damit habe ich ja überhaupt nicht gerechnet.

»Ich muss sowieso nochmal mit Helmut raus, ich ruf dich auf deinem Handy an, ja? Bis gleich.«

Im null Komma nix habe ich den Hund an die Leine gelegt und rufe Daniel zu, der es sich auf der Terrasse bequem gemacht hat: »Bin nochmal schnell mit Helmut raus, der hat heute Nachmittag noch gar kein Pipi gemacht!«

Noch in der Wohnung fange ich an, schnell eine SMS an Sam zu schicken: »Fotos sind da. Katharina weiß jetzt offiziell von Zöpfchen.«

Als ich zur Haustür raus bin, habe ich schon Katharina am Telefon.

»Erzähl«, fordere ich sie auf, »ist sie wirklich so schlimm, wie Sam behauptet hat?«

»Schlimmer!«

»Wo bist du?«

»Schon unterwegs. Treffen wir uns an der Richard-Wagner-Allee?«

Gerade als ich aufgelegt habe, kommt die Antwort auf meine SMS von Sam:

»Habe Spätschicht, bin unterwegs, drück Katharina von mir und sag ihr, wie leid mir das tut. Sie soll sich melden, wenn sie Hilfe braucht! Dann rücke ich mit der ganzen Schicht an!!!«

Katharina wohnt nicht weit weg von uns, knappe zehn Minuten mit dem Auto. Und zur Allee sind es gerade mal drei Minuten zu Fuß. Da gehe ich immer mit Helmut spazieren, wenn es nur eine kurze Runde werden soll. Helmut holt sich hier seine sozialen Hundekontakte und hat schon einige Freundschaften geschlossen. Und ich habe auch in kürzester Zeit mehrere, wirklich nette Nachbarn kennengelernt, von deren Existenz ich bis vor kurzem noch nicht mal was wusste. Helmut beschnuppert gerade ausgiebig Betty-Lous Hintern, da sehe ich Katharina von weitem winkend auf uns zukommen.

»Guck mal, wer da kommt«, versuche ich Helmut von Betty-Lou wegzulocken, aber die kleine Hundedame scheint viel zu interessant zu sein.

»Die riecht immer gut«, erklärt die nette Frau, die meine Nachbarin ist und gleich um die Ecke wohnt, wie ich letztens erfahren habe.

Normalerweise lasse ich Helmut immer in Ruhe ausschnuppern, aber heute bleibe ich hart. Schnell verabschiede ich mich von Hund und Frauchen und laufe Katharina entgegen. Helmut kommt gezwungenermaßen mit und freut sich dann doch, als er Katharina entdeckt. Hunde scheinen schnell zu vergessen.

»Wo ist denn Lena?«

»Das Kindermädchen ist heute da. Ich wollte sie nicht mitschleppen. Hier, guck dir das an!«

Meine Freundin hält mir gleich mehrere vergrößerte Fotos unter die Nase. Sie sehen tatsächlich aus wie die Dinger, die man in Filmen immer sieht, wenn ein Detektiv auf der Lauer gelegen hat.

»Wie ekelig ist das denn? Voll widerlich!« Ich habe nur einen kurzen Blick darauf geworfen. Aber der reicht vollkommen aus, um zu sehen, dass Michael darauf das tiefe Dekolleté einer vollbusigen rothaarigen Frau abschlabbert.

»Von wegen Wahlkampagne! So ein Widerling. Und am Montag kommt er zurück und tut so, als sei nix gewesen.«

»Und jetzt? Ich soll dich übrigens von Sam drücken und

dir sagen, wie leid ihr das tut. Und dass sie da ist für dich, notfalls mit der ganzen Mannschaft. Und für mich gilt das natürlich auch. Du kannst jederzeit mit mir rechnen und bei uns unterschlüpfen!«

»Das ist lieb von euch, aber noch ist der richtige Zeitpunkt nicht gekommen. Ich bleib erst mal da. So was muss in Ruhe geplant werden. Ich muss zum Anwalt, die wichtigsten Unterlagen raussuchen, sie kopieren … Und dann bringe ich in aller Ruhe mein kleines Mädchen zur Welt. Ich bin selbst überrascht, dass mich die Fotos so geschockt haben.«

»Das ist doch normal«, versuche ich meine Freundin zu trösten, »immerhin erfährt man nicht alle Tage, dass man betrogen wird.«

»Ach, das ist es noch nicht einmal. Aber hast du gesehen, wie die aussieht? So billig! Und ich habe letzte Woche neben dem Scheißkerl noch im Bett gelegen, und er hat meinen Bauch gestreichelt. Das ist ekelhaft!«

Ja, das ist es. Und ganz besonders, weil Katharina hochschwanger ist und sein Kind unter ihrem Herzen trägt. In mir macht sich eine fürchterliche Wut breit auf den Kerl, der meiner Freundin so sehr wehtut. Am liebsten würde ich Katharina gar nicht mehr nach Hause lassen und sie gleich bei uns einquartieren, aber sie hält an ihrem Plan fest. Sie will gleich damit anfangen, wichtige Dokumente zusammenzusuchen, sobald sie in ihrem Noch-Zuhause ist. Ich finde ja, es wäre die klügere Lösung, einfach Michael aus dem Haus zu schmeißen, aber das will Katharina auf keinen Fall. Und so wie ich sie einschätze, wird sie noch nicht einmal Möbel aus dem Haus mitnehmen wollen. Da werden Sam und ich ein ganzes Stück Überzeugungsarbeit leisten müssen, damit sie am Ende nicht völlig mittellos dasteht.

24 Friedemann steht in der Balkonecke, lässig an das Geländer gelehnt

»Ihr wart aber lange spazieren.«

Stimmt, wir waren über eine Stunde weg. Einen kurzen Moment überlege ich, ob ich Daniel alles erzähle, aber da fällt mir die Sache mit Claudia schon wieder ein, und ich antworte lächelnd: »Wir haben Betty-Lou getroffen. Da wird Helmut doch immer ganz wuschig. Ich glaube, er hat sich verliebt.«

Zum Glück hakt Daniel nicht weiter nach, und ich kann mich ums Essen kümmern und den Tisch decken. Dass ich so blöd war, die Friedemanns für heute Abend einzuladen, werde ich mir wahrscheinlich niemals verzeihen. Aber man weiß ja nie, wozu so was gut ist. Es hat ja schließlich alles seinen Sinn, und Zufälle gibt es sowieso nicht, behauptet meine Mutter wenigstens immer. Von der habe ich übrigens Ewigkeiten nichts gehört. *Ewigkeiten* heißt in diesem Zusammenhang, mehr als eine Woche. Normalerweise telefonieren wir so etwa alle drei Tage miteinander. Wenigstens, um mal die Stimme des anderen zu hören.

Dass sie sich nun gar nicht meldet, ist ein Zeichen dafür, dass es ihr gutgeht und dass Alexis' Restaurant zufriedenstellend läuft. Da kann man toll draußen sitzen um diese Jahreszeit, und es wird dementsprechend voll dort sein. Meine Mutter hilft ihm, wo sie kann. Vielleicht rufe ich morgen mal an, oder ich fahre am Montag vorbei, da ist dort Ruhetag. Das wird mich ablenken, wenn Daniel zu seiner »Nachhilfe-Mission« in Sachen Höhepunkt unterwegs ist. Katharina hat mich ja nochmal davon zu überzeugen versucht, die ganze Aktion abzublasen, aber ich bin einfach zu stolz dazu. Ich weiß, das ist ganz schön bescheuert, und eigentlich müsste ich jetzt sofort zu Daniel gehen und ihm von dem ganzen Schlamassel erzählen, aber irgendwas hält mich davon ab. Außerdem kann ich das ja immer noch machen, wenn er morgen *nicht* zu Claudia fährt. Jetzt muss ich mir erst einmal überlegen, was ich heute Abend anziehe. Und was Daniel anzieht.

Ich entscheide mich für Jeans und ein schlichtes weißes Hemd für meinen Mann. Das hat damals Eindruck auf mich gemacht, und heute gefällt es mir immer noch. Für mich suche ich ein leichtes Sommerkleid aus. Das ist luftig und zeigt ein kleines bisschen Dekolleté, aber nur so viel, dass es nicht zu sexy wirkt.

Als unser Besuch pünktlich um neunzehn Uhr vor der Tür steht, gart das Rinderfilet ordnungsmäßig bei niedriger Temperatur im Ofen, die Kartöffelchen sind auch bereits vorgegart, und alles, was irgendwie geschnippelt werden musste, steht in Schüsseln bereit. Normalerweise bin ich zugegebenermaßen etwas chaotisch beim Kochen, aber heute möchte ich mir keinen Schnitzer erlauben, deswegen habe ich alles ganz genau geplant und organisiert. Daniel duftet lecker nach einem leichten Aftershave, und ich habe mir auch einen Hauch Parfum aufgesprüht.

Herr Friedemann drückt mir zur Begrüßung einen Strauß Blumen in die Hand und zwinkert mir unauffällig zu. Er hat tatsächlich wieder einen Pullunder an. Das sieht etwas merkwürdig über seinem kurzärmeligen Hemd aus, aber immerhin ist er konsequent. Frau Friedemann trägt ein Kleid, wie ich. Sie ist eine echte Schönheit, wobei ich mir nicht wirklich sicher bin, ob das auch alles Natur ist. Für meinen Geschmack ist sie ein wenig zu aufgebrezelt, was sie eigentlich gar nicht nötig hätte. Sie dürfte so ungefähr um die vierzig Jahre alt sein. Optisch passt sie irgendwie gar nicht zu ihrem Ehemann, den Daniel gerade aus irgendeinem Grund auffällig zu mustern scheint. Vielleicht hätte ich ihm nicht erzählen sollen, wie begeistert ich manchmal von meinem Chef bin?

Daniel macht seine Sache wider Erwarten sehr gut. Er unterhält sich mit Friedemann über Fußball, Sport und Autos, und ab und an schäkert er etwas mit Frau Friedemann, die dann immer hell auflacht. In der Küche bekomme ich leider doch nicht alles mit, da die Dunstabzugshaube zu viel Lärm macht. Das hatte ich nicht bedacht. Ich muss die Scampis anbraten, die ich mit einem leckeren Salat zur Vorspeise reichen will.

Als ich mit den ersten beiden duftenden Tellern ins Wohnzimmer komme, ist die Stimmung sehr gut. Herr Friedemann trinkt mit Daniel Bier, Frau Friedemann hat sich für ein Taxi und Wein entschieden. Also werden beide trinken. Gut, dass ich genug Vorrat habe! Als ich mit den nächsten beiden Tellern zurückkomme, steht an meinem Platz auch ein volles Glas Wein.

»Ich wollte doch nichts trinken«, sage ich zu Daniel, doch der grinst nur breit und deutet mit dem Kopf auf Frau Friedemann. Die lacht darüber, greift nach meiner Hand und erklärt:

»Schätzchen, Sie wollen mich doch nicht alleine trinken lassen! Wir trinken gemütlich zusammen, dann können wir die Herren besser ertragen, was meinen Sie?«

Eigentlich hat sie Recht. Ein Gläschen Wein kann ja nicht schaden. Und nach all der Aufregung heute habe ich mir das auch verdient.

Meine Vorspeise kommt bei allen gut an. Die ist mir aber auch wirklich sehr gut gelungen, wie ich finde. Ich könnte Köchin werden, dann muss ich auch abends arbeiten, so wie Daniel. Das wäre doch eigentlich praktisch, dann hätten wir wenigstens tagsüber Zeit füreinander.

Frau Friedemann versucht, die Essigsorte aus dem Salatdressing rauszuschmecken. »Feigenessig«, sage ich ihr, und wo man den bekommen kann, verrate ich ihr gleich dazu. Der Abend läuft bisher sehr gut, alle scheinen sich prächtig zu verstehen, es schmeckt und ich kann übernächste Woche beruhigt wieder arbeiten gehen.

Als ich wieder in der Küche stehe, um die kleinen Kartöffelchen mit Rosmarin und Knoblauch in eine Pfanne zu hauen, habe ich zwei Gläser Wein intus und irgendwie schon fast einen sitzen. Frau Friedemann hat ein gutes Tempo vorgelegt, mit dem ich bestimmt nicht mithalten kann. Am besten, ich lasse mein Glas jetzt einfach halbvoll, dann kommt sie gar nicht erst auf den Gedanken, mir nachschenken zu wollen. Und überhaupt, eigentlich wäre das meine Aufgabe oder Daniels, aber der ist ja so mit meinem Chef beschäftigt, dass er kaum was mitbekommt.

Alles läuft wie am Schnürchen, und ich weiß überhaupt nicht, wie ich auf die Idee kommen konnte, Daniel wäre überfordert. Er macht das wirklich sehr gut – und dabei sieht er auch noch verdammt blendend aus! Fast so gut wie das Rinderfilet, das ich gerade aus dem Ofen hole. Es ist perfekt, ganz saftig, innen rosa, und trotzdem durchgegart. Mit den Kartöffelchen und dem Paprikagemüse, das ich schnell frisch in der Pfanne zubereitet habe, sieht es einfach zum Verlieben lecker aus. Die Teller garniere ich mit etwas grobem, frisch gemahlenem buntem Pfeffer und etwas Basilikum vom Balkon. Ich bin eine echt gute Köchin!

Das finden unsere Gäste auch. Und Daniel schmeckt es sowieso immer, wenn ich koche. Herr Friedemann möchte sogar noch Nachschlag. Als ich den auf seinem Teller anrichte, fällt mir auf, dass ich doch tatsächlich das dritte Glas Wein auch ausgetrunken habe. Wie schafft Frau Friedemann das nur? Aber ich muss ja jetzt auch nicht mehr kochen. Das Zitronensorbet habe ich gerade aus der Truhe geholt, damit es etwas antaut. Dann muss ich es nur noch in Gläser füllen und dekorieren, und schon ist es servierbereit. Ich kann also schon gar nichts mehr falsch machen. Die Stimmung ist gut, und Frau Friedemann ist eigentlich sehr nett. Daniel hat sich tatsächlich mit Friedemann verbrüdert. Zumindest hört sich das so an, denn die beiden erzählen sich gerade tatsächlich zotige Witze.

»Alle Menschen sind schlau, schön und bescheiden. Ausnahmen haben die Regel«, gibt Daniel gerade zum Besten. Der gefällt meinem Chef. Er lacht laut und ruft:

»Wär doch ein tolles Thema für den *Anzeiger*, oder Frau Blümchen? Dann haben Sie gleich was zu tun, wenn der Urlaub vorbei ist.«

Wie lustig! Und wie hat der Idiot mich gerade genannt? *Blümchen*?

Natürlich erscheint seine Frau ausgerechnet dann in der Küche, als ich eine Grimasse ziehe und seinen Spruch mit »Ha, ha, ha, sehr witzig!« kommentiere. Sollte ja niemand mitbekommen, schon gar nicht sie. Aber zum Glück lacht sie nur und sagt:

»So sind sie, die Männer. Und Sie wissen bestimmt, warum die Hebammen den Neugeborenen immer auf den Hintern hauen, oder?«

Was? Was will die denn jetzt von mir? Bei dem vierten Glas Wein habe ich aufgepasst. Ich habe es nur angenippt und ganz wenig daraus getrunken. Und weil mir auf ihren Spruch überhaupt keine Antwort einfällt, und weil ich genervt bin, dass alle sich so prächtig zu verstehen scheinen, zucke ich nur mit den Schultern.

»Na, weil doch bei den intelligenten die Schwänzchen abfallen«, klärt Frau Friedemann mich fröhlich auf. Darüber muss ich dann doch lachen. Bis Frau Friedemann mir plötzlich die Hand hinhält und zu mir sagt:

»Und ich bin übrigens die Frieda. Ich finde, wir können uns duzen.« Und gleich darauf sagt sie: »Darauf trinken wir einen«, und schon huscht sie ins Wohnzimmer, unsere Weingläser holen. Als Frieda wiederkommt, strahlt sie über das ganze Gesicht und erzählt: »Ich habe unseren Männern einen Schubs gegeben, die trinken auch gleich Brüderschaft.«

Na wunderbar, denke ich, als sie mir gleich darauf links und rechts ein feuchtes Küsschen auf die Wange drückt. Wenn ich Pech habe, dann lädt Daniel seinen neu gewonnenen Bruder zum nächsten Pokerabend bei uns ein. Aber nein, dass passt nicht zu Friedemann, also hebe ich lächelnd mein Glas. »Auf uns, Frieda, mein Name ist Anna, aber das weißt du ja bereits. Schön, dass du heute hier bist.«

Damit mir das Du leichter über die Lippen kommt, trinke ich, entgegen meinem guten Vorsatz, so nüchtern wie möglich zu bleiben, Glas Nummer vier aus und frage mutig:

»Sag mal, Frieda«, wobei mir der Vorname ungewöhnlich leicht über die Lippen kommt, »ist schon ein komischer Zufall, dass eine Frieda einen Mann heiratet, der ausgerechnet den Nachnamen Friedemann hat. Oder war das Absicht?«

Ich meine, Frieda Friedemann, das hört sich doch echt klasse an, und überhaupt nicht nach Zufall! Wobei ich damit nicht ausdrücken möchte, ich würde gerne Frieda heißen. Das hätte nämlich durchaus passieren können, da meine Mutter damals ganz heiß auf ABBA war. Heute ist sie es auch noch, und sie hat sich deswegen schon mehrere Male *Mamma Mia* angesehen.

Meine neue Busenfreundin scheint diese Frage jedoch nicht weiter zu stören. Im Gegenteil, sie kommt noch ein Stückchen näher zu mir ran und erzählt leise:

»Kein Zufall, das haben meine Eltern natürlich mit Absicht gemacht. Horst hat bei unserer Heirat meinen Namen angenommen. Aber nicht verraten, das ist ihm nämlich etwas peinlich!«

»Oh!« Mehr fällt mir in diesem Moment dazu leider nicht ein. Irgendwie finde ich es ganz süß, dass Friedemann den Mädchennamen seiner Frau angenommen hat. Das »Horst« fällt mir allerdings schwer, auch gedanklich. Bestimmt bietet er mir auch gleich das Du an, und wenn ich Pech habe, knutscht er mich dann genauso ab, wie Frieda das gerade getan hat. Das ist mir dann bestimmt unangenehm. Okay, Hauptsache er küsst mich nicht auf den Mund. Er ist und bleibt immerhin mein Chef. Außerdem bekomme ich dann vielleicht Herpes. Spätestens morgen fängt es an zu jucken und ich darf mich mal wieder auf den Weg zu einer Apotheke machen, weil die Salbe alle ist.

Trotzdem, das mit dem Nachnamen gefällt mir irgendwie. Es macht mir Horst, der gedanklich trotzdem immer Friedemann bleiben wird, noch ein wenig sympathischer. Eigentlich würde ich jetzt gerne meinen Gedanken nachhängen. Ich bin nämlich müde. Das kommt vom Wein, den ich nicht hätte trinken dürfen, zumindest nicht so viel und so schnell hintereinander. Aber da erzählt Frieda auch schon weiter.

»Er hatte keine Wahl. Mein Vater hat ihn gezwungen. Entweder *Friedemann* oder er hätte den Einstieg in unser Verlagshaus knicken können.«

Verlagshaus? Friedemann? Warum bin ich da nicht gleich draufgekommen? Die machen alles Mögliche und haben ihren Sitz in Köln. Wow! Aber warum ist Friedemann dann ausgerechnet beim *Wochenanzeiger* hier in Oberhausen gelandet? Da gibt es doch bestimmt reizvollere Aufgaben! Und außerdem hat er doch ihren Namen angenommen, da müsste er doch jetzt eigentlich in der Chefetage in einem fetten Büro seine Fäden spinnen. Ob ich einfach fragen soll? Frieda ist ja sowieso gerade sehr gesprächig. Ich will gerade loslegen, da höre ich meinen Chef und Daniel auf dem Balkon. Aber was ist das denn?

Von Lachen und guter Stimmung ist da überhaupt keine Spur mehr. Ich werfe einen Blick nach draußen. Friedemann steht in der Balkonecke, lässig an das Geländer gelehnt. Aufgeregt zieht er gleich zweimal hintereinander an einer Zigarette und pustet den Rauch gleich wieder aus. Er ist knallrot im Gesicht und guckt Daniel völlig entgeistert an. Ob die sich wegen des blöden Fußballs in die Wolle bekommen haben? Das wäre ja mal wieder typisch für Daniel … Aber dem ist nicht so.

Ich trete auf den Balkon und komme gerade rechtzeitig, um zu hören, wie Friedemann Daniel anblafft: »Das ist so was von krank!«

Daniel klingt ganz kühl und sehr berechnend, als er antwortet:

»Was oder wer hier krank ist, ist ja wohl eine ganz klare

Sache. Das bist einzig und allein *du*. Ich seh doch, wie du meine Frau die ganze Zeit anglotzt. Du bist ihr vorhin ja fast ins Dekolleté gesprungen, Horst! Oder sollte ich lieber H zu dir sagen?« Und dann setzt er noch einen drauf: »Anna, A–N–N–A, man kann dich auch von hinten lieben.«

Reflexartig will ich einwerfen: »Das heißt *von hinten lesen*«, aber dazu komme ich nicht mehr, denn in diesem Moment mischt Helmut sich in das Geschehen ein. Die ganze Zeit über lag er friedlich unter dem Tisch und hat geschlafen. Das Gezeter der beiden Männer hat ihn wahrscheinlich aus einem schönen Traum von einer großen Wiese mit wunderschönen Bäumen gerissen, auf der Horden von Betty-Lous schwanzwedelnd vor ihm herumtollen. Schlaftrunken läuft Helmut auf Herrn Friedemann zu, der wie erstarrt immer noch in der Balkonecke steht und Daniel fassungslos anstarrt. Einem Königspudel gleich hebt unser Gastpudel anmutig sein Bein und pinkelt in aller Ruhe gegen den Lorbeerbaum, für den er meinen Chef in diesem Moment zu halten scheint.

»Na, Prost Mahlzeit«, kommentiert Frieda diese Misere, die mittlerweile auch von diesem Dilemma Wind bekommen hat und fängt schallend an zu lachen. Aber danach ist mir ganz und gar nicht zumute. Am besten, ich falle einfach so in Ohnmacht. Und am allerbesten wache ich gar nicht mehr daraus auf. Aber das passiert leider nicht, und mir bleibt gar nichts anderes übrig, als tatenlos zuzusehen, wie erst Friedemann abrauscht und laut die Tür hinter sich zuknallt und kurz danach Daniel. Mein

Blick geht zu Frieda, die immer noch neben mir steht und grinst.

»Wie heißt der Pudel noch?«, fragt sie.

»Helmut«, antworte ich mechanisch.

»Helmut? Komm mal her«, lockt sie ihn mit freundlicher Stimme, »das hast du gut gemacht!«

25 So sind sie, die Kerle! Wenn es ernst wird, kann man sich nicht auf sie verlassen

Sagen wir es mal so: Ein Teil von mir ist wirklich froh, dass Frieda noch hiergeblieben ist und mich ein wenig aufzuheitern versucht. Der andere Teil verflucht sie gerade, weil mich ihre Theorien über untreue Ehemänner nicht nur nicht interessieren, sie machen alles nur noch schlimmer.

»Schätzchen, mittlerweile wird fast jede zweite Ehe geschieden. Und jeder zweite Mann betrügt irgendwann seine Frau. Und umgekehrt natürlich auch. Aber das verdrängen die meisten komischerweise.«

Frieda hat noch eine Flasche Wein aufgemacht und schüttet ordentlich nach, damit ich auch ja mit ihr trinke. Dabei bräuchte sie sich gar nicht so anstrengen, denn das würde ich bei meinem jetzigen Zustand sogar freiwillig tun. Notfalls auch gleich direkt aus der Flasche.

Sie scheint eine Menge Spaß an der Situation zu haben, und im Gegensatz zu mir stört es sie gar nicht, dass ihr Mann ohne sie abgedampft ist. »Der wird sich schon wieder beruhigen«, meint sie, »und dann wird er darüber lachen. Ich kenn doch meinen Mann!«

Aber mich stört es, dass Daniel einfach so gegangen ist.

Ich habe schon einige Male versucht, ihn auf dem Handy anzurufen, aber erst ging er nicht ran, dann hat er mich einfach weggedrückt und das Telefon ausgeschaltet. Er hat keine Mailbox an, hat er nie, also kann ich ihm noch nicht einmal eine Nachricht hinterlassen.

Frieda meint, er würde sich schon wieder melden und ich solle dem Hitzkopf einfach nur ein wenig Zeit lassen. Außerdem dürfe man sich als Frau nie die Blöße geben, einem Kerl hinterherzurennen, ganz egal, was passiert ist. Aber ich habe ein ganz mulmiges Gefühl im Bauch, das immer stärker wird. Dass ich mir selbst Nachrichten geschickt habe, Daniel sie tatsächlich doch gelesen hat, ohne dass ich es mitbekommen habe, und er sich dann auch noch »verlesen« hat, findet sie besonders lustig. Zwischen *von hinten lesen* und von *hinten lieben* besteht aber auch ein himmelweiter Unterschied. Das gibt der Sache eine mehr als unangenehme Note, eine, die ich niemals heraufbeschwören wollte.

Dass Daniel ihren Horst für meinen H hält, findet Frieda auch überhaupt nicht schlimm. Im Gegenteil, Horst habe eine kleine Abreibung schon lange mal wieder verdient. Er sei nun mal ein Schwerenöter. Und dass er diesmal seine Finger ausnahmsweise mal nicht in fremden Ausschnitten gehabt habe, spiele für sie überhaupt keine Rolle. Dass mein Chef so ein Frauenheld sein soll, kann ich mir eigentlich gar nicht vorstellen. Aber vielleicht waren seine netten Gespräche mit mir ja doch einfach nur eine geschickt eingefädelte Masche. Ist ja auch egal, denn so wie es aussieht, sehe ich den sowieso nie wieder!

Helmut ist übrigens seit heute Friedas persönlicher Held. Deswegen darf er sich auch mit dem restlichen Rinderfilet begnügen. Hund müsste man sein, das würde das Leben um einiges erleichtern!

Es ist nach eins, als Frieda sich endlich ein Taxi ruft. Ich bin granatenvoll, um es mal deutlich auszudrücken. Daniel hat sich noch immer nicht gemeldet, und mir wird gerade richtig übel. Nachdem Frieda sich verabschiedet hat, überlege ich, ob ich vorsichtshalber im Bad übernachte, so wie Tom das letztens getan hat. Dann habe ich es nicht so weit bis zur Toilette, wenn sich das mit der Übelkeit nicht bald legen sollte. Nein, am besten, ich lege mich einfach schnell ins Bett, ziehe die Decke über den Kopf und stehe nie wieder auf.

Alles dreht sich in mir. Ich bin bewegungsunfähig und fühle mich sehr einsam. Da fällt mir der Held des Tages wieder ein. »Helmut, Helmut«, rufe ich lockend, »schau mal hier! Du darfst heute ausnahmsweise mal in meinem Bett schlafen. Aber wenn Daniel zurückkommt, dann musst du wieder gehen, versprochen?«

Aber Daniel kommt nicht zurück. Nicht in der Nacht und auch nicht am nächsten Morgen. Als ich verkatert aufwache, blicke ich in Helmuts treue Augen. Er wedelt mich freundlich an. Dass von Daniel noch immer keine Spur ist, lässt sofort meinen ganzen Körper erstarren. Ich habe Angst. Was, wenn ihm irgendwas passiert ist? Er hatte ja auch einige Biere getrunken. Hoffentlich ist er nicht noch Auto gefahren. Mit einem ganz flauen Gefühl im Bauch schreibe ich ihm eine SMS:

»Bitte gib mir wenigstens ein Lebenszeichen, damit ich weiß, dass es dir gutgeht.« Dann versuche ich, noch ein wenig zu schlafen, aber das klappt leider nicht. Aufstehen funktioniert allerdings auch nicht, da sich um mich rum sofort alles zu drehen beginnt. Also bleibe ich einfach auf dem Rücken liegen und starre an die Decke. Alle zwei Minuten werfe ich einen Blick auf mein Handy, aber da tut sich nichts. Es schweigt vor sich hin. Vorsichtshalber schalte ich die Vibration ein und nehme es fest in die Hand, damit ich gleich wach werde, wenn Daniel sich meldet und ich wieder eingeschlafen sein sollte.

Ob ich mal bei Sam anrufe? Die kriegt bestimmt ganz schnell raus, ob Daniel was passiert ist. Aber dann würde ich bestimmt gleich anfangen zu heulen. Und ehrlich gesagt bin ich froh, dass ich mich noch einigermaßen unter Kontrolle habe, obwohl ich mich so hundsmiserabel fühle. Woher das Wort wohl kommt, *hundsmiserabel*? Helmut zumindest fühlt sich augenscheinlich sehr wohl. Mist! Da fällt mir ein, dass er bestimmt mal Pipi muss. Wir haben schon nach zehn Uhr, und die erste Runde gehen wir normalerweise viel früher. Ob ich ihn nochmal auf die Terrasse pinkeln lasse? Nein, das wäre ekelig! Und außerdem macht er das ja bestimmt nicht mehr. Der Lorbeerbaum ist unten bei Adele, und Horst ist ja auch nicht mehr da. Genauso wenig wie mein Job, fällt mir in diesem Zusammenhang ein, und bei dem Gedanken geht es mir gleich noch ein bisschen schlechter.

Ich kann nie, niemals wieder für den *Anzeiger* arbeiten. Und nicht nur das, ich kann mich überhaupt niemals wieder dort blicken lassen. Erstens würde ich sterben vor Scham, wenn ich Friedemann begegne, und zweitens würde mein Chef mich mit Blicken töten, wenn ich es trotzdem versuchen würde. Ich bin noch genau drei Wochen in der Probezeit, also habe ich nur zwei Wochen Kündigungsfrist. Morgen ist Montag. Bestimmt finde ich dann gleich Dienstag die Kündigung in der Post. Was mache ich dann nur? Und wo ist Daniel gerade? Warum kann ich nicht einfach vergessen, was gestern passiert ist? Und wenn ich einfach für immer im Bett liegen bleibe? »Was meinst du, Helmut?«, frage ich ihn. Der steht mittlerweile schon an der Wohnungstür und fiept. Ich weiß, was er mir damit sagen will. Es hilft alles nichts, Helmut muss raus. Das Leben geht weiter. Ist ja immer so.

Als ich an das helle Tageslicht komme, habe ich das Gefühl, mir hat jemand mit dem Hammer über den Kopf gehauen. Meine Augen brauchen eine ganze Weile, bis sie mit der Flut an Licht klarkommen, doch ich laufe tapfer mit Helmut bis zur Allee und lasse ihn seine Geschäfte verrichten. Schnüffeln und Anbändeln ist heute nicht drin für ihn, denn ich habe keine Lust, irgendjemandem in diesem Zustand zu begegnen. Schon gar nicht freundlichen Nachbarn, die sofort meine Gemütslage erkennen würden und denen ich dann erklären müsste, alles sei in Ordnung. Was ja definitiv nicht stimmen würde. Nix ist in Ordnung, gar nix!

Als ich schon auf dem Rückweg bin, brummt endlich mein Handy, das ich immer noch fest in der Hand halte. Die SMS ist von Daniel. Zum Glück bin ich in der Nähe der Bank, auf der ich mich letztens auch mit Katharina unterhalten habe. Wie es der wohl geht? Die darf ich nicht wieder vergessen bei all meinem Kummer und Durcheinander, das nehme ich mir gleich fest vor. Immerhin hat sie das schwierigere Päckchen von uns beiden zu tragen.

Als ich die Nachricht öffne, dreht sich mir ein bisschen der Magen um. Aber ich bin auch froh, weil ich nun weiß, dass Daniel zumindest körperlich in Ordnung ist. Wäre ihm gestern etwas passiert, würde ich mir das nie verzeihen.

»Mir geht es gut, aber lass mir ein wenig Zeit und Ruhe. Ich habe momentan wichtigere Dinge zu tun, als mir über irgendwelche Lover von dir Gedanken zu machen, die dich auch von hinten lieben. Als du mich zu dieser Sache mit Claudia überredet hast, war mir schon klar, dass da irgendwas im Busch ist. Dass du es allerdings wahr werden lässt, hätte ich niemals gedacht.«

Die Sache mit dem Simsen ist ja eigentlich ganz praktisch, aber wie soll man so viele Worte in so wenige Zeilen pressen, wie sie mir jetzt durch den Kopf gehen? Es fällt mir zwar schwer, aber das Einfachste wird sein, Daniel persönlich zu sagen, dass es mir unbeschreiblich leidtut. Außerdem würde es mir guttun, wenn ich jetzt seine Stimme hören könnte, also rufe ich ihn kurz entschlossen an.

Klick!

Daniel hat einfach wieder aufgelegt. Das tut weh, verdammt weh! Ich überlege, wie und ob ich ihm das ganze Missverständnis durch eine Kurznachricht erklären kann, da vibriert mein Handy erneut.

»Ich möchte momentan weder etwas von dir lesen noch hören. Lass mich bitte einfach in Ruhe! Ich melde mich … D.«

Das D finde ich besonders schlimm. Genauso wie den Gedanken, mein Leben ohne Daniel leben zu müssen. Wie konnte ich nur jemals auf die Idee kommen, ihn zu verlassen? Aber hinterher ist man ja immer schlauer, diesmal sogar ich. Helmut scheint irgendwie mitbekommen zu haben, dass ich traurig bin. Er legt gerade seinen Kopf auf mein Knie und guckt mich mitleidig mit seinen treuen Hundeaugen an. Am Dienstag kommt Adele nach Hause. Ich werde Helmut ganz schön vermissen, auch wenn er nur eine Etage tiefer wohnt. Wenn Helmut weg ist, dann bin ich ganz alleine.

Als ich mitbekomme, dass Betty-Lou und ihr Frauchen die Allee entlangspaziert kommen, sehe ich schnell zu, dass wir Land gewinnen und mache mich mit Helmut zurück auf den Weg in unsere Wohnung.

Dort angekommen, knalle ich mich sofort wieder ins Bett. Helmut legt sich ungefragt dazu. Als ich hemmungslos anfange zu weinen und zu schluchzen, kneift er jedoch den Schwanz ein und haut ab. Er liegt dann doch lieber alleine in seinem Körbchen. So sind sie, die Kerle! Wenn es ernst wird, kann man sich nicht auf sie verlassen.

26 Ich habe nie verstanden, warum Leute mit Gegenständen um sich schmeißen, jetzt tue ich es

In diesem Zustand kann ich unmöglich zu meiner Mutter fahren. Ihr die ganze Geschichte von vorne bis hinten zu erzählen, würde ich jetzt nicht auch noch verkraften. Rufe ich sie heute aber nicht an, könnte sie auf den Gedanken kommen, mich mit einem Besuch zu überraschen.

Die würde Augen machen! In der Küche sieht es aus, als hätten gleich drei Bomben eingeschlagen. Und im Wohnzimmer ist es auch nicht besser. Es soll ja Menschen geben, die gerne putzen. Die entspannt das genauso, wie mich das Kochen entspannt. Ich finde Saubermachen einfach nur zeitraubend. Am schlimmsten finde ich Fensterputzen, weil ich es nicht schaffe, die blöden Gläser streifenfrei sauber zu bekommen, was mich dann immer ungemein ärgert. Deswegen ist es auch Daniels Aufgabe. Und deswegen kann man auch oft nicht mehr durch die Scheiben sehen, weil er das Putzen regelmäßig vergisst. Na ja, zumindest werden sie recht selten geputzt, es sei denn, sie nerven mich irgendwann so sehr, dass ich mich dann doch selbst an die Arbeit mache. Daniel fällt das dann noch nicht einmal auf. Momentan würde ich die Fenster sogar mit einem winzigen Brillenputztuch polieren, wenn Daniel dafür zurückkommen würde. Aber nur einmal, denn schließlich ist er auch nicht ganz unschuldig an der Misere.

Immerhin war er nachts draußen irgendwo unterwegs und hat mich angelogen. Hätte er das nicht getan, hätte ich niemals an seiner Treue gezweifelt. Aber dann wäre ich mir vielleicht immer noch nicht sicher und würde mich nach wie vor mit Trennungsgedanken plagen. Die habe ich jetzt nicht mehr. Im Gegenteil, jetzt bin ich diejenige, die Angst hat, verlassen zu werden. Und das Gefühl ist alles andere, nur nicht schön.

Wenn Daniel wieder hier ist, werde ich ihm alles erzählen. Alles, ohne Ausnahme. Vielleicht gibt das unserer Ehe sogar eine viel bessere Qualität? Es gibt ja einige Leute, die behaupten, ein Seitensprung könne ganz erfrischend für eine Beziehung sein. Vielleicht verhält es sich da mit quasi vorgespielten Seitensprüngen genauso?

Mich jetzt hängenzulassen, und die ganze Zeit nur zu leiden, bringt nichts. Alles wird gut, ganz sicher! Ich räume jetzt auf und dann springe ich unter die Dusche. Das wird mir helfen, einen klaren Kopf zu bewahren, und es geht mir dann auch bestimmt gleich viel besser.

In der Küche gieße ich zuerst das mittlerweile aufgetaute Sorbet in die Spüle. Zitronen oder Limetten mag ich total gerne, besonders wenn sie süß zubereitet werden. Als Marmelade sind diese Früchte ein Gedicht. Mit solchen Kreationen beschenke ich immer Familie und Freunde zu Weihnachten. Als Aufstrich über Quark auf einer Scheibe Sonntagsstuten genieße ich sie das ganze Jahr über. Für Friedemanns hatte ich auch schon ein Glas rausgestellt.

Die Marmelade wollte ich ihnen zum Abschied mit auf den Weg geben. Nun werde ich sie wohl selbst auffuttern müssen … Nur schade um das wirklich leckere Sorbet, das gerade blubbernd im Abfluss verschwindet, bestimmt hätte es allen geschmeckt.

Danach räume ich die Spülmaschine ein, ohne die ich genauso wenig leben möchte wie ohne Daniel. Als ich sie anschmeiße, sieht alles schon nicht mehr so schlimm aus. Das gilt für das Chaos in der Wohnung und für das Chaos in mir drin. Ich liebe Daniel. Ich möchte mit ihm alt werden. Wie heißt es doch so schön? In guten wie in schlechten Zeiten …

Als ich vom Balkon die Weingläser und die leeren Weinflaschen von unserem gestrigen Gelage einsammle, stolpere ich beinahe über Helmut. Er hat es sich in der Sonne bequem gemacht und lässt sich genüsslich den Pelz bescheinen. Zum ersten Mal seit dem gestrigen Fiasko muss ich ein wenig grinsen. Mein haariger Freund hat doch tatsächlich meinen Chef angepinkelt. Eigentlich schade, dass wir keine Aufnahme davon haben. Ich würde zu gerne nochmal Friedemanns entsetztes Gesicht sehen, das er machte, als er die warme Flüssigkeit bemerkte, die da sein Bein runterlief. Dass Frieda sich darüber so gefreut hat, ist schon ein bisschen krass. Aber wer weiß, was zwischen den beiden schon alles vorgefallen ist.

Unser Staubsauger ist alt und laut, aber er tut noch hervorragende Dienste. Nur, wie erklärt man einem Pudel, dass das ein sehr guter Freund ist, der einem da gerade hilft? Und nicht etwa ein böses Monster, das kurz davorsteht, die ganze Bude aufzufressen? Helmut befindet sich in einer Haltung, die ich vorher noch nie an ihm gesehen habe, im direkten Blickkontakt zum Monstersauger. Seine beiden vorderen Beine hat er abgewinkelt, so dass er damit fast auf dem Boden liegt. Die Hinterbeine allerdings hält er gestreckt, so dass sein Pudelpo samt Schwanz spitz in die Höhe steht. Seinen Kopf hat er mutig in die Luft geworfen, damit er es dem bösen Teil ordentlich zeigen kann. Und das tut er auch. Helmut kann bellen! Tief und grollend scheinen die Geräusche aus dem Inneren seiner Kehle zu kommen. Vorsichtshalber mache ich den Staubsauger aus.

»Der ist lieb«, erkläre ich Helmut mit meiner piepsigsten Stimme, die ich hinbekomme. Hunde mögen hohe Stimmen, hat Katharina mir mal erklärt. Das signalisiere ihnen, alles sei in Ordnung.

Tatsächlich! Es funktioniert. Schwanzwedelnd kommt Helmut näher und freut sich über seinen neuen Spielgefährten. Bis ich den Sauger wieder anschalte und er eine wahre Belltirade gegen ihn vom Stapel lässt. Na warte, dich kriege ich! Irgendwie muss man dir doch begreiflich machen können, dass dieses Haushaltsgerät eines von den guten ist! Schnell laufe ich in die Küche und schmiere ein paar Häppchen mit Leberwurst. Davon bekommt Helmut das Erste – immerhin ist er hier der Boss. Dann knie ich mich vor den Staubsauger, streichle ihn, spreche ein wenig mit der Düse und schalte ihn wieder ein. »Fein hast du das gemacht, lieber Staubsauger, prima! Gleich ist alles ganz sauber.« Na also, geht doch!

Helmut ist ganz still und hört einfach nur zu. Und weil ich ihm zeigen möchte, dass sein neuer Freund ein besonders lieber Kerl ist, halte ich auch ein Stückchen Leberwurst vor die Saugdüse. Immerhin ist der Staubsauger wirklich eine große Hilfe und hat ein Leckerchen verdient. Schwupp! Und schon hat er es gierig aufgesaugt. Das hätte ich nicht tun dürfen: Helmut geht sofort wieder kopfunter, bellt – und springt. Dabei kippe ich nach hinten, das Staubsaugerrohr segelt durch die Luft, und ich erwische beim Versuch, mich irgendwo festzuhalten, nicht die Tischkante, sondern einen Zipfel der Tischdecke. Die ziehe ich beim Sturz nach unten, gemeinsam mit dem sauberen Geschirr, der Marmelade, den frisch polierten Weingläsern und der Glasvase mit den bescheuerten Blumen von Friedemann. Das ganze Zeug kracht in dem Moment auf den Boden, in dem auch die Stereoanlage vom Rohr getroffen wird.

Helmut springt mit Anlauf in sein Körbchen und zieht den Schwanz ein. Der Staubsauger brummt bedrohlich weiter vor sich hin. Mir tut mein Hintern weh, da ich voll aufs Steißbein geknallt bin, jetzt schon zum zweiten Mal innerhalb kürzester Zeit. Aber gebrochen habe ich mir auch diesmal anscheinend nichts. Ich kann noch alles bewegen. Wütend ziehe ich den Stecker aus der Dose und schnauze den verängstigten Hund an: »Jetzt weiß ich auch, wie du Adele ins Krankenhaus gebracht hast!«

Erst danach wird mir bewusst, was ich da gerade für ein Chaos angerichtet habe. Die Stereoanlage ist Daniels ganzer Stolz. Es handelt sich hier auch nicht um irgendeine Anlage, aus der einfach Musik rauskommt, es ist ein *Sound System*, bei dem man das Gefühl hat, die Musik kommt gleichzeitig von allen Seiten. Daniel hat einige Extraschichten im Studio eingelegt, um das Ding finanzieren zu können. Irgendwann will er einen großen Flachbildschirm dazukaufen, der direkt an der Wand befestigt werden soll. Aber das muss jetzt wahrscheinlich noch eine Weile warten, denn ich habe ganze Arbeit geleistet.

Ich habe das Staubsaugerrohr so platziert in das Teil reingeschlagen, dass es wohl erst ein Stückchen durch die Luft gesegelt ist, bevor es auf den Boden knallte. Das sieht nicht gut aus, gar nicht gut. Den CD-Ständer aus Buchenholz habe ich auch gleich mit umgeholzt. Die CDs liegen neben den Scherben im Blumenwasser, das sich auf dem Parkettfußboden verteilt. Scheiße, die blöden Planken vertragen doch kein Wasser, die quellen ganz schnell auf. Und das sieht dann sehr unansehnlich aus. Ich atme einmal ganz tief ein und wieder aus. Und weil das so guttut, mache ich das Ganze gleich noch einmal.

Ruhe bewahren, jetzt bloß nicht weiter aufregen. Es gibt schließlich Schlimmeres als einen hausgemachten Ehekrach, ein kaputtes Superbeschallungssystem und eine Wasserpfütze auf dem Fußboden. Arbeitslosigkeit vielleicht? Ach nein, so tragisch ist das auch wieder nicht. Alles ist gut! Wer braucht schon einen Job? Außerdem, wie hieß es doch gleich: *Krise kann ein produktiver Zustand sein. Man muss ihr nur den Beigeschmack der Katastrophe nehmen.* Und den nehme ich ihr jetzt auch. Ob Zitrone dagegen hilft? Zielsicher greife ich zu dem vollen Marmeladenglas, das den Sturz vom Tisch überlebt hat, hole aus – und donnere es mit voller Wucht gegen die Wand. Platsch! Ich habe nie verstanden, warum Leute mit Gegenständen um sich schmeißen, jetzt tue ich es. Das ist unwahrscheinlich befreiend! Seelenruhig betrachte ich den gelben Fleck, der sich langsam von oben nach unten an der Wand verteilt. Ob ich jetzt gleich hysterisch anfange zu lachen?

Nein, das tue ich nicht! Ich rutsche auf dem Po zu den CDs, die schleunigst abgetrocknet werden müssen. Dazu eignet sich ganz hervorragend die Tischdecke, die an manchen Stellen noch trocken ist. Zielsicher greife ich in den Haufen und ziehe die erste Scheibe heraus. Es ist eine Single: »Always« von Bon Jovi. Ich hab aber auch ein Händchen! Daniel hat damals den Songtext für mich übersetzt. Einen kleinen Ausschnitt davon hat er auf ein kleines Zettelchen geschrieben, das noch immer hinten auf der CD-Hülle klebt:

Ja, ich werde Dich lieben Baby, – für immer.
Und ich werde für immer und einen Tag für dich da sein. Ich werde da sein, bis die Sterne nicht mehr leuchten.

Daniel liebt mich! Und wenn er erst erfährt, wie das alles passiert ist, wird er bestimmt über die ganze Geschichte lachen. Das mit seiner »Soundanlage« wird ihm allerdings trotzdem nicht gefallen. Aber vielleicht habe ich ja Glück und das Ding funktioniert noch? An der Seite ist zwar ein kleines Stück abgebrochen, doch das Innenleben könnte ja noch intakt sein …

Endlich erwache ich aus meiner Starre und rappele mich vom Boden auf. Mein Hintern tut wirklich verdammt weh! Mit steifen Gliedern hole ich aus der Küche ein sauberes, weiches Tuch, damit ich die CDs vernünftig abtrocknen kann. Dabei fällt mir die Marmelade an der Wand wieder ein. Da habe ich wohl nochmal Glück im Unglück gehabt. Es hätte ja auch die Erdbeermarmelade sein können. Einen roten Fleck hätte ich von der weißen Wand niemals wieder abgerieben bekommen. Und die Sache mit den CDs ist auch nicht so schlimm, wie es im ersten Moment aussah. Die meisten davon sind gar nicht nass geworden und die, die es doch getroffen hat, sind schnell trockengerieben.

Ich bin fast fertig, als das Telefon klingelt. Da es das Festnetz ist, gehe ich davon aus, dass es meine Mutter ist. Wusste ich doch, dass sie heute noch anruft. Auf dem Display erscheint: unbekannter Anrufer. Ob das etwa Daniel ist? Nein, der würde auf dem Handy anrufen, da können wir untereinander kostenfrei telefonieren. Neugierig hebe ich ab.

»Blum.«

Klick, aufgelegt. Ob es doch Daniel war?

Nur kurz darauf klingelt das Telefon wieder.

»Blum.«

»Ist sie bei dir?«

»Michael?«

Seine Stimme erkenne ich sofort. Sie hat einen Erotikfaktor hoch zehn. Wäre Michael kein Politiker, könnte er mit Sicherheit als Synchronsprecher eine Menge Geld verdienen. Aber auch in der Politik scheint seine markante

Tonlage gut anzukommen. Vor allem, weil er dabei auch noch wirklich nett und sehr sympathisch klingt. Wüsste ich es nicht mittlerweile besser, würde ich denken, ich hätte da einen unverschämt gut aussehenden, umwerfenden Typen in der Leitung hängen. Ist er aber nicht! Und ich muss auch noch nett zu ihm sein, da Katharina mit ihrer Trennung noch warten will. Also flöte ich freundlich in den Hörer:

»Katharina? Wieso? Wollte sie zu mir kommen?«

Klick! Wieder aufgelegt.

Langsam dämmert mir, dass hier irgendwas nicht in Ordnung ist. Aufgelöst suche ich nach meinem Handy, das vorhin noch auf dem Wohnzimmertisch lag. Mist, hoffentlich ist es noch heil!

Das Telefon funktioniert noch. Schnell drücke ich die Kurzwahltaste für Katharinas Nummer, und sofort springt die Mailbox an. »Katharina? Wo bist du? Michael hat gerade hier angerufen und sucht dich. Er war ganz merkwürdig. Ich mach mir Sorgen. Bitte melde dich gleich, wenn du das hier hörst, ja?«

Dann wähle ich die Festnetznummer meiner Freundin. Es könnte ja sein, dass sie doch gemütlich zu Hause ist und einfach ein Mittagsschläfchen auf der Couch macht. Es ist überhaupt ein Ding, dass Michael sie so kurz vor der Geburt so lange alleine lässt. Zöpfchen hin oder her, immerhin ist er der Vater des Kindes …

Es ist besetzt! Das heißt, Katharina ist zu Hause. Vielleicht ist sie wirklich einfach nur eingeschlafen und telefoniert jetzt mit Michael, um ihn zu beruhigen?

Nach zwei Minuten rufe ich wieder an, immer noch kein Freizeichen. Beim nächsten Mal warte ich etwas länger. Für mich fühlt es sich an wie mindestens eine Stunde, aber die Uhr sagt: fünf Minuten. Endlich bekomme ich ein Freizeichen. Es ertönt gerade zweimal, da wird der Hörer am anderen Ende der Leitung abgenommen, und ich höre eine männliche Stimme:

»Ja, bitte?«

Scheiße, das war Michael! Der sollte doch irgendwo wegen des Wahlkampfes unterwegs sein. Was macht der denn schon zu Hause? Diesmal bin ich diejenige, die einfach wieder auflegt.

Bevor ich Sam anrufe, werfe ich noch einmal einen völlig überflüssigen Blick auf mein Handy. Natürlich hat niemand angerufen.

27 Männer sind ja sehr empfindlich, wenn es um Geld geht

Sam ist sofort losgefahren. Sie hat heute den letzten Tag Spätdienst, ist also seit vierzehn Uhr auf der Wache. Das ist jetzt schon das zweite Mal innerhalb einer guten Woche, in der sie sich auf den Weg macht, um nach einer Freundin zu sehen, die sie eventuell retten muss. Am liebsten wäre ich mitgefahren, doch Sam meinte, es wäre besser, wenn ich hierbleiben würde. Es könne ja durchaus sein, dass Katharina wirklich bei mir auftaucht.

Ich stehe auf dem Balkon und halte Ausschau. Von hier hat man die ganze Straße im Blick. Bei jedem Auto, das um die Ecke biegt, falle ich fast über das Geländer, weil ich mich ganz weit darüberbeuge, damit ich ganz schnell erkennen kann, wenn es meine Freundin ist. Katharina fährt einen Kombi, damit sie Kind und Hund und Zubehör darin verstauen kann, aber davon ist weit und breit keiner in Sicht.

Wir wohnen in einer ruhigen Seitenstraße, in der dementsprechend wenig Verkehr ist. Bisher sind nur drei Autos hier vorbeigefahren. Beim letzten wäre ich tatsächlich fast runtergepurzelt, weil ich einen kurzen Moment dachte, Daniel käme da um die Ecke gebraust. Sofort hatte ich wieder dieses mulmige Gefühl im Bauch, das ich wegen der ganzen Aufregung um Katharina geschickt verdrängt habe.

Gerade als das vierte Auto in Sichtweite kommt, klingelt plötzlich mein Handy. Es ist Katharinas Name, der auf dem Display erscheint.

»Katharina?«, begrüße ich sie ängstlich.

»Was ist denn los? Ich habe gerade meine Mailbox abgehört. Ich war mit Lenchen im Puppentheater, da hatte ich es die ganze Zeit aus. Du hast dich so besorgt angehört.«

»Ja, das bin ich auch! Dein Mann hat mich gerade angerufen. Er sucht dich. Und *er* hat sich gar nicht freundlich angehört.«

»Ach, der! Treibt sich tagelang auf angeblichen Dienstreisen rum und beschwert sich dann, wenn ich mal nicht da bin. Ich ruf ihn gleich zurück, wenn ich zu Hause bin.«

»Das wird nicht notwendig sein, denn da habe ich gerade angerufen. Michael ist rangegangen!«

»Ach, du Scheiße! Deswegen habe ich so viele Anrufe von *Unbekannt* auf meinem Handy. Der blendet ganz oft die Nummer aus. Aber normalerweise spricht er dann auf die Mailbox. Mist!«

»Was, Mist?«

»Ich habe die Fotos auf meinem Schreibtisch liegen lassen. Ich war felsenfest davon überzeugt, er kommt erst am Dienstag zurück. Und jetzt?«

»Jetzt kommst du erst einmal zu mir. Und ich rufe schnell Sam an. Die ist nämlich wiederum auf dem Weg zu dir.«

Meine Nachricht kam gerade noch rechtzeitig, um Sam zurückzuordern. Schnell laufe ich die Treppe hinunter und stehe schon vor der Haustür, als endlich der Kombi um die Ecke biegt. In dem Moment, in dem Katharina aus dem Auto steigt, fühle ich mich endlich erleichtert …

Lenchen ist in ihrem Autositz eingeschlummert. Bestimmt träumt sie gerade vom Puppentheater. Vielleicht ganz gut, dass sie noch so klein ist und nicht mitbekommt, was sich da rund um sie herum in der Erwachsenwelt abspielt. Hoffe ich wenigstens. Sie wird noch nicht einmal richtig wach, als ich sie vorsichtig abschnalle und auf den Arm nehme, um sie nach oben zu tragen. Sie moppert nur einmal kurz rum und nickt sofort wieder ein. Es ist weit und breit kein anderes Auto in Sicht. Das ist gut. Ich weiß nicht, warum ich so ein komisches Gefühl wegen Michael habe, aber ich bin froh, als wir endlich in der Wohnung sind.

»Ach, du meine Güte, wie sieht's denn hier aus?«, fragt Katharina erstaunt, als sie den ersten Schritt ins Wohnzimmer setzt.

»Erzähl ich dir gleich«, flüstere ich. »Ich leg Lenchen ins Schlafzimmer.«

»Ja, aber lass die Tür auf, damit sie keinen Schrecken bekommt, wenn sie aufwacht und nicht weiß, wo sie ist, okay?«

Das kleine Mädchen sieht ganz verloren aus in unserem großen Bett. Ihr blondes Haar ist zerzaust, mit ihrer linken Hand hält sie ihre *Schnuffel-Lotte* fest. Die haben Katharina und ich mal aus einem kleinen Frotteehandtuch genäht. *Gemeinsam* heißt in diesem Fall: Katharina hat genäht, was ich vorher gezeichnet habe. Für unser Erstlingswerk ist dieses Schlafpüppchen erstaunlich schön geworden. Sanft streiche ich der Kleinen über das Haar, dann verlasse ich leise den Raum und gehe zu meiner Freundin, die immer noch staunend vor dem von mir angerichteten Schlamassel steht.

»Und?«

»Sie schläft.«

»Das meine ich nicht. Ich meine *das* hier.«

»Ach so, wir haben ein Monster besiegt.«

»Aha. Und wer ist *wir*?«

»Na, Helmut und ich.«

»Ach so, und wo ist Daniel?«

»Hm, wenn ich das nur wüsste …«

Wenigstens schaffe ich es, Katharina mit meiner Geschichte abzulenken. Ich habe uns beiden ein großes Glas Apfelschorle geholt. Katharina liegt auf der Couch, ich sitze im Schneidersitz auf dem Sessel. Dass Helmut meinen Chef angepinkelt hat, findet auch sie zum Schreien komisch.

»Helmut, du bist wirklich ein Held!«, sagt sie zu ihm, fast in dem gleichen Tonfall, in dem Frieda das an jenem Abend schon festgestellt hatte.

Als ich fertig erzählt habe, grinst Katharina.

»Und wie kommt der Fleck da an die Wand? Sieht nach Marmelade aus.«

»Der?«, frage ich lachend. »Der sollte den Beigeschmack der ganzen Geschichte vertreiben.«

Geteiltes Leid ist irgendwie schon wieder halbes Leid. Mir geht es viel besser, seitdem Katharina hier ist, und ich habe gar nicht mehr auf mein Handy geguckt, ob Daniel sich gemeldet hat. Katharina hat weitaus größere Probleme als ich. Und außerdem bin ich mir plötzlich ganz sicher, dass Daniel bald wieder da sein wird.

In dem Moment klingelt es auch schon. *Daniel*, denke ich, der hat bestimmt wieder seinen Schlüssel nicht … Und dann denke ich auf einmal *Michael*.

Katharina scheint den gleichen Gedanken wie ich gehabt zu haben. Mit hochgezogenen Augenbrauen guckt sie mich abwartend an.

»Warte, ich gucke vom Balkon runter, bevor ich aufmache«, beruhige ich sie.

Unten steht ein knallrotes Fahrrad, an dem vorne ein Einkaufskorb befestigt ist.

»Mutti?«, rufe ich runter.

»Anna, An-na? Was ist denn los? Mach schon auf. Oder störe ich etwa?«

Oh je, die hatte ich ja ganz vergessen. Mist! Sie kommt eigentlich immer am gleichen Tag vorbei. Hätte ich sie doch vorhin mal kurz angerufen! Aber jetzt vor der Tür stehen lassen kann ich sie ja auch schlecht, also drücke ich schnell den Türöffner.

»Wie sieht's denn hier aus?«, fragt sie wenig später und hält sich die Hand vor den Mund.

War ja klar, dass das auch von ihr kommt. Würde ich schließlich genauso machen, wenn ich irgendwo reinkommen würde, wo es dermaßen aussieht. Ganz besonders, wenn das bei meiner eigenen Tochter wäre, vorausgesetzt ich bekomme mal eine.

»Monsterjagd mit anschließender Beigeschmackvertreibung«, erklärt Katharina grinsend für mich. »Hallo, Frau Weber.«

In Krisensituationen ist meine Mutter ein Ass. Meine Probleme hat sie erst einmal als zweitrangig eingestuft. Außerdem geht sie sowieso davon aus, dass Daniel bald reumütig zurückkommen wird. Seine Liebe sei stärker als die Kraft der Sterne, war ihr nüchterner Kommentar. Und dass ich ganz schön bescheuert sei, und wie ich nur auf die Idee mit diesem blöden Test hätte kommen können. Das Leben an sich sei schließlich Prüfung genug. Und diesen Schwachsinn hätte ich mit Sicherheit nicht von ihr geerbt.

Dann hat sie mich gezwungen, erst einmal das Chaos zu beseitigen. Und natürlich hat sie ordentlich mit angepackt. Den Marmeladenklatscher an der Wand hat sie kopfschüttelnd abgewaschen, wobei sie ab und an mal ein »Tststs« von sich gegeben hat.

Dann hat sie sich bei meiner Freundin nach ihrem Befinden erkundigt und sich deren Problem namens Michael gewidmet. Katharina meinte, es könne durchaus sein, dass Michael die Fotos noch gar nicht gefunden und er einfach nur so nach ihr gesucht habe. Aber das glaubt außer ihr momentan niemand ... Meine Mutter gab ihr daraufhin den Tipp, beim nächsten Anruf ans Telefon zu gehen und einfach zu hören, was er von sich gäbe. Dabei dürfe sie ihm keinesfalls das Gefühl geben, dass sie ihn tatsächlich verlassen werde. Sonst würde er womöglich gleich heute noch das Schloss auswechseln lassen.

Dann musste ich Papier und einen Stift besorgen und als Schriftführerin die Schritte festhalten, die Katharina auf jeden Fall kurzfristig zu erledigen hat. Just in dem Moment, in dem ich »Bankkonto plündern« darauf notiere, klingelt Katharinas Handy. Ob Michael das gerochen hat? Männer sind ja sehr empfindlich, wenn es um Geld geht. Wie gut, dass ich mir da bei meinem Mann keine Sorgen machen muss. Der hat ja sowieso keins.

Michael hat die Fotos gefunden. Und er möchte noch heute mit Katharina darüber reden. Er war sehr aufmerksam und ausgesprochen nett zu ihr am Telefon, was ich eher mit »schleimig« umschreiben würde. Und natürlich hat er behauptet, er könne das alles erklären, denn er sei völlig unschuldig einer bösen Verschwörung zum Opfer gefallen, einer Intrige, die sich gegen seine politische Laufbahn richtet. Und dann hat er doch tatsächlich von ihr verlangt, sie müsse jetzt genauso hinter ihm stehen, wie Verona Pooth das bei ihrem Franjo getan hat. Den Vergleich finde ich so frech, dass er fast schon wieder gut ist. Ich weiß nicht genau, wen und ob Franjo überhaupt betrogen hat, aber seine Frau war es ganz sicher nicht!

Katharina hat ihre Sache sehr gut gemacht. So gut, dass ich ihr beinahe selbst geglaubt hätte und ihr einen Vogel gezeigt habe, als sie Michael mit liebevollen Worten am Telefon versprochen hat, zu ihm zu halten. Als sie ihm dann erzählte, wie sehr sie ihn immer noch liebt, wusste ich, dass sie ihn anlügt. Dafür hat er aber dann auch akzeptiert, dass sie momentan einfach zu aufgewühlt sei und lieber erst morgen nach Hause käme, um mit ihm in Ruhe zu reden. Katharinas Aufgaben auf dem Zettel umfassen mittlerweile ganze drei Punkte:

1. Bankkonto plündern
2. zum Anwalt gehen
3. Haus leerräumen

Dass ich dafür extra eine Liste schreiben musste, finde ich etwas übertrieben, aber meine Mutter meint, manchmal muss man die Dinge schwarz auf weiß sehen.

Nach einem Anwalt, vielmehr nach einer Anwältin, hatte sich Katharina schon erkundigt. Die will sie gleich morgen früh zuerst anrufen.

»Wie ist das mit euren Konten bei der Bank?«, frage ich neugierig. »Habt ihr die gemeinsam? Oder hast du Vollmacht? Hast du ein eigenes?«

»Die meisten Konten laufen auf Michael. Aber ich habe auch ein eigenes. Darauf ist sogar ziemlich viel Geld, weil Michael darauf in unregelmäßigen Abständen Beträge überweist.«

»Okay, und hat er eine Vollmacht dafür?«

»Ich glaube ja.«

»Dann musst du das Geld abheben.«

»*Abheben*? Ich kann doch nicht einfach zur Bank gehen und so viel Geld auf einmal holen. Und dann renne ich mit über zwanzigtausend Euro in bar durch die Gegend?

Bei meinem Glück werde ich dann auch noch überfallen. Nee, lass mal.«

»Dann überweist du es einfach auf Annas Konto«, sagt meine Mutter. »Und als Grund vermerkst du auf dem Auftrag *Kreditrückzahlung* oder *Geliehenes Geld.*«

Überrascht gucke ich Mutti an.

»Aus Fehlern wird man manchmal klug«, kommentiert sie meinen Blick. »Das hätte ich damals bei deinem Vater auch machen sollen, aber ich war ja wieder mal viel zu gutgläubig.«

Cool, ich habe also bald einen Batzen Geld auf meinem Konto. Mein Bankberater kippt bestimmt vom Stuhl, wenn er das sieht. Er kennt mein Konto bisher nur in den Zahlen, die sich im negativen Bereich bewegen.

Gerade als wir überlegen, wie und was Katharina noch aus dem Haus holen muss, ertönt aus dem Schlafzimmer ein weinerliches »Mamaaaaa?«. Lenchen ist aufgewacht.

Ich bin froh über diese Ablenkung, und Helmut auch. Der lag die ganze Zeit beleidigt in der Ecke, weil ihn kaum jemand beachtet hat. Als Katharina mit ihrer Tochter an der Hand ins Wohnzimmer kommt, fängt er sofort an, an ihr zu schnuppern. Es ist schön, das Kind lachen zu hören.

»Sag mal, was ist eigentlich mit Charly?«, fällt mir da auf einmal ein.

»Den haben wir zu Hause gelassen. Im Puppentheater wäre kein Platz für ihn gewesen. Michael wird sich ja wohl um ihn kümmern. Das hat er eigentlich immer ganz gut gemacht.«

»Und danach? Willst du ihn bei ihm lassen?«

»Quatsch, Charly gehört zu uns, stimmt's Lenchen? Wir brauchen doch einen starken Mann, der gut auf uns aufpasst!«

Lenchen hat Hunger, Helmut muss Pipi, meine Mutter will wieder los, und ich bin so egoistisch, dass ich froh darüber bin, meine Freundin hierzubehalten und heute nicht alleine schlafen zu müssen.

Endlich kehrt Ruhe ein, und wir machen es uns auf dem Balkon gemütlich. Ich habe Katharina einen zweiten Stuhl geholt, damit sie ihre Beine hochlegen und lang ausstrecken kann. In zwei Wochen soll Emma zur Welt kommen. Sie wird in einer turbulenten Zeit voller Veränderungen das Licht der Welt erblicken, und ich darf dabei sein. Katharina hat mich gerade gefragt, ob ich ihr bei der Geburt beiseitestehen werde, und ich habe natürlich sofort zugesagt, obwohl mir ehrlich gesagt schon etwas komisch zumute ist bei dem Gedanken. Dass sie Michael nicht dabeihaben will, kann ich gut nachvollziehen. So ein Arschloch!

Als es so gegen halb elf klingelt, werfe ich vorsichtshalber wieder einen Blick nach unten. Da steht Sam und winkt. Schön, dann halten wir unseren Ratscheabend heute mal auf unserem Balkon. Es gibt viel zu erzählen, und Sam hört gespannt zu, ohne eine von uns beiden auch nur einmal zu unterbrechen. Als wir endlich fertig sind, guckt sie zuerst Katharina an und sagt zu ihr: »Ich weiß, warum Michael schon zurück ist. Er hat morgen einen Termin auf der Wache. Habe ich aber eben erst erfahren, sonst hätte ich dich natürlich vorgewarnt. Am besten, du holst deine

Sachen morgen gleich raus. Ich sorge schon dafür, dass er lang genug weg ist.«

Dann dreht sie sich zu mir. »Jetzt zu dir und deinem Daniel. Claudia hat mich angerufen.«

Irritiert gucke ich Sam an. An die hatte ich gar nicht mehr gedacht. Oder besser gesagt, ich bin davon ausgegangen, dass *Mission Claudia* sich erledigt hat. Zumindest habe ich das aus Daniels Reaktion geschlossen. Irgendwas muss aber passiert sein, sonst wäre Sam jetzt nicht so ernst.

»Und?«, frage ich, und mein Bauch zieht sich zusammen. Er wird doch nicht etwa …

»Daniel war heute bei ihr. Und so wie sie sagt, hat er seine Sache sehr gut gemacht.«

28 Die Polizei, dein Freund und Helfer!

Ich gehöre dann wohl eher nicht zu denjenigen, die einen Seitensprung als erfrischend für eine Beziehung empfinden. Für mich ist eine Welt zusammengebrochen, genau in dem Moment, in dem Sam mir von Daniels guter Leistung bei Claudia erzählte.

Neben ihm im Bett zu liegen, hören wie er atmet, ihn anschauen, wenn er schläft, morgens neben ihm aufwachen, das alles ist mit einem Schlag unmöglich geworden. Ganz davon abgesehen, jemals wieder von ihm geküsst oder geliebt zu werden. Immer hätte ich die andere Frau im Kopf. An die will ich überhaupt nicht weiter denken, deswegen habe ich Sam auch verboten, mir zu erzählen, wie sie aussieht. Das will ich alles gar nicht wissen. Mir hat die Aktion mit Micheline damals schon gereicht.

Ich weiß nur eins, es tut weh! Ich bin traurig und wütend zugleich. Traurig, weil es das Ende für unsere Ehe bedeutet. Wütend, weil er es tatsächlich getan hat, weswegen ich auch gleich die ganze Flasche Donnertropfen auf einmal in eine seiner Mineralgetränkeflaschen geschüttet habe, die Daniel immer in der Trainingstasche aufbewahrt. Seine Sportsachen wird er ja auf jeden Fall abholen. Und einen kräftigen Durchfall hat der Mistkerl auf jeden Fall verdient, egal wann!

Und weil es so guttut, in erster Linie sauer zu sein, und nicht traurig, bin ich das gleich auf alle Kerle, ganz besonders aber auch auf Michael und meinen Vater. Die beiden würde ich bei Gelegenheit auch gerne mal mit ein paar netten Tropfen versorgen.

Ich sitze vorne neben Sam im LKW, den sie für die Räumungsaktion besorgt hat. Cool, dass sie so ein dickes Teil fahren kann. Ich könnte das nicht. Katharina steht schon vor der Haustür und winkt. Sam hat alles so gut es ging auf die Schnelle organisiert. Michael ist ein paar Stunden weg, zu einem Verhör auf der Wache. Zwei Mädels aus ihrem Kickboxverein und einige ihrer Kollegen sind zum Anpacken mit angerückt und gleich geht es los. Aber vorher schicke ich Daniel noch eine SMS:

»Wann holst du deine Sachen ab?«

Und weil ich gerade so schön in Rage bin, schicke ich gleich noch eine hinterher:

»Übrigens möchte ich dich nie wiedersehen.«

Und noch eine:

»Ihr seid doch alle gleich …«

»Komm jetzt«, unterbricht Sam meine Tätigkeit, »wir haben nicht so viel Zeit.«

Katharina hat sich dazu entschieden, wirklich nur ihre eigenen Sachen und die von Lenchen mitzunehmen. Von den gemeinsam angeschafften Dingen möchte sie nichts haben, außer den Kindermöbeln und dem Spielzeug.

Trotzdem ist das eine Menge Zeug, was wir da rausschleppen müssen. Das ist viel Arbeit, vor allem, weil nichts vorher eingepackt werden konnte, wie das bei einem normalen Umzug üblich ist.

Die Männer machen sich sofort daran, das Kinderzimmer zu zerlegen und schleppen die Einzelteile raus. Danach holen sie den Buffetschrank aus dem Wohnzimmer, den Katharina mit in die Ehe gebracht hat. Er ist wunderschön! Den hätte ich auch nicht dagelassen. Die Mädels falten die mitgebrachten Kartons auf und packen nach Katharinas Anweisungen persönliche Dinge und Bücher ein. Kleidung legen wir einfach so in den Kofferraum von Katharinas Auto. Meine Güte, kommt da ein Zeug zusammen! Katharina wirkt sehr gefasst, wofür ich sie sehr bewundere. Wie sagte sie noch gleich? »Ich hatte immer Angst vor dem Krieg, aber jetzt stecke ich mittendrin und stelle fest, dass ich eine verdammt gute Kriegerin bin.« Der Spruch gefällt mir! Ich hoffe nur, dass sie nicht zu sehr verletzt wird. Aber sie hat ja uns, wir passen schon auf sie auf!

Gerade als ich Katharinas Schuhschrank leerräume, höre ich einen der starken Männer rufen:

»Schatz, fragst du mal deine Freundin, ob die Lampen auch mit sollen?«

Das ist ja süß! Sam hat nur von einigen Kollegen aus der Wache und ein paar Kumpels erzählt, dass sie ihren Chris im Schlepptau hat, hat sie verschwiegen. Ich kann es nicht lassen und feixe:

»Ja, Schatz, und frag gleich mal, ob sie noch ein paar

Kartons für mich hat. Ich weiß nämlich nicht, wohin mit den ganzen Schuhen.«

Sam wirft mir auf der Stelle einen bösen Blick zu, aber der rettet sie auch nicht, denn in diesem Moment steht Chris auch schon hinter ihr. Wow, der ist es? Was für ein Schnuckelchen! Kein Wunder, dass Sam sich in ihn verknallt hat!

»Und?«, fragt er.

»Was, und?«

»Bekomme ich keinen Kuss?«

»Na, mach schon«, mische ich mich ein, und zu Chris gewandt sage ich: »Ich bin übrigens Anna, Sams Freundin.«

»*Die* Anna?«

Natürlich weiß ich genau, worauf er anspielt. Ich bin die Anna mit den Handschellen, die, die von ihrer Freundin gerettet werden wollte. Damals, als noch alles gut war. Und das »Damals« ist noch nicht so lange her. Sam hätte ihm gar nicht so vorwurfsvoll in die Seite knuffen brauchen, ich bin ja selber schuld, dass nun das ganze Polizeipräsidium über meine tolle Liebesnacht informiert ist.

»Ja, die bin ich wohl. Erwähnte ich schon, dass es schön ist, dich kennenzulernen?«

Wenigstens ist eine von uns Mädels glücklich. Und das ist Sam, auch wenn sie immer so tut, als wäre das zwischen den beiden nichts weiter als eine Bettgeschichte. Ich bin ja nicht blind und sehe, wie verliebt die beiden sich angucken!

Dank der vielen helfenden Hände haben wir in drei Stunden fast alles eingepackt und die meisten Kisten auch schon im LKW verstaut. Wir machen eine kurze Pause, ich sitze mit Sam und den Jungs auf den letzten gepackten Kartons vor der Tür, da kommt noch eine Helferin angebraust, mit der niemand von uns gerechnet hat. Ganz besonders ich nicht. Klein, blond, zierlich, aber gewaltige Pamela-Anderson-Brüste, auf denen sofort alle männlichen Blicke kleben.

»Hi«, begrüßt uns die vollbusige Blondine, »seid ihr schon fertig? Suse hat mir erzählt, dass hier heute jede Hilfe benötigt wird. Ich hab es nur leider nicht früher geschafft.«

In dem Moment kommen die restlichen Mädels raus, sehen Fräulein Busenwunder, und eine von ihnen, wahrscheinlich Suse, sagt: »Claudia, wie immer zu spät!«, und lacht.

Claudia? Fragend und mit aufgerissenen Augen gucke ich zu Sam. Die flüstert mir zu: »Ich habe ihr extra nichts erzählt, damit du sie nicht triffst. Das ist absolut nicht meine Schuld, ehrlich nicht!«

Das reicht. Ohne ein Wort zu sagen, stehe ich auf und gehe ins Haus. Jetzt habe ich, was ich nie wollte: Ich habe ein Bild vor Augen. Und was für eins! Ich hoffe inständig, dass die blöde Kuh verschwunden ist, wenn ich gleich wieder rausgehe, denn ich kann mich schließlich nicht für immer hier verstecken, aber das Schicksal hat etwas anderes für mich vorgesehen.

Sam taucht auf einmal im Wohnzimmer auf, in Begleitung der Frau, die gestern von meinem Mann – und bis jetzt ist er das ja auch noch, *mein Mann* – beglückt wurde.

»Claudia möchte dir was sagen, Anna. Bitte hör zu, das dürfte ganz interessant sein für dich.«

Die hat Nerven! Was die sich traut! Aber immerhin passt sie in das Klischee, das ich gerne aufrechterhalte, blond und blöd!

»Also«, beginnt sie, »erst einmal tut es mir echt leid für dich, das musst du mir glauben.«

Das ehrt sie, ehrlich, und ich könnte auch schon fast gerührt sein wegen dieser Anteilnahme, aber doch ist es mir gerade mal scheißegal, ob es dieser blöden Pute leidtut. Doch ich habe keine Chance, sie plappert einfach weiter.

»Aber eigentlich kannst du doch ganz froh sein, dass du den Trollo jetzt los bist. Ich meine, er hat seine Sache wirklich gut gemacht, aber glaub mir, das ist ein Volltrottel. Der hatte fast nur dämliche Sprüche drauf …«

Ob er gerappt hat, frage ich mich? Ich bin aufs Schlimmste gefasst.

»Und außerdem hat es letztendlich nur dann funktioniert, weil er mit dem Mund … ach, du weißt schon …«

Prima! Gib mir Details! Er hat es ihr mit dem Mund gemacht. Warum höre ich mir das alles eigentlich gerade an? Ich fasse es nicht!

»Ich meine das echt nicht böse jetzt, aber mit dem kleinen Ding kann man als Mann in einer Frau halt nicht viel bewirken.«

Kleinen Ding? Daniel? Der ist doch gut bestückt! Nicht so abnormal wie Björn damals, aber doch recht ansehnlich. Fragend schaue ich zu Sam, die grinsend neben Claudia steht.

»Siehst du, sagte ich doch, dass das interessant für dich werden wird.« Und zu Claudia gewandt sagt sie: »Wie sah er denn aus?«

»Na, blond, groß, gut gebaut. Deswegen hat mich sein bestes Stück ja auch so überrascht. Das passte gar nicht zu dem ganzen Rest.«

Blond? Und er war nicht gut bestückt?

Mir fehlen noch immer die Worte, doch ich fühle, wie sich langsam die Sonne in mir breitmacht. Dementsprechend breit ist auch mein Grinsen, das ich Sam jetzt zuwerfe. »Dann wird das Tom gewesen sein.«

Wie der unten rum gebaut ist, weiß ich natürlich nicht, und es interessiert mich auch nicht. Obwohl … geschieht ihm irgendwie recht. Vielleicht hat er deswegen so eine große Klappe, Kompensation sozusagen? Was mich hingegen sehr interessiert, ist die Tatsache, dass es definitiv nicht mein Mann gewesen ist! Am liebsten würde ich jetzt sofort die Simse zurückholen, die ich vorhin losgeschickt habe, aber einmal per Knopfdruck auf die Reise gebracht, hat man dazu ja leider keine Chance mehr.

Claudia wird mir durch die Richtigstellung zwar nicht sympathischer, denn immerhin geht sie auf Anfrage mit anderen Kerlen ins Bett, aber ihre prallen Brüste wirken schon gar nicht mehr so bedrohlich auf mich. Gerade als ich noch überlege, was ich zu ihr sagen soll, klingelt Sams Handy. Sie geht kurz ran, dann ruft sie laut nach draußen:

»So, Leute, jetzt aber Gas geben, der Herr des leeren Hauses wird in spätestens zwanzig Minuten zurück sein!

Er ist gerade von der Wache losgefahren und bewegt sich in unsere Richtung.«

Chris hat einen seiner diensthabenden Kollegen gebeten, kurz zu kontrollieren, ob Michael direkt zurückfährt, und uns dann schnell zu informieren. Ist schon praktisch, wenn man gute Freunde bei der Polizei hat. Aber wie heißt es doch so schön: Die Polizei, dein Freund und Helfer!

Ich renne raus zu Katharina, die jetzt gar nicht mehr gelassen wirkt.

»Was ist mit Charly?«, frage ich sie.

»Den hatte Michael bestimmt mit. Der wusste ja nicht, dass es so lange dauern wird. Er hat ihn bestimmt die ganze Zeit im Auto gelassen.«

»Okay, dann fährst du mit Sam. Schaffst du das? Du musst in den LKW.«

»Klar, da ist doch genug Platz. Was hast du vor, Anna?«

»Na, ich hole Charly! Den können wir doch nicht hier lassen. Chris, du hilfst mir dabei.«

Innerhalb von zehn Minuten sind alle in ihren Autos verschwunden und auf dem Weg zu Alexis und meiner Mutter. Die beiden haben auf Lenchen aufgepasst und die Garage leergeräumt, in der Katharinas Sachen erst einmal untergestellt werden.

Ich flitze zum Kühlschrank und finde darin zum Glück eine halbe Fleischwurst. Dann weise ich Chris an, um die Ecke zu fahren, wo er mit geöffnetem Kofferraum warten soll. Ich lege mich in unmittelbarer Nähe des Autos im Gebüsch auf die Lauer.

Als Michael mit seinem Sportflitzer angebraust kommt, geht alles ganz schnell. Er steigt aus, öffnet die Beifahrertür, Charly springt heraus. Ich rufe mit der zauberhaftesten, piepsig-leisesten Stimme, die ich zustande bekomme: »Charly, Charly, schau mal hier!«

Charly fegt los, natürlich hat er mich erkannt und will mich erst einmal freudig begrüßen, aber ich halte ihm gleich die leckere Fleischwurst unter die Nase und werfe sie kurz danach in den Kofferraum. Charly ist verfressen wie alle Labradore. Kurze Zeit später liegt er friedlich im verschlossenen Kofferraum und verspeist mit Genuss seine Beute.

»Und jetzt gib Gas«, rufe ich, als ich neben Chris ins Auto hüpfe. Und das tut er. Mit quietschenden Reifen machen wir uns vom Acker. Im Rückspiegel sehe ich Michael, der gerade mit verständnislosem Blick um die Ecke kommt. Dass Charly gerade gekidnappt wurde, bemerkt er zum Glück viel zu spät.

29 Jetzt bloß nicht frech werden, sonst holen wir Konrad

Adele scheint sich sichtlich wohlzufühlen. Erst gestern haben wir sie aus dem Krankenhaus geholt, damit wir morgen ihren Geburtstag hier feiern können. Jetzt ist sie einfach nur glücklich, dass sie sich jederzeit mit den Stricknadeln am Bein kratzen kann, ohne Angst zu haben, dabei erwischt zu werden. Und es gefällt ihr, dass wir uns heute alle bei ihr versammelt haben.

Lenchen untersucht die Schubladen, die in Reichweite von ihr zu öffnen sind, die beiden Hunde liegen einträchtig und faul auf dem Balkon. Den Lorbeerbaum, der ja auf Adeles Balkon stand, haben wir vorsichtshalber runter in den Garten gebracht.

Katharina hat wie immer den Platz auf der Couch bekommen, und Adele hat es sich in ihrem Sessel bequem gemacht. Ich habe ihr extra einen Hocker davorgestellt, damit sie ihr geschientes Bein nach oben legen kann. Und ich? Ich stehe in der Küche und zaubere uns ein leckeres Essen.

Wir haben Mittwoch. Seit Samstag habe ich Daniel nicht mehr gesehen. Er scheint wie vom Erdboden verschluckt zu sein.

Bei seinen Eltern ist er nicht, da habe ich angerufen. Ich kam mir sehr blöd dabei vor, als ich seine Mutter fragte, ob sie wisse, wo mein Mann sei. Tom hat sich auch ausgeschwiegen. Ich habe erst überlegt, ob ich ihn mit dem kleinen Geheimnis erpressen soll, das Claudia über ihn preisgegeben hat, habe es aber dann gelassen. So niveaulos bin ich wirklich nicht. Außerdem reicht es mir schon, dass ich solch pikante Details erfahren habe, die mich gar nicht interessieren. Hoffentlich muss ich nicht daran denken, wenn ich ihn das nächste Mal sehe …

Auf meine drei Nachrichten, die ich Daniel am Montag vor unserer Auszugsaktion geschickt habe, bekam ich nur eine SMS als Antwort:

»Ach, Anna!«

Michael hat sich bisher eigenartigerweise auch noch nicht bei Katharina gemeldet. Auch er ist wie vom Erdboden verschluckt. Und das wird er wahrscheinlich auch bleiben, wie Sam mir verraten hat, denn wenn er Pech hat, wandert er geradewegs in den Knast wegen Veruntreuung irgendwelcher Gelder. Geld ist heute auch auf meinem Konto gutgeschrieben worden. Wo das in Wirklichkeit herkommt, will ich lieber gar nicht wissen … Katharinas angekündigte zwanzigtausend Euro haben sich als fast dreißigtausend entpuppt. Und die wird sie bitter nötig haben als bald alleinerziehende Mutter mit zwei Kindern! Bei der Anwältin war Katharina auch schon. Jetzt muss sie nur noch eine Wohnung finden. Aber so lange kann sie gerne bei mir bleiben. Ich habe ja jetzt ausreichend Platz!

Ich hocke auf dem Boden vor dem Backofen. Das mache

ich manchmal, wenn etwas besonders Leckeres darin brutzelt. Dann macht es mir Spaß zuzusehen, wie das Essen darin braun und knusprig wird. So wie jetzt bei der Lasagne, deren Duft schon durch die ganze Wohnung strömt.

Als ich endlich damit im Wohnzimmer erscheine, warten alle schon ganz ungeduldig. Dann futtern wir einmütig und genießen schweigend.

Danach bleiben wir gemütlich beieinander sitzen. Lenchen hat sich zu ihrer Mutter gekuschelt, und ich habe es mir einfach auf einem großen Kissen am Boden gemütlich gemacht.

»So«, ergreift Adele das Wort, »nachdem ihr mir gestern eure Herzen ausgeschüttet habt, bin dann wohl heute ich dran.«

Gespannt sehe ich zu ihr hoch. Ob jetzt endlich das Geheimnis um ihren unbekannten Geliebten gelüftet wird?

»Also, ich mache es kurz: Ich werde zurück nach Frankreich gehen.«

»Du machst was?«

»Na, ich gehe zurück nach Frankreich! Dorthin, wo mein Herz hingehört.«

»Ach, etwa zu Helmut?«, rutscht es mir heraus.

»Wie kommst du denn darauf?«, fragt Adele schmunzelnd.

»Also, ich wollte mir den Adorno von dir ausleihen«, sage ich kleinlaut. »Ich wollte nicht schnüffeln, echt nicht. Ich habe es aufgeblättert, und da habe ich die Widmung darin gefunden und auch gelesen.«

»Na, dann hol es mal schnell, das Buch.«

Das lasse ich mir nicht zweimal sagen. Flugs springe ich auf, ziehe Adorno aus dem Regal und lege ihn auf Adeles Schoß. Andächtig klappt sie es auf, überfliegt die Widmung und sagt mit warmer Stimme:

»Das Buch hat mir mein Bruder geschenkt, kurz bevor er starb. Er hat immer zu mir gehalten. Zu mir und meiner geliebten Mathilde. Und unser Helmut hier ...«, und damit deutet sie mit einem Kopfnicken auf das haarige Etwas, das immer noch in der abendlichen Sonne liegt, »der hat mit der ganzen Sache überhaupt nichts zu tun. Purer Zufall – und der eigenartige Geschmack meiner Freundin!«

Da haben wir's. Von wegen Helmut Kohl! Adele war in eine Frau verliebt, in eine Frau namens Mathilde! Und die entschied sich damals für ihre Familie, weil sie ihre Kinder und ihren Mann nicht verlassen wollte. Trotzdem haben die beiden sich über Jahre hinweg geliebt und sich ellenlange Briefe geschrieben. Und jetzt ist Mathildes Mann gestorben und Adele geht zurück zu ihr. Die beiden alten Damen werden endlich ihr *richtiges* Leben leben.

Mir steigen vor Rührung die Tränen in die Augen, als Katharina auch schon »Ach, wie schön!« ruft und schnieft.

»Ja«, sagt Adele, »aber das geht nur, wenn ihr beiden mir helft.«

»Klar doch, wie denn?«, frage ich, mühsam die Tränen unterdrückend.

»Ich kann Helmut nicht mitnehmen. Mathilde hat sechs Katzen. Ich glaube, das wäre dem alten Haudegen ein bisschen zu viel. Er hat ja jetzt auch schon zwölf Jahre auf dem Buckel.«

»Der kann bei mir bleiben! Und du kannst ihn ja ab und an besuchen – und uns natürlich auch«, biete ich sofort an. Ich will ja schließlich nicht, dass Adele so kurz vorm Ziel an ihrem Glück vorbeischlittert.

»Und was kann ich tun?«, fragt Katharina.

»Ich wollte dich bitten, meine Wohnung zu übernehmen. Meine Möbel kann ich nicht mitnehmen, und bei dir sind sie in guten Händen, Kindchen. Ich würde nur darum bitten, hier Gast sein zu dürfen, wenn ich mal nach Deutschland kommen sollte.«

Jetzt flennt auch Katharina. Sie heult wirklich minutenlang Rotz und Wasser. Und ich freue mich so sehr für sie, dass ich auch ein bisschen mitheule. Auch weil mir klar wird, dass dann meine Freundin unter uns, oder besser gesagt, unter mir, wohnen wird ... Mein Schluchzen wird lauter.

»Na, na, Kinder, jetzt kriegt euch mal wieder ein. Noch bin ich ja hier. Ich reise erst, wenn das Bein wieder heil ist. Und das kann einen guten Monat dauern. Du und deine Kinder, ihr könnt natürlich solange bei mir bleiben. Dann bin ich nicht so alleine, und Anna hat auch ab und an ihre Ruhe. Die wird sie nämlich dann brauchen, wenn sie sich erst ihren Daniel zurückgeholt hat.«

»Ja«, wirft Katharina ein, »du könntest deswegen übrigens schon mal anfangen zu trinken.«

Ich habe mich für Whiskey entschieden, da man den wenigstens riechen kann. Wodka würde ich jetzt lieber trinken, aber der ist ja fast geschmacksneutral. Und natürlich nehme ich mir vor, nur so viel zu trinken, dass ich noch alles mitbekomme …

Zu viel Alkohol, ein bisschen rumspinnen und sich dann nicht ausweisen können, das ist der einzige Grund, in Polizeigewahrsam genommen zu werden, ohne dass ich danach mit irgendwelchen Folgen rechnen muss. Das hat Sam mir verraten. Wenn Daniel mich nicht abholt, werde ich am nächsten Morgen einfach wieder auf freien Fuß gesetzt.

Als Sam mit Chris vor der Tür steht, habe ich drei Gläser Whiskey intus und ein weiteres habe ich auf meiner Kleidung verspritzt.

»Darf ich bitten? Einmal freie Kost und Logis?«

Plötzlich verlässt mich der Mut. Den habe ich bestimmt mit dem letzten Schluck Whiskey runtergespült. Irgendwie habe ich auf einmal so gar keine Lust mehr, eine Nacht in einer Zelle zu verbringen. Das könnte nämlich durchaus passieren. Nämlich dann, wenn Daniel sich weigert, mich vorzeitig rauszuholen. Sam hat ihn übrigens über sein Handy geortet. Ich wäre niemals darauf gekommen, dass er sich ausgerechnet bei meinem Bruder einnistet. Daniel hat Schlüssel zu deren Haus, weil er regelmäßig die Post reinholt, so lange Benno und seine liebe Ehefrau verreist sind. Spätestens nächste Woche wäre Daniel also wahrscheinlich eh wieder zurückgekommen. Aber vielleicht auch nicht. Trotzdem, so ganz wohl ist mir bei dieser Sache nicht …

»Meinst du, das ist wirklich so eine gute Idee, Sam? Was, wenn Katharina heute entbindet?«

»Dann ist Adele hier und ruft den Rettungsdienst. Und wenn Adele wieder ausrutscht, dann ruft Katharina selbst den Rettungsdienst. Und wenn irgendwas anderes passiert, dann rufen sie mich. Ich bin blitzschnell vor Ort. Und Chris auch. Hast du deinen Ausweis aus dem Portemonnaie genommen?«

»Ja, und gesoffen habe ich auch. Wenigstens ein bisschen.«

»Das sehe ich … Anna, hast du Geld für ein Taxi? Für den Notfall.«

Ich nicke.

»Na dann, los geht's.«

Zum ersten Mal sitze ich hinten im Streifenwagen und fühle mich wirklich so, als hätte ich irgendwas ausgefressen. Habe ich ja auch. Ich habe Daniel vergrault.

Der Whiskey macht mich angenehm müde. Mit Sam habe ich ausgemacht, dass ich gar nicht viel sage, wenn wir auf der Wache sind. Nicht, dass ich mich noch um Kopf und Kragen rede. Und wanken soll ich, aber das wird mir nicht schwerfallen, bei der Menge Alkohol, die ich getrunken habe. Mein Kopf sackt schwer an die Seitentür.

Worauf ich mich tatsächlich eingelassen habe, merke ich, als sich plötzlich Sams Leitstelle über Funk meldet.

»Olga, elf dreiundzwanzig von Olga«, knackt es plötzlich aus dem Funkgerät.

»Elf dreiundzwanzig hört«, antwortet Sam. Wow, hört die sich cool an!

»Könntet ihr einen Einsatz in der Winkelstraße fahren? Nächtliche Ruhestörung.«

»Dringend? Wir haben gerade einen Transport zur Wache. Eins Komma sechs Promille, die Dame hat ihren Namen vergessen und kann sich nicht ausweisen.«

»Ist wohl nur eine etwas zu laute Feier. Setzt euren Transport ab und fahrt danach an der Adresse vorbei. Wir tragen euch schon mal für den Einsatz ein.«

»Verstanden.«

Vielleicht fällt mir plötzlich mein Name doch wieder ein, wenn ich auf der Wache bin? Dann setze ich mich in ein Taxi und lasse mich zu Hause von Katharina und Adele trösten …

»So, wir sind da.«

Das sehe ich! Und ich sehe auch, wie die Leute mich angucken, die gerade aus dem *Uerigen* kommen. Das ist eine Kneipe gleich bei der Wache Mitte, vor der wir gerade stehen geblieben sind. Ich laufe zwischen Sam und Chris. Oder sollte ich besser sagen, die beiden stützen und ziehen mich in das Gebäude hinein. Kurz darauf stehen wir vor dem diensthabenden Polizisten.

»Was haben wir denn da?«, fragt er freundlich. Eigentlich sieht er ganz nett aus. Von der kleinen Tatsache mal abgesehen, dass er mich gleich in eine Zelle stecken wird und er ja auch ruhig hätte fragen können, *wen* Sam da gerade bringt und nicht *was*. Aber für Sam ist das wohl normal.

»Ausnüchterung, ohne Ausweis«, erklärt sie knapp.

»Ich hab heute Dienst mit Konrad. Der ist gerade unten, nachschauen, ob sich der *organisierte Diebstahl* wieder beruhigt hat. Der hat randaliert vorhin, behauptet frech, wir wären die Diebe, denn wir würden ihm seine kostbare Zeit stehlen … Sachen gibt es! Soll ich eine Kollegin von drüben rufen für die Leibesvisitation?«

Für die *was*? Davon hat Sam mir überhaupt nichts erzählt! Ungläubig starre ich sie an, doch da sagt sie auch schon: »Ich mach das eben.«

In dem kleinen Untersuchungsraum nebenan grinst meine Freundin mich frech an.

»So, dann zieh dich mal aus!«

»Spinnst du?«

»Alles hat eben seinen Preis«, lacht sie. Dann rück wenigstens deinen Schmuck raus, Uhr, Geldbörse. Dafür untersuche ich dich auch nicht. Normalerweise muss ich das sehr gründlich machen, sozusagen überall. Nicht, dass du dir in der Zelle irgendwas antust.«

»Wie meinst du das, überall? Heißt das etwa, du musst wirklich an *jeder Stelle* nachgucken?«

»Ja, in jede deiner Körperöffnungen, um genau zu sein. Damit du nichts reinschmuggelst. Alles, womit du dich oder andere verletzen kannst, kommt weg. Angefangen vom Gürtel bis zu den Schnürsenkeln.«

»Ist ja voll krass. Davon hast du mir noch nie erzählt.«

Innerhalb weniger Sekunden lege ich mein Hab und Gut in die Schale, die Sam mir hinhält.

»Kann ich mein Handy behalten, bitte!«, bettele ich.

»Nein, das geht leider nicht. Das kann mich Kopf und Kragen kosten. Die ganze Aktion hier ist schon heikel genug«, sagt sie leise. »Und du willst doch bestimmt nicht, dass ich meinen Job deswegen verliere.«

Nein, das will ich nicht! Ich will, dass Sam hier in Oberhausen bleibt, hier in meiner Nähe. Also lege ich ihr mein Handy wehmütig in die ausgestreckte Hand.

Wir warten noch ein paar Minütchen, dann bringt Sam mich raus und übergibt mich dem netten Beamten. »Alles in Ordnung?«, fragt er und grinst mich an. Der denkt doch jetzt wohl nicht etwa, Sam hätte wirklich alle erdenklichen …

Natürlich tut er das! Muss er ja! Auf der Stelle werde ich feuerrot im Gesicht. Da hilft auch der Gedanke nichts, dass das bestimmt Alltag für die Polizisten ist und gar nichts Besonderes.

Ich habe bisher kein einziges Wort von mir gegeben. Den Kopf halte ich gesenkt, so als wäre er mir zu schwer vom Suff geworden. Ich traue mich noch nicht einmal richtig zu atmen. Bestimmt ist das auch der Grund, warum ich plötzlich so ein eigenartiges Gefühl im Hals spüre. Und dann passiert es auch schon.

»Hicks!«

Erschrocken halte ich die Luft an, aber das hilft auch nicht weiter, im Gegenteil, das nächste »Hicks« entschlüpft frech meiner Kehle, und kurz darauf noch eins und noch eins.

Ich habe tatsächlich Schluckauf, und wie es scheint, einen besonders unnachgiebigen. Sam beginnt zu lachen, woraufhin ich ihr wiederum aus Versehen fest auf den Fuß trete. Nun verstummt sie augenblicklich und schaut mich streng an.

»Jetzt bloß nicht frech werden, sonst holen wir Konrad«, foppt sie mich. »Und der kennt sich bestens mit Randalierern aus, stimmt's, Peter?«

Jetzt grinst auch der Kollege.

»Ja, packen wir sie lieber weg. Zelle drei ist besonders gemütlich.«

Und vor der stehe ich schon. Noch ist sie verschlossen durch eine grüne Eisentür. Meine Güte, da sind aber viele Riegel dran. Drei genau genommen. Und ein Schloss noch dazu. Am liebsten würde ich mal einen Blick durch das kleine Guckloch werfen, damit ich weiß, was mich gleich erwartet, aber dazu komme ich nicht mehr. Peter öffnet die Tür und wenige Sekunden später sehe ich mein Nachtquartier von innen. Es ist ungefähr zwei Meter breit und drei Meter lang. Gut, dass wir Sommer haben und es draußen noch hell ist. So fällt Licht durch das vergitterte Fenster, das weit oben an der Wand ist. Da kann ich ja niemals hinausgucken!

An der Wand befindet sich ein gemauertes Bett, auf dem eine sehr dünne Matratze liegt. Dazu habe ich eine abgenützte braune Decke bekommen. Im Winter würde ich mir hier den Hintern abfrieren, aber wir haben ja zum Glück milde Temperaturen. Neben der Tür befindet sich ein Knopf, für den Notfall, wenn ich mal zur Toilette muss. Ich hoffe inständig, dass das nicht passieren wird. Mehr befindet sich nicht in meiner Unterkunft, aber sie soll ja auch nicht bequem sein, und außerdem bin ich hier ja nicht lange, hoffe ich.

Nachdem die beiden mir noch einmal aufmunternd zugenickt haben und die Tür hinter mir ins Schloss gefallen ist, lege ich mich auf meine ungemütliche Nachtstätte und schaue an die Decke. Sam ist jetzt unterwegs zur nächtlichen Ruhestörung. Hoffentlich muss ich nicht die ganze Nacht hier verbringen. Sehnsüchtig werfe ich einen Blick zur Tür. Dabei fällt mir auf, dass einige Sprüche, Namen und Bilder in den Lack geritzt wurden. Wie die Gefangenen das wohl angestellt haben? Wo hatten die nur was zum Kratzen her? Ich musste alles abgeben, da war Sam eisern. Das Einzige, das an mir noch irgendwie aus Metall ist, ist der Hosenknopf und der Reißverschluss an meiner Jeans.

»Lucky was here«, lese ich, als ich mir die Tür genauer betrachte.

»Wixer!«

»Ich war hier!«

»Ich auch!«

»Saftladen«

»Ich liebe dich!«

Ob man das Kratzen hört draußen? Die beiden Aufpasser sitzen in einem Raum etwas weiter weg. Und da ist ja auch noch der Flur dazwischen. Schon fummle und drehe ich am Knopf meiner Jeans. Zack! Ab ist er. Mit der kleinen Öse könnte es tatsächlich funktionieren. Ganz unauffällig schlendere ich zur Tür und lasse mich mit dem Rücken daran hinuntergleiten.

Dann ziehe ich vorsichtig den ersten Strich. Wow! Es geht! Nach einer Weile werde ich mutiger, und ich ratsche lauter und tiefer. Als ich fertig bin, steht »Anna liebt Daniel« an der Tür. Augenblicklich fühle ich mich sehr verwegen. Und kurz darauf wieder sehr einsam. Unglücklich lege ich mich auf die unbequeme Matratze und rolle mich zur Seite, um an die Wand zu starren.

Ich muss wohl eingenickt sein. Daran ist bestimmt der Whiskey schuld. Und hätte es draußen vor der Tür nicht solchen Tumult gegeben, würde ich bestimmt immer noch schlafen. Mein Blick fällt auf das vergitterte Fenster. Von meinem Bett aus kann ich tatsächlich die Sterne sehen. Wie spät es wohl sein mag? Daniel hat mich nicht abgeholt. Scheiße! Mir tun von der kurzen Zeit hier schon die Knochen weh. Ich muss mich unbedingt ein wenig bewegen. Vielleicht sollte ich in der Zelle hin und her marschieren, so wie das die echten Gefangenen immer machen, zumindest die, die ich aus dem Fernsehen kenne. Ich stehe auf und marschier in Richtung Tür. Das sind gerade mal drei Schritte.

Als ich mich eben umdrehen will, höre ich, wie jemand sehr laut »Das darf doch wohl nicht wahr sein!« brüllt. Und dann poltert es wieder. Das war Daniel! Oder? Doch wenige Sekunden später bin ich mir ganz sicher. Ich höre Männerstimmen, die immer näher kommen, und dann vernehme ich es klar und deutlich: »Anna? Anna?«

Ich freue mich wie eine Schneekönigin und bin plötzlich sehr aufgeregt. Mein Mann ist hier und holt mich! Und gleich werde ich in seinen Armen liegen, so hoffe ich …

Aber was ist das denn? Es ist nicht *meine* Zellentür, die da gerade aufgeht, nein, es scheint die von nebenan zu sein. Rumms! Und zu ist sie auch wieder.

Danach ist es mucksmäuschenstill. Ich traue mich kaum

mehr zu atmen und höre auf jedes Geräusch, aber es ist nichts zu hören.

Traurig lege ich mich wieder auf mein Lager. Es ist genau an die Wand gemauert, die unsere beiden Zellen voneinander trennt. Vorausgesetzt, es war wirklich Daniel, der da gerade eingesperrt wurde. Ob die Wände dick sind? Ich könnte ja mal klopfen. Zaghaft wage ich einen Versuch. Klopf, klopf – klopf, klopf. Nichts, keine Reaktion. Also versuche ich es noch einmal. Klopf, klopf, klopf – klopf, klopf, klopf … Wieder nichts. Plötzlich ist mir kalt. Enttäuscht drehe ich mich zur Seite und wickle mich ein wenig in die kratzige Decke.

Und da höre ich es, leise dringt das Lied in meine triste Zelle zu mir vor.

»And I will love you, Baby … always!«

Sofort bekomme ich Gänsehaut am ganzen Körper und richte mich auf. Die Worte kommen von draußen. Das Fenster ist geschlossen, aber trotzdem hört man es ganz deutlich. Leider bin ich zu klein, um hinauszuschauen. Da hilft es mir auch nichts, wenn ich mich auf die Zehenspitzen stelle und versuche, mich an den Gitterstäben nach oben zu ziehen. Ich komme gar nicht ran. Da fällt mein Blick auf mein dürftiges Nachtlager: Na klar, die Matratze! Ich ziehe sie zum Fenster, klappe sie einmal zusammen, was gut funktioniert, da sie ja so dünn ist, und stelle mich darauf. Endlich kann ich die Gitterstäbe greifen und mich daran ein bisschen hochziehen.

»Daniel?«, rufe ich nun. »Daniel, wo bist du?«

»Hier bin ich, mein Engel, gleich nebenan.«

30 Hätte, hätte, hätte – habe ich aber nicht ...

Diesmal ist alles meine Schuld, und ich hätte locker ein paar Tage Knast mehr verdient! Ich liege wieder auf einer harten Matratze, allerdings in einer anderen Zelle, da Peter und Konrad mich kurzerhand umquartiert haben. Wir würden die nächtliche Ruhe stören, war die Begründung, und all mein Betteln und Jammern half nichts, ich konnte sie nicht dazu überreden, wenigstens Daniel freizulassen. Wir sitzen fest, alle beide im Knast, und das, obwohl Daniel morgen seine Examensprüfung hat. Das weiß ich seit etwa drei Stunden, schätze ich zumindest. Ich habe nämlich keine Uhr, und meine beiden Gefängniswärter reagieren einfach nicht mehr auf meine Fragen nach der Uhrzeit. Außerdem ist es ihnen egal, dass sie vielleicht Daniels – und damit auch meine – Zukunft versauen, wenn sie nicht wenigstens ihn entlassen.

Warum musste Daniel auch solch ein Geheimnis aus seiner bevorstehenden Prüfung machen? Hätte er mir das von Anfang an erzählt, dann wären wir jetzt nicht in dieser prekären Situation. Ich hätte mir außerdem keine Gedanken gemacht, weil er so oft unterwegs ist. Im Gegenteil, ich hätte ihm Kuchen gebacken, Schnittchen zubereitet oder

Gummibärchen in seine Tasche gepackt, Nervennahrung für seine Verabredungen zum Lernen. Außerdem wäre ich nicht sauer wegen der Pokernacht gewesen. Ich hätte sie als kleine Ablenkung vom Lernstress gesehen und wäre lächelnd darüber hinweggegangen. Ich hätte so ziemlich alles getan, um Daniel bei seinem Lernvorhaben zu unterstützen. Hätte, hätte, hätte – habe ich aber nicht …

Aber dafür habe ich meinem Mann ordentlich Stress gemacht und zu allem Überfluss auch noch dafür gesorgt, dass er morgen nicht an der Prüfung teilnehmen kann. Warum musste Sam mir auch mein Handy abnehmen? Und warum kommt sie nicht mal zwischendurch vorbei, um nach mir zu sehen? Jetzt muss ich warten bis morgen früh. Wie soll ich das nur überstehen? Ob ich doch noch mal einen Versuch wage? Dafür müsste ich wohl meine Identität preisgeben.

»Huhu, Konrad, hörst du mich? Peter, bist du da?«, rufe ich halblaut nach draußen. »Mein Name ist Anna, Anna Blum. Ich bin einunddreißig Jahre alt und wohne in der Erikastraße. Ihr könnt auch meine Mutter anrufen. Die kann das bestätigen. Konrad? Konraaaad?«

Nichts, keine Reaktion! Mir bleibt nichts anderes übrig, als weiter auf meinem unbequemen Lager zu liegen, mit verdrehtem Kopf in den Himmel zu starren und darauf zu warten, dass es endlich hell wird.

Rumms! Das war eine Zellentür, ganz eindeutig. Und draußen dämmert es bereits. Bitte, bitte, lass jetzt sofort meine Tür aufgehen, lass es nicht zu spät sein, ich mach alles wieder gut, versprochen. Aber meine Tür geht nicht auf. Verzweifelt harre ich auf meiner Pritsche aus und warte. Draußen wird es immer heller. Wir haben bestimmt schon nach neun Uhr, die Prüfer warten sicher schon auf Daniel, der aber nicht erscheinen wird.

Als ich endlich Schritte draußen auf dem Gang vernehme, die sich meiner Zelle zu nähern scheinen, bin ich völlig am Boden zerstört. Die Sonne scheint, es ist eindeutig zu spät.

»Du bist mir vielleicht 'ne Flöte!«, begrüßt mich Sam grinsend.

»Wie spät ist es?«, frage ich sie zerknirscht.

»Halb elf durch.«

»Scheiße!«

»Meinst du? Vielleicht solltest du mit solchen Äußerungen warten, bis du erfährst, ob Daniel bestanden hat.«

»Heißt das, er …«

Ich liebe meine Freundin! Sie ist die allerbeste Freundin, die man sich vorstellen kann. Ich bin mir allerdings nicht wirklich sicher, ob ich das eben richtig verstanden und nur entsprechend gedeutet habe, also hake ich vorsichtshalber nach:

»Wie meinst du das?«

»Ich war vorhin schon mal da, um nach dir zu sehen. Leider konnte ich nicht früher, heute war echt der Teufel los draußen. Auf jeden Fall habe ich mitbekommen, dass Daniel auch hier ist. Er hat dich also nicht befreit, sondern sich direkt mit einbuchten lassen, der Trottel.«

»Daniel ist kein Trottel. Er hat nur meinen Ausweis

nicht gefunden. Deswegen hat er meine Geburtsurkunde mitgebracht. Aber die hat den beiden Wichtigtuern da draußen nicht gereicht.«

»He, die sind echt in Ordnung, die haben nur ihre Pflicht getan. Auf der Geburtsurkunde ist nun mal kein Foto. Und außerdem hätte er sich ja nicht gleich so aufregen müssen. Peter ist wirklich schwer aus der Ruhe zu bringen, aber dein Schatz scheint ganz schön randaliert zu haben!«

»Er liebt mich eben!«

»Ja, sieht ganz danach aus. Auf jeden Fall habe ich ihn gleich nach Essen zum Prüfungsamt gefahren. Es musste alles so schnell gehen, da hatte ich leider keine Zeit mehr, dir Bescheid zu sagen.«

Pah! Das stimmt nie im Leben. Auf die eine Minute wäre es auch nicht mehr angekommen. Zweifelnd schaue ich meine Freundin an, die nun bis über beide Ohren zu grinsen anfängt. So ein Luder! Na ja, geschieht mir wohl ganz recht.

»Und außerdem mussten wir schnell noch vorher bei euch vorbei. Daniel brauchte seine Prüfungsunterlagen.«

»Dann steckt er wahrscheinlich gerade mitten im Examen«, denke ich laut. »Hoffentlich besteht er. Er ist bestimmt genauso müde wie ich.«

»Ach, der macht das schon. Dem ging es vorhin ganz gut. Außerdem hat er sich von zu Hause irgendwas von diesem Mineralzeugs in Flaschen mitgenommen, damit er fit bleibt.«

Mineralzeugs? Ach, du Scheiße! Die Donnertropfen! Die

Wirkung soll nach etwa zwei Stunden einsetzen. Wenn Daniel das Zeug gleich getrunken hat, dann sitzt er jetzt auf dem Klo. Und ich bin schon wieder schuld, wenn er die Prüfung nicht besteht …

Automatisch fängt auch mein Magen an zu grummeln.

»Was ist?«, will Sam wissen.

»Ach, nichts«, sage ich und behalte das lieber für mich. »Ich bin einfach nur total groggy. Können wir jetzt gehen?«

»Klar! Ich habe deine Identität bestätigt. Konrad und Peter sind nicht mehr da. Heute Morgen hat Uwe Dienst. Der hat deine Papiere schon fertig gemacht.« Wir müssen nur noch gehen.

31 »Ich bin umgekippt, ohnmächtig geworden«

Es ist fast zwölf, als wir endlich in Sams Auto steigen und uns auf den Heimweg machen. Meine Gedanken sind die ganze Zeit bei Daniel. Ich versuche, meine ganze Liebe, all meine Kraft und besonders viel positive Energie zu ihm zu funken, damit doch noch alles gutgeht. Das soll ja manchmal funktionieren. Wir sind fast zu Hause, da piept mein Handy. Eine Nachricht von Daniel: »Bestanden! Ich liebe dich! Meld mich gleich, muss nochmal rein.«

»Danke«, sage ich zu meiner Freundin, erleichtert wie nie zuvor. »Ich weiß gar nicht, wie ich das jemals wieder gutmachen kann.«

»Och, da fällt mir schon was ein«, grinst Sam. »Er hat also bestanden?«

»Ja, bei mündlichen Prüfungen bekommt man das Ergebnis immer gleich danach mitgeteilt. Sam, er hat bestanden!«

Was für eine Nacht, was für ein Tag! Gleich bin ich zu Hause. Dort werde ich mich erst einmal gemütlich in die Wanne legen und mir ein wenig Ruhe gönnen …

Pustekuchen! Schon als ich die Haustür unten aufschließe, höre ich Lenchen weinen. Das ist eigentlich nichts Außergewöhnliches. Dass aber gleich darauf die Wohnungstür bei Adele aufgeht und sie in den Hausflur gehumpelt kommt, lässt mich stutzig werden.

»Hallo, Adele. Was ist denn los?«

»Ach, Anna! Was für ein Glück. Gerade wollte ich runter und die Haustür offen halten, damit der Rettungsdienst gleich reinkann. Gut, dass du da bist. Bei Katharina ist es so weit!«

Da ist man einmal über Nacht weg, und schon geht es los! Katharina ist sichtlich erleichtert, als sie mich sieht.

»Anna, zwei Wochen zu früh! Die Fruchtblase ist geplatzt. Ich denke, es wird nicht mehr so lange dauern …« Und schon fängt sie an, ganz kurz und schnell hintereinander zu atmen.

Ach, du Scheiße, das fehlt mir noch! Hier wird es doch wohl nicht etwa eine Hausgeburt geben? Wie war das noch gleich? Man braucht saubere Tücher und eine Menge Alkohol …

Aber dazu kommt es nicht. Nur kurz darauf geht es zu wie in einem Taubenschlag. Zuerst ist der Rettungsdienst da. Es ist Kreideweiß, der da gerade zu Tür reinkommt. Ist ja ein witziger Zufall!

Der schmunzelt auch gleich und begrüßt uns mit den Worten: »Hier ist aber immer viel los. Guten Morgen, die Damen!« Und schon kurz darauf ist er mit Katharina im Rettungswagen unterwegs zum Krankenhaus. Ich kümmere mich kurz um Lenchen und Adele und schaue, ob bei den beiden alles in Ordnung ist. Adele hat heute Geburtstag, den wollten wir eigentlich gemütlich feiern. Doch wahrscheinlich können wir den von Emma gleich dazu feiern! Den beiden geht es gut. Adele hat alles im Griff, trotz ihres Zustands, Emmas Geburt wäre immerhin das größte Geburtstagsgeschenk für sie. Und gefeiert werde dann einfach, wenn Katharina wieder zu Hause ist.

Also sause ich schnell nach oben in unsere Wohnung und hole den Autoschlüssel. Sam hat Daniel vorhin gefahren, also müsste unser Auto unten irgendwo stehen. Ich will gerade zur Tür raus, da klingelt das Telefon. Es könnte Adele sein, vielleicht hat sie noch was vergessen?

»Anna? Hier ist Frieda, Frieda Friedemann, hast du kurz Zeit?«

Oh, Frieda! An den ganzen Schlamassel mit meinem Chef habe ich gar nicht mehr gedacht. Komisch, dass noch keine Kündigung gekommen ist … Ich würde ja zu gerne wissen, was sie von mir will, aber Katharina geht vor.

»Ehrlich gesagt, nein, tut mir leid, meine Freundin liegt im Krankenhaus, bekommt gleich ihr Baby. Ich wollte eben los.«

»Okay, dann ruf mich morgen an, ja? Ich hätte da einen interessanten Job für dich. Ist allerdings in Köln, direkt im Verlagshaus.«

Wow! Das hört sich gut an! Und ich würde wirklich gerne mehr darüber hören, aber ich will unbedingt jetzt gleich zu meiner Freundin, also verabschiede ich mich schnell und flitze los. Noch im Treppenhaus schreibe ich eine SMS und schicke sie an Daniel und Sam: »Katharina ist im Clemens, wir bekommen Nachwuchs!«

Dann sprinte ich zum Auto. Es steht gleich vor den Müllcontainern. Gut, dass ich es nicht lange suchen muss. Ich drehe den Zündschlüssel, lege den Gang ein und will rückwärts ausparken. Krawumm! Ich Blöde habe vergessen, die Handbremse zu lösen. Also nochmal. Da, geht doch. Doch wieder Krawumm! Ich weiß es ganz genau: Als ich eben in den Rückspiegel gesehen habe, war dieses Auto noch nicht da, ganz sicher nicht! Aber jetzt steht es da. Und ich habe es ein bisschen angefahren, aber nur im Schritttempo. Da wird schon nicht so viel passiert sein, bestimmt noch nicht einmal eine Beule. Ob ich einfach wegfahre? Es handelt sich ja immerhin um einen Notfall. Nein, das kann ich nicht bringen … Katharina liegt nicht im Sterben, sie liegt in den Wehen.

Als ich aus dem Wagen steige, um mir das Unheil anzusehen, höre ich auch schon eine aufgebrachte Männerstimme: »Na super, der Wagen ist ganz neu! Haben Sie eigentlich keine Augen im Kopf?«

Der blöde Idiot lässt sich auf keine Diskussion ein und ruft tatsächlich die Polizei. Ihm reicht es nicht, dass ich ihm meine Unfähigkeit schriftlich bestätigen will. Mir bleibt nichts weiter übrig, als auf die Streife zu warten. Die arme Katharina! Hoffentlich schafft Sam es wenigstens noch rechtzeitig, damit sie nicht alleine ist …

Diese blöde Panne hat mich fast eineinhalb Stunden gekostet. Sam geht nicht mehr ans Handy. Bestimmt hat sie es im Krankenhaus ausgemacht, so wie es sich gehört. Die Polizisten haben mir netterweise ein Taxi gerufen. In meinem Zustand hätte ich mich beim nächsten Fahrversuch sonst bestimmt auch gleich krankenhausreif gefahren. Ich renne die Stufen hoch zur Entbindungsstation. Nur noch den Gang lang, dann habe ich es geschafft ... Ich bin fast da, da kommt mir eine Krankenschwester entgegen, die eine Liege schiebt.

»Sam?«

Es ist wirklich meine Freundin, die da am Tropf hängt, kreideweiß, so wie der nette Arzt heißt, der erst Adele und dann Katharina unter seine Fittiche genommen hat.

»Ich bin umgekippt, ohnmächtig geworden«, sagt sie.

»Was?« Das ist schon wieder so komisch, dass ich fast lachen muss. Die starke Sam, einfach umgekippt!

»Dann ist Katharina jetzt ganz alleine?«

»Nein«, mischt sich die Krankenschwester ein, »der Vater des Kindes ist bei ihr.«

Michael? Wie hat er das erfahren? Und warum hat Sam zugelassen, dass er zu Katharina darf? Das ging wahrscheinlich nur, weil sie lange ohnmächtig gewesen war. Fragend schaue ich meine Freundin an, die sich nun wieder aufrecht hinsetzt.

»Mir geht es schon wieder gut, danke«, sagt sie zur Schwester. »Und du mach dir keine Sorgen, der Vater ist Daniel, und der schafft das schon!«

Etwa zwanzig Minuten später dürfen wir endlich zu Katharina und ihrer kleinen Emma – und natürlich zu Daniel.

Katharina liegt lächelnd im Bett. Daniel steht stolz und glücklich neben ihr, auf dem Arm ein kleines Bündel neues Leben. Als ich ihn so sehe, werde ich auch fast ohnmächtig, so schwindelig wird mir vor Glück. Daniel schaut mich einfach nur an und lächelt. Er wird der Vater meiner Kinder sein, ganz sicher. Und ich weiß schon heute, dass er nicht umkippen wird bei den Geburten …

»Darf ich sie mal halten?«, frage ich.

»Ihn«, bekomme ich zur Antwort, als Daniel mir vorsichtig das Baby in die Arme legt.

»*Ihn*?« Ungläubig schaue ich Katharina an. Da haben die Karten ja mal wieder voll danebengelegen!

»Das mit den Kartenlegen musst du aber nochmal üben«, sage ich zärtlich zu meiner Freundin, auf die ich gerade unbeschreiblich stolz bin.

»Wieso?«, grinst sie. »Ist doch bisher alles eingetroffen, nur eben vertauscht. Das heißt …«, sie senkt geheimnisvoll die Stimme, »eine von euch beiden bekommt das Mädchen.«

»Also ich nicht, ich hatte bis gestern meine Tage«, sage ich frei heraus. Schade eigentlich!

»Ach, hört auf mit dem Blödsinn«, beschwert sich Sam. Aber so richtig wohl in ihrer Haut fühlt sie sich gerade nicht. Das sehe ich ihr an der Nasenspitze an. Bestimmt ist ihr gerade wieder die *Pille danach* eingefallen. Und die Tatsache, dass vier Prozent der Frauen nach der Einnahme trotzdem schwanger sind. Katharina und ich schauen uns an und lachen.

Dann flüstert Katharina: »Hast du gesehen, was für

einen sinnlichen Mund dieser Kreideweiß hat? Ich habe ihn die ganze Zeit angestarrt, und das obwohl ich in den heftigsten Wehen lag.«

Ach ja, denke ich. Da war doch noch was: Die dritte Karte mit dem Mund, die ich gezogen habe, war wohl eher für Katharina bestimmt … Aber dann konzentriere ich mich wieder auf das Wesentliche. »Wie soll der Kleine denn heißen?«

»Samuel«, erwidert Katharina, »nach seiner Patentante. Vorausgesetzt sie will.«

»Du bist ja so gemein … Jetzt muss ich heulen. Und ich hasse es, wenn ich das tue. Natürlich will ich«, schnieft Sam da auch schon.

32 Die Liebe kann ganz schön schwer sein

Jetzt sind wir beide Patentanten von Katharinas Kindern, Sam die von Samuel, ich die von Lenchen. Also sind wir nicht mehr nur einfach befreundet, irgendwie sind wir nun auch *verwandt* miteinander. Das gefällt mir! Sam und ich sitzen draußen auf einer Bank und warten auf Daniel, der sich noch waschen muss. Unser Hauptthema ist natürlich die Geburt und wie wunderschön Samuel ist.

Da knufft Sam mich in die Seite. »Mal was anderes, Anna. Was ist eigentlich mit deinem ultimativen Männertest? Hat Daniel den jetzt bestanden?

An den Test habe ich überhaupt nicht mehr gedacht. Der war doch sowieso total daneben. Was war das noch gleich alles gewesen?

1. *Keinen Orgasmus vortäuschen*
   Ich habe verloren, er hat bestanden, zehn Punkte!
2. *Auftrag: Seitensprung*
   Bestanden, aber nicht mit voller Punktzahl. Er hätte gleich sagen können, dass er so etwas niemals machen würde.
3. *Einen Nebenbuhler ausschalten*

Bestanden, zehn Punkte. Friedemann war zwar nicht wirklich ein Nebenbuhler, und Daniel hatte dazu auch noch die unerwartete Schützenhilfe eines Pudels, der verzweifelt nach einem Ersatz für seinen Baum suchte, aber das ist ja egal.

4. *Friedemanns einladen*

Siehe oben, zehn Punkte.

5. *Aus dem Knast befreien*

Bestanden. Er hat mich zwar nicht rausgeholt, aber er ist für mich ins Gefängnis gegangen. Das gibt zwei extra Punkte, also zwölf.

6. *Vater spielen*

Dazu ist es nicht gekommen, aber dafür war er bei der Geburt dabei. Das zählt mindestens doppelt!

Im Schnitt macht das mehr als zehn Punkte. Aber das ist mir auch egal. Ich liebe Daniel. Das ist das Einzige, was zählt.

Es ist noch früh am Abend, als wir endlich wieder zu Hause sind. Ich klopfe noch einmal kurz bei Adele an und schaue nach dem Rechten. Alles ist in Ordnung. Lenchen schläft, Adele ist glücklich über den Nachwuchs, ihr Urenkelchen, wie sie Samuel nennt.

»Darf ich mir Helmut für heute nochmal ausleihen?«, frage ich sie.

»Helmut? Aber ja, der gehört doch sowieso jetzt zu euch.«

»Danke, Adele.«

»Zier dich nicht so«, schimpfe ich wenig später mit

Helmut. »Rot steht dir wirklich gut. Und Daniel wird sich gleich ganz doll freuen.«

Es sieht schon etwas merkwürdig aus, wenn ein Pudelkopf aus einem Bayerntrikot guckt. Aber ich finde, es hat was. Leise schließe ich die Wohnungstür auf und öffne sie einen Spalt. Helmut huscht sofort hinein. Und dann höre ich auch schon, wie Daniel »Helmut, du siehst aber fein aus!« ruft.

In mir drehen sich tausend Schmetterlinge. Sie scheinen alle gleichzeitig in meinen Bauch geflogen zu sein. Daniel steht mir gegenüber im Flur, und uns trennen nur noch wenige Meter. Ich weiß nicht, was mich davor zurückhält, ihn einfach anzuspringen. Vielleicht ist es die Angst, ihn doch irgendwann noch zu verlieren? Aber kurz darauf nehme ich schon Anlauf und hüpfe direkt in Daniels Arme.

»Und jetzt?«, fragt er.

»Jetzt bin ich einfach nur froh, dass alles so gut ausgegangen ist. Und ich bin so stolz auf dich, dass du deine Prüfung bestanden hast.«

»Ja, bei mir hat alles geklappt. Aber für Micheline und Sascha war es nicht so angenehm. Die haben beide Dünnflitsche bekommen gegen Ende der Prüfung. Dabei bin ich doch derjenige mit Prüfungsangst! Meinst du Mineralgetränke können schlecht werden? Beide haben nämlich davon getrunken.«

Oh je! »Äh, ich weiß nicht. Vielleicht«, sage ich vage. »Und du, hast nicht davon getrunken?«

»Nein, ich war zu aufgeregt, ich hatte gar keine Zeit.«

»Oh, da bin ich aber froh, ich meine, dass es dich nicht erwischt hat. Und? Haben sie trotzdem bestanden?«

»Ja, haben sie. Wir alle drei!«

Das ist gut! Das mit den Donnertropfen behalte ich allerdings für mich. Außerdem ist ja wirklich nochmal alles gutgegangen. Beruhigt gucke ich meinen Mann an.

»Und jetzt?«, fragt er noch einmal zärtlich.

»Jetzt lasse ich dich nie wieder los!«, antworte ich und schlinge meine Arme noch ein wenig fester um seinen Hals.

»Aber erst musst du mir erzählen, was du nachts draußen wirklich getrieben hast, ich meine, als du angeblich das Mandelöl in der Apotheke geholt hast.«

»Ach so, tja, weißt du, das war so«, fängt Daniel an zu erklären und stellt mich kurzerhand wieder auf den Boden. »Ich habe mich mit Micheline getroffen, und danach sind wir noch am Telefon die Prüfungsaufgaben durchgegangen. Und plötzlich wurde sie ganz merkwürdig, na ja, und dann hat sie mir gestanden, dass sie sich in mich verliebt hat.«

Wusste ich es doch! Die blöde Kuh, also haben die Donnertropfen tatsächlich die Richtige getroffen!

»Auf jeden Fall wollte ich das gleich klären, also bin ich noch kurz zu ihr gefahren. Ich liebe dich, und daran wird sich nie was ändern. Aber irgendwie habe ich mich nicht getraut, dir das zu erzählen. Außerdem wollte ich dir ja nichts von unserer Lernerei erzählen, die Prüfung sollte doch ein Geheimnis bleiben … Und jetzt?«

Das war das dritte *Und jetzt?*

»Jetzt? Jetzt gehen wir ins Bett und lieben uns! Aber vorher bringe ich Helmut zurück. Sein Körbchen ist nämlich nicht mehr hier, und ich habe keine Lust auf eine Heularie.«

Schnell ziehe ich dem armen Helmut das Bayerntrikot aus und halte es Daniel grinsend vor die Nase. »Für dich. Mit meinem Autogramm. Schau mal ...«

Dann bringe ich Helmut zurück zu Adele, die mich einfach nur wissend anlächelt, als ich mich ganz schnell wieder verabschiede.

Wieder zurück in unserer Wohnung, finde ich Daniel schlafend auf der Couch. Ich überlege einen Moment, ob ich ihn wecke und ihn ins Bett locke. Aber dann entscheide ich anders. Ich lege mich einfach vor ihn, ganz eng in Löffelchenstellung, und dabei muss ich ein bisschen grinsen, als Daniel seinen Arm schwer um meinen Körper legt.